郜元宝 编

王 蒙 著

我的另一个舌头

中国出版集团
东方出版中心

图书在版编目（CIP）数据

我的另一个舌头 / 王蒙著；郜元宝编.—上海：
东方出版中心，2017.1（2020.5重印）
ISBN 978-7-5473-1061-8

Ⅰ.①我… Ⅱ.①王…②郜… Ⅲ.①中国文学—当
代文学—作品综合集 Ⅳ.①I217.2

中国版本图书馆CIP数据核字（2016）第283474号

我的另一个舌头

出版发行 东方出版中心
地　　址 上海市仙霞路345号
邮政编码 200336
电　　话 021-62417400
印 刷 者 三河市德鑫印刷有限公司

开　　本 787mm×1092mm　1/32
印　　张 9.875
字　　数 181千字
版　　次 2017年1月第1版
印　　次 2020年5月第2次印刷
定　　价 29.80元

目 录

学习是我的骨头

学习是我的骨头，学习是我的肉（材料与构成），学习是我的精气神，学习是我的追求、使命、奋斗。学习也是我的快乐、游戏、智力体操。学习是我的支撑，学习是永远不可战胜的堡垒，学习是我的永远的主动性积极性，学习是我的立于不败之地的保证。

学习是我的英勇和不露声色的对于邪恶的抵抗。正如思想是不受剥夺的，学习也是不受剥夺的。学习使我坚强如钢刀枪不入。你可以诬陷我剥夺我控制我的人身，你无法限制我在闭目养神的时候背诵唐诗宋词英语十四行诗，你无法不准我随时复习外语单词，你无法剥夺我的思考回忆分析观察谛听，甚至谛听一个蠢货怎么样地自以为是胡说八道横行霸道滔滔不绝。这也是一种对于人性的探索和追问，是一种人生经验的体察，是一种学习。当一个家伙对你说不准学习的时候，这已经提供给你一个难得的人性恶的教材，这已经提供给你一个难得的人间喜剧，这已经解答了你长久以来未能解答的关于人可以有多么蠢多么坏和蠢人与坏人一旦暂时掌权会有怎么样的滑稽表演的问题。当然,你也应该尽量去理解这个坏人和蠢人的心理与动机,看看他究竟为什么那样的自以为是,那样的自鸣得意,从他身上得到借鉴,得到警惕,得到教训,见到坏人不要只考虑他的坏,也要反问自己,换一种条件下自己会不会也做同样的或类似的坏事蠢事? 还有自己有没有失误疏漏,给了他或她以可乘之机?

学习又是我与客观世界的和解、协调和沟通,通过学习,我发现了和珍视着现实条件具有的每一丝可能性,调动和利用一切积极因素,对这个世界有了更好的理解,像斯宾诺莎说的,不哭,不笑而要理解。在一切条件下使自己生活得充实、向上、有意义,并从而摆脱了虚度年华的失望、痛苦和嗟叹。

所以学习使我乐观,学习使我总是有所收获,学习使我总是不至于悲观失望,学习使我谦虚,使我勇于并且惯于时时反省自查自律,叫做“学而后知不足”。如果自以为完美无缺,那就杜绝了学习的必要与可能。学习使我不至于先入为主,自吹自擂,关在小屋里称王称雄。学习还表示了我对于人类知性、对于智慧、对于文化、文明与科学也包括对于活生生的生活的尊重和向往。截至今日,我们的知识是很有限的,我们的理性常常陷于困境,我们的自以为是的智慧时而误导乃至自欺欺人,我们的生活里还充满着不尽如人意的方面。然而我们不能因此而摒弃文明、摒弃理性、摒弃人生,而是要尽其所能地从人类已有的文明中，从人类与自身的已有的智慧中，从各种活生生的人生图景、人生故事、人生经验中寻找接近真理、接近美善的前景。

例如医学，当然目前的医学远非完美无缺，更非万能，但是我找不到比利用现有的医学更好的治疗疾病的方法。说什么对医生的话不可全信也不可不信，这样说易如反掌，但是信什么不信什么？随机吗？撞大运吗？不信医生的而信你的不可全信说吗？算了吧，比较起听你的信口胡言来，我宁愿听医生的话。科学也是如此，在一个愚昧和迷信还在泛滥的国家，批判科学的不足恃，又是由一些本身的科学知识未必比科盲好太多的人文知识分子来批，我总觉得矫情。根据我自己的经验，至少我本人，以现代的科学医学发展水准衡量，仍然大体属于医盲科盲的群体，我宁愿对科学采取敬畏的态度。

学习又使我超越、超脱。学习使我遇事不仅仅关注一时一地的得失成败，而是把它作为一个学习的契机，学习的漫长过程的一个环节，每事问（包括自问），每事学，于是得到一种登高望远，气度从容的感受，得到一种曲曲折折地走向光明的欢喜。

学习促使人采取一个更健康的态度和方略。批判是健康的批判而不是大言欺世。痛苦是有为的痛苦，不是类似吸毒的反应。鼓舞是健康的鼓舞，不是牛皮山响。成功是清醒的成功，不是范进中举。人生是明朗的人生，是明朗的航行，不是酸溜溜、阴森森、嘀嘀咕咕、磨磨唧唧的阴沟里的蠕动。学习使我得到智慧得到光明,如果没有一下子得到,那至少也是围绕着靠近着感受着智慧和光明。

我是学生

贾平凹有一个有名的说法，叫做"我是农民"，他谈得很真实、很切要、也很准确。

自从贾氏持此说以来，我一直考虑我能说自己是什么呢？我祖辈生活在河北省农村，1958年后我前后在农村劳动了8年以上。我自己身上可能也有农民的某些习性存留，例如出门在外，总是怕误了车船航班；例如特别爱惜粮食，宁可吃坏了肠胃也不愿意抛弃剩饭剩菜。但是我毕竟出生在大城市，成长在大城市，工作在大城市，不好说自己也就是农民，其实说是农民显得质朴，而且对一些事可以少负点责任。

我是市民？不对，我从少年时代就参加革命工作了，我几乎可以说是从来没有过过一般市民的日常生活。

有一阵我甚至考虑干脆承认我是干部，我从1949年3月14岁半开始就取得了干部身份，担任过大大小小的职务，甚至在新疆农村"劳动锻炼"期间还当过人民公社的副大队长，至今仍然具有国家干部的身份。说我是干部没有任何问题，虽然现时某些文艺人不太喜欢"干部"这个词，但是我必须老老实实地承认我是干部,我有一种干部的心理和习惯,好处是考虑大局,坏处是好为人师与多管闲事。而且我之当干部不是为了糊口,不是为了升官,不是为了特权,而是为了革命的理想,为了人民,为了解民于倒悬。

我有一位朋友,同行,一次他得到一个机会在有领导同志参加的会议上发言,他征求我对于发言内容的意见,我建议他为青年人讲几句话,他认真考虑了我的建议,过了几个小时后,他极认真地带几分尴尬地对我说,他不想讲这方面的问题,他说:"讲了这个,让他们年轻的上来好顶掉我呀?我不干。"

我欣赏他的诚实,但是他的说法仍然使我吃了一惊,我从来没有朝这方面想过。我根本不可能有这种思路,更不可能讲出这种对于一个干部乃至知识分子来说是太厚颜的话语。经过一次次政治运动,经过"文革",人们变得多么赤裸裸,多么缺乏起码的矜持与高雅了呀。我不敢说我是多么无私多么雷锋,我只想说毕竟我当了那么多年干部,我已经习惯于不是从个人出发考虑问题与表述思想意见。就是说我绝对不敢也不可能明目张胆地拿自私当道理。作为一个当过干部的人,他无法离开事业,离开哪怕只是一个界别一个单位一个地区的利益来考虑来讲述自己个人的私利。在我的少年时代,那种对于党员、干部的严格的要求与教育,毕竟给我留下了深深的烙印,我称之为"童子功"。与完全与之无缘的人,或是一个在风气不好的情况下"跑官"的蝇营狗苟者就是有所不同。

然而仍是不对了，回想自我 1948 年（建国以前）入党并作为参加革命工作起始时间计算，半个多世纪以来，具体任职的时间约 12 年，其余的 42 年或上学（2 年）、或体力劳动（13 年）、或"专业创作"（12 年）、或"退居二线"（13 年）、或接受审查（2 年），很难说干部的生涯贯穿着我的平生。

我从 19 岁秋季开始写《青春万岁》的第一稿，至今已经过去了 48 年了，也许可以说我是一个写作人吧。然而，48 年中有二十余年我不但没有写作的可能，也没有写作的哪怕是以后写作的心态，而只有以后不写作的心态。再说，如果说是写作人，贾平凹也是一样的，这里说的"我是"什么什么，不是指写作而是指社会身份、"前写作"的身份，何况我历来认定写作是人类的业余活动，这里所讨论的正是一个写作人的社会身份、本来角色。

我恍然大悟：我的最大特点，我的贯穿平生的身份不是别的而是学生。我是学生。虽然我的正式学历只有高中一年级肄业，然而我从来没有停止过学习。我读书，我补充各方面的知识，我更注意从生活中学，每个人都是我的老师，每个地方都是我的课堂，每个时间都是我的学期。我的干部登记表上填写的个人出身恰恰正是"学生"二字。

当我想清楚了我是学生以后，我是何等地快乐啊！这不但是一种身份也是我的世界观、人生观、性格与情感的一部分,非常重要的有机组成部分。我把人生当作一个学习的过程,它不是空虚的颓废的幻灭的无意义的,而是有为的有关注有兴趣有成就有意义的。作为学生,应该是日有长进,为学日益的。它不是自命精英和自我膨胀的,不是高高在上的救世主的,不是超人式的霸主式的,而是宁可低调的。我愿意从学生做起,从学习思考实验考察判断做起。它绝对不是独断与专横、顺我者昌、逆我者亡的,而是如切如磋、如琢如磨、春风化雨、惠我良多的。它不是自我作古、数典忘祖的,因而也不是爆炸式的骂倒一切的与充满敌意的,而是尊重历史、尊重前贤、尊重不同的学问与思路,接受一切合理的新旧成果与对同行对大众充满友善的。它是建设性的文化品格的体现,它是力求接受、学到、发明和发现新知识新观点新角度的。它尊重理性,尊重智慧,尊重生活,尊重实践,尊重文明。它的前提是珍惜与尊重,而不是抛弃与压倒。它认定人人可以学习,人人有学习的权利与可能,而同时任何人也不可能终结真理、垄断真理。它既不承认活人会成为万能的上帝、惟一的教主,也不轻易认定与自己门派不同的其他各方是邪恶是异教徒是魔鬼。它是民主与平等待人的,它又应该是不知疲倦为何物,不知自满自足为何物,不知老之将至的。

抱歉,这些我并没有完全做到,虽不能至,心向往之。我远远算不上一个合格的学生,但是至少我知道了,做一个学生是多么好!

我的另一个舌头

1987年晚秋,那一天午餐招待来北京演出的西藏歌舞团。民委主任司马义·艾买提讲话的时候,我鼓励他用维吾尔语讲,由我担任翻译,推辞了一下就这样操作起来了,大家笑成一团。

我爱听维吾尔语。我爱讲维吾尔语。我常常陶醉于各民族的同胞分别用着自己的语言,淋漓酣畅地抒情达意,而同时又能很好地交流的吉祥情景。还有,没办法隐瞒的是,我不愿意放过任何可以使用维吾尔语言,可以练习提高维吾尔语言,乃至可以"显摆"自己的维吾尔语言的机会。一讲维吾尔语,我就神采飞扬,春风得意,生动活泼,诙谐机敏。一种语言并不仅仅是一种工具,而是一种文化,是一个活生生的人群,是一种生活的韵味,是一种奇妙的风光,是自然风光也是人文景观。他们还是世界真奇妙的一个组成部分,是我的一段永远难忘的经历。还是我的一大批朋友的悲欢离合,他们的友谊,他们的心。

我在60年代后期,当命运赐给我以与维吾尔农民共同生活的机会,政治风暴把我抛到我国西部边陲伊犁河谷的边缘以后,我靠学习维语在当地立住了足,赢得了友谊与相互了解,学到了那么多终身受用不尽的新的知识,克服了人生地不熟的寂寞与艰难,充实了自己的精神生活。

维语是很难学的,无穷的词汇。小舌音、卷舌音与气声音,这是汉语里所没有的。更困难的是那些大致与汉语的音素相近的音,如何听出说出它的与汉语不同的特色来。语法就更麻烦了,什么名词的六个格,动词的时、态、人称附加成分,有时候一个动词要加十几种附加成分……真是怎么复杂怎么来呀!而它们又是那样使我倾心,使我迷恋。它们和所有的能歌善舞的维吾尔人联结在一起。它们和吐鲁番的瓜与葡萄、伊犁与焉耆的骏马、英吉沙的腰力、喀什的清真大寺与香妃墓、和田的玉石与地毯联结在一起……我欣赏维吾尔语的铿锵有力的发音,欣赏它的令人眉飞色舞的语调,欣赏它的独特的表达程序……一有空闲,我就打开收音机,收听维吾尔语广播。开始,我差不多一个字也听不懂,那也听,像欣赏音乐一样地如醉如痴地欣赏它,一听就喜笑颜开,心花怒放。两个农民小孩儿说话,我也在旁边"灌耳音",边听边钦佩地想:"瞧,人家有多棒啊!人家这么小就学会了维吾尔语!且慢!原来他们本来就是维吾尔人,维吾尔语是他们的母语,他们之所以会说维吾尔语正如我们的孩子一学话就说汉语,实在也不足为奇……"我学维吾尔语已经快要走火入魔了。

　　我学习着用维吾尔语来反应和思维，夜间起床解手，扶着床就说"karawat"，开开门的时候就说"ixik"，沿墙走路就说"tam"，小便了就说"suduk"，起风了就说"xamal"，再回到炕上便告诫自己："uhlay! uhlay!"（睡觉的第一人称祈使句）。后来，看到打上了数的算盘或者阿拉伯数字，我会立即用维吾尔语读出来，而如果当时突然有一位汉族同志前来用汉语问我这是多少我会瞠目结舌，一瞬间茫然不知所措。

　　我终于可以说我多了一个舌头了。和维吾尔人在一起我同样可以口若悬河滔滔不绝，也可以语言游戏，话外含音……不仅多了一个舌头也多了一双耳朵，你可以舒服地听进另一种语言，领略它的全部含意、色彩、情绪……多了一双眼睛，读懂曲里拐弯由右向左横写的维吾尔文字。更多了一个头脑一颗心，获得了知识、经验、理解、信任和友谊。

　　其实多的不仅是一个舌头，也多了一双眼睛，你看得懂用这种语言出版的书籍了；多了一双耳朵，你听懂了那么多话语和歌曲；多了一颗心——你更多地关心和记住他们了。总而言之，是打开了另一个世界。

　　不是说"理解万岁"吗？为了理解，让我们学会学好更多的兄弟民族的语言文字吧，也学好更多的外国语吧。改革开放的时代应该有更多的语言知识与语言本领。而且，这个学习过程充满了奇妙的经验和乐趣。

生活：最好的"辞典"与"课本"

　　读书是学习。学习材料对我是非常重要的。例如学习维吾尔语，我首先依靠的是解放初期新疆省（那时自治区尚未成立）行政干部学校的课本。我从那本课本上学到了字母、发音、书写和一些词一些句子一些对话。另外靠的是《中国语文》杂志20世纪60年代的一期，此期上有中国科学院社会科学学部民族研究所朱志宁研究员的一篇文章《维吾尔语简介》。后一篇文章我读了不知道有多少遍，学一段，用一段语言，就再从头翻阅一遍朱先生的文章，就获得了新的体会。有时听到维吾尔农民的一种说法，过去没有听过，便找出朱文查找，果然有，原来如此！多少语法规则、变化规则、发音规则、构词规则、词汇起源……都是从朱教授的文章里学到的啊！朱教授是我至今没有见过面的最大恩师之一。当时林彪讲学毛著要"活学活用，急用先学，带着问题学，立竿见影……"等等，说老实话我倒没有以此法去学习毛著，我确实是以此法学了"朱著"。不是朱德同志的著作，而是朱志宁教授的"著作"，他的一篇简介，使我终身受用不尽。

　　是的，学习的方法是书本与实践的结合。我常常从根本上去追溯人类的语言是怎么学的？一个婴儿，不会任何语言，靠的是听，百次千次万次地听，听了之后就去模仿，开始模仿的时候常常出错，又是百次千次万次地实践之后，就会说了。会听在前，其次会说，再次才学文字。就是说，学语言一要多听；二要张口，要不怕说错；三要重复，没完没了地重复；四要交流，语言的功能在于交流，语言的功能在于生活，一定的语言与一定的生活联系在一起，一定的语言与不同的人的不同与共同的表情神态含意联系在一起。语言孤立地学不过是一堆符号而已，就符号记符号，太无趣了所以太难了。语言与生活与人联系在一起学，就变得非常生动非常形象非常活灵活现多彩多姿。比如维吾尔人最常说的一个词"mana"，有的译成"这里"，有的译成"给你"，怎么看也难得要领。而生活中一用就明白了，你到供销社购物，交钱的时候你可以对售货员说"mana"，意思是："您瞧，钱在这儿呢，给您吧。"售货员找零钱时也可以说"mana"，含意如前。你在公共场合找一个人，旁人帮着你找，终于找到了，便说"mana"，意即就在这里，不含给你之意。几个人讨论问题，众说纷纭，这时一位德高望重的人物起立发言，几句话说到了要害说得大家心服口服，于是纷纷赞叹地说："mana！"意思是："瞧，这才说到了点子上！"或者反过来，你与配偶吵起来了，愈说愈气，愈说愈离谱，这时对方说："你给我滚蛋，我再也不要见到你！"于是你大喊"mana"，意即抓住了要点,抓住了对方的要害,对方终于把最最不能说的话说出来了。如此这般,离开了生活,你永远弄不清它的真实含意。

与"mana"相对应的词是"kini","kini"像是个疑问代词,你找不着你要找的人时,你可以用"kini"来开始你的询问,即"kini,某某某哪里去了?"会议一开始,无人发言,你也可以大讲"kini",即"kini,请发言啊!"这里的"kini"有谁即谁发言的意思。你请客吃饭,宾客们坐好了,菜肴也摆好了,主人要说:"kini,请品尝啊。"一伙人下了大田或者工地或者进入了办公室,到了开始工作的时间了,于是队长或者工头或者老板就说:"kini,我们还不(开始)干活吗?"这样,"kini"既有疑问的含意,也有号召的含意。那么"kini"到底怎么讲怎么翻译最合适呢?这是一切字典一切课本都解决不了的。"kini,有条件的,我们不到维吾尔兄弟姐妹里边去学语言吗?"

英语也是一样。英语不仅是一种达意符号,也是一种情调,一种文化,一种逻辑性,一种生活方式。现在有所谓逆向英语以及疯狂英语的教学,只要把有关的商业性炒作的因素剔除,它所提倡的那种从生活中学、贯耳音、大胆地讲大胆地听大胆地用,错了也不要紧的精神,那种学英语讲英语的自信,那种重视口语的态度,以及那种学一门外语时的如醉如痴如发狂的态度,都是正确的和必要的。

学习语言的过程是一个生活的过程,是一个活灵活现的与不同民族的人的交往的过程，是一个文化的过程。你不但学到了语言符号，而且学到了别一族群的心态、生活方式、礼节、风习、一种思维方式、一种文化的积淀。用我国文学工作上的一个特殊的词来说，学习语言就是体验生活、深入生活。

把语言学活是一个好的学习方法，这也是一种观念一种精神境界。不仅仅在用中学和在学中用，而且到了一定程度，用就是学，学就是用，善学者是不可能严格区分何者为学何者为用的。我们将儿童学话叫做咿呀学语，其实也可以说那是咿呀用语。做任何事情都抱一个学习的态度，也就是抱一个谨慎负责的态度、动脑筋的态度、精益求精的态度、不断提高的态度，一个津津有味、举一反三、举重若轻、融会贯通的态度。这样，学习态度与工作态度、生活态度，学习精神与工作精神，工具理性与价值理性就高度结合起来了。

华老师，你在哪儿？

在我快要满七周岁的时候，升入当时的北平师范学校附属小学二年级，那是一九四一年，日伪统治时期。

我至今记得北师附小的校歌：

> 北师附小是乐园，
> 汉清百岁传。
> ……
> 向前，向前，
> 携手同登最高巅。

第二句的"汉清"两个字恐怕有误，如果这个学校是从汉朝办起的，那就不是"百岁传"，而是一千几百年了，大概目前世界上还没有那么古老的学校。

在小学一年级，我们的级任老师(犹今之班主任)姓葛，葛老师对学生是采取"放羊"政策的，不大管。遇到天气冷，学校又没有经费买煤生火炉，以至有的小同学冻得尿了裤子(我也有一次这样的并不觉得不光荣的经历），葛老师便干脆宣布提前散学。

二年级换了一位老师叫华霞菱，女，刚从北平师范学校（简称北师）毕业，二十岁左右，个子比较高，脸挺大，还长了些麻子，校长介绍说，她是"北师"的高才生，将担任我们班的级任老师。

她口齿清楚，态度严肃，教学认真，与葛老师那股松垮垮的劲头完全相反。首先是语音，她用当时的"国语注音符号"（即ㄅ、ㄆ、ㄇ、ㄈ）一个字一个字地校正我们的发音，一丝不苟。我至今说话的发音，还是遵循华老师所教授的，因此，有些字的读音与当代普通话有别。例如"伯伯"，我读"bāi bāi"，而不肯读"bó bó"，侦察的"侦"，我读"蒸"而不是"真"，教室的"室"，我读上声而不肯读去声等等。为"伯""磨"之类的字的读法我还请教过王力教授，他对我的读音表示惊异。其实我出生就在北京，如果和真正的老北京在一起，我也会说一些油腔滑调的北京土话的，但只要一认真发言，就一切按照华老师四十多年前教导的了，这童年的教育可真重要。

华老师对学生非常严格，经常对一些"坏学生"训诫体罚（站壁角、不准回家吃饭），我们都认为这个老师很厉害，怕她。但她教课、改作业实在是认真极了，所以，包括被处罚得哭了个死去活来的同学，也一致认为这是一个比葛老师强百倍的老师。谁说小孩子不会判断呢？

　　小学二年级,平生第一次造句,第一题是"因为"。我造了一个大长句,其中有些字不会写,是用注音符号拼的。那句子是:"下学以后,看到妹妹正在浇花呢,我很高兴,因为她从小就勤劳,她不懒惰。"

　　华老师在全班念了我这个句子,从此,我受到了华老师的"激赏"。

　　但是,有一次我出了个"难题",实在有负华老师的希望。华老师规定,写字课必须携带毛笔、墨盒和红模字纸,但经常有同学忘带而使写字课无法进行。华老师火了,宣布说再有人不带上述文具来上写字课,便到教室外面站壁角去。

　　偏偏刚宣布完我就犯了规,等想起这一节是写字课时,课前预备铃已经打了,回家取已经不可能。

　　我心乱跳,面如土色。华老师来到讲台上,先问:"都带了笔墨纸了吗?"

　　我和一个瘦小贫苦的女生低着头站了起来。

　　华老师皱着眉看着我们,她问:"你们说怎么办?"

　　我流出了眼泪。最可怕的是我姐姐也在这个学校,如果我在教室外面站了壁角,这种奇耻大辱就会被她报告给父母……天啊,我完了。

　　全班都沉默着,大家感到了问题的严重性。

　　那个瘦小的女同学说话了:"我出去站着去吧,王蒙就甭去了,他是好学生,从来没犯过规。"

听了这个话我真是绝处逢生,我喊道:"同意!"

华老师看了我一眼,摇摇头,叹了口气,厉声说了句:"坐下!"

事后她把我找到她的宿舍,问道:"当×××(那个女生的名字)说她出去罚站而你不用去的时候,你说什么来着?"

我脸一下子就红了,我无地自容。

这是我平生受到的第一次最深刻的品德教育。我现在写到这儿的时候,心里仍怦怦然:不受教育,一个人会成为什么样呢?

又有一次修身课考试,其中一道答题需有一个"育"字,我头一天晚上还练习了好几次这个"育"字,临考时却怎么也想不起来了,觉得实在冤枉,便悄悄打开书桌,悄悄翻开了书,找到了这个字,还自以为无人知晓呢。

发试卷时,华老师说:"这次考试,本来有一个同学考得很好,但因为一些原因,他的成绩不能算数。"

我一下子又两眼漆黑了。

又是一次促膝谈心,个别谈话,我承认了自己的错误,华老师扣了我十分,但还是照顾了我的面子,没有在班上公布我考试作弊的不良行为。

华老师有一次带我去先农坛参加全市中小学生运动会,会前,还带我去一个糕点铺吃了一碗油茶、一块点心,这是我平生第一次下馆子。这种在糕点铺吃油茶的经验,我借用了写到《青春万岁》里苏君和杨蔷云身上。

运动会开完,天黑了,挤有轨电车时,我与华老师失散了,真挤呀,挤得我脚不沾地。结果,我上错了车,我家本来在西四牌楼附近,我却坐了去东四牌楼的车。到了东四,我仍然下不来车,一直坐到了北新桥终点站……后来我还是找回了家,从此,我反而与华老师更亲了。

那时候的小学,每逢升级级任老师就要换的,因此,一九四二年以后,华老师就不再教我们了。此后也有许多好老师,但没有一个像华老师那样细致地教育过我。

一九四五年抗日战争胜利以后,国民党政府在北平号召一部分教师去台湾任教以推广"国语",华老师自愿报名去了,据说从此她一直在台北。

日前我得知北京师大附小的特级教师关敏卿是当年北师附小的"唱游"教师,教过我的。我去看望了关老师,与关老师谈了很多华老师的事。关老师在北师时便与华老师同学。后来,关老师还找出了华老师的照片寄给我。

华老师,您能得知我这篇文章的一点信息吗?您现在可好?您还记得我的第一次造句(这是我的"写作"的开始呀)吗?您还记得我的两次犯错误吗?还有我们一起喝油茶的那个铺子,那是在前门、珠市口一带吧?对不对?我真想念您,真想见一见您啊!

不设防：我的一枚"闲章"

　　为了明朗的生活就要对万事万物采取一种光明、透明、敞开、开放的态度，永远不搞得鬼鬼祟祟、偷偷摸摸、神神经经。我有一枚闲章，叫做不设防。我特别喜爱"不设防"这三个字。不设防是由于胸怀坦荡，不做见不得人的事，没有见不得人的心计，什么都可以拉出来晒晒太阳。不设防还因为不怕暴露自己的弱点。弱点总是要暴露的，正像优点也总会有机会表现出来表达出来一样。而对待自己的弱点的坦然态度，正是充满自信并从而比较容易令他人相信的表现。只要你确有胜于人处，长于人处，某些弱点的暴露反而更加说明你的弱点不过如此而已，而你的长处，你的可爱可敬之处，正如山阴的风景，美不胜收。那还设什么防呢？

　　弱点与优点、长处与短处往往正如一枚硬币的两面，二者间是难分难解。心直口快的人容易说错话，一句错话没有说过的人，可能是心直口快的人吗？思想深邃的人容易显得冷漠，你到处热火朝天，深得下去吗？聪明了极易被认为狡猾，老实了极易被认为笨拙；海阔天空易于被认为是大而化之，精细认真易于被看做苛刻；上升态势被看做走运，下降态势被看做窝囊。人家看到你的弱点了，便更了解到你的长处并认为那是十分可信的。高度警惕与隐藏自己的结果，最好的情况下，不过是令人莫测高深敬而远之，你在包住了缺点的同时也包住了长处。

再说人人都会感到一个不设防的人比较坦率真实诚信可靠，人们会宁愿去接近一个不设防从而暴露出不少弱点的人，而不愿意去轻信一个由于步步为营、城府森严、装模作样、摆臭架子，从而没有暴露任何问题，也没有表现过任何真情实感的人。人不可能以虚伪换得真情，不可能以严防获得信任。不设防还因为自信自身的基本品德、基本观点、基本立意、基本方略、基本态度，自信自己的境界、心术、学问、成色，直到动机与长远效果，都是经得住折腾，经得住晾晒，经得住推敲和考验的。君子坦荡荡，小人长戚戚，这话算说对了！

最后，不设防还是最好的防——在一旦需要防一家伙的时候。我还很欣赏一个成语，叫做防不胜防。防永远是有漏洞有破绽的，能防就能攻，防的严密未必顶得住攻的犀利。而由于不设防而形成的明朗与坦白、交流与信赖、好感与打成一片、好脾气与容易接近，以及由于诚信而得到的了解与支持，这不是最好的防，而且是无处不在又无具体设施可打可拆可成为攻击炮火的靶子的防线吗？当一些别有目的的人企图伤害你的时候，你不是更会博得同情而使那些对你不好的做法陷于孤立吗？

以"有"防之，总有软腹部；以"无"防之，那就如老子所言：犀牛无所投其角，虎无所用其爪，兵无所容其刃。那些想加害不设防者的人，常常觉得无从下手；那些意欲批倒不设防者的人，常常觉得没个抓挠；那些咬牙切齿地整不设防者黑材料的人，常常埋怨材料整得不好。妙哉！善哉！

人生即燃烧

这本漫谈人生哲学的小书快要结束的时候,我产生了一种担心:我是不是讲得太消极太老庄了?无为呀,等待呀,不这个不那个呀,快乐健康而又放松呀,这会把读者特别是青年读者带到什么地方去呢?

是的,我侧重于讲不要做那些不该做的事了,我对于应该做什么除了学习以外都谈得比较松弛。然而有一点是明确的,无为可能对某些人是关键,因为他为各种煽动、混乱、愚蠢和野蛮、自私、狂躁占据得太多了。但是我们的目的不是无为而是有为,不是消极而是积极,不是否定此生而是最好地使用和受用此生,不是一味等待而是主动创造,这是没有疑问的。

也可以换一种说法,无为呀等待呀无术呀自然呀,都是为了扫清道路,清理困扰,而后能够投入地做一些有意义、有成就、有滋味、有光彩的事情。

从生命个体来说,我们能够支配的关键的岁月不过那么几十年,然后再无第二次机会。对于人的一生来说,那才是机不可失,时不再来。生命由于它的短暂和不可逆性、一次性而弥足珍贵而神奇而美丽。虚度这样的生命,辜负这样的生命,这是多么愚蠢多么罪过! 一个人丢了一百块钱人民币都会心痛,那么丢失了生命中的有所作为的可能,不是更心痛吗?

在儿童时期,人们的差异并不太多,大家都在同一条起跑线上。此后呢,差得就愈来愈远了,有的光阴虚度,深悔蹉跎;有的怨天尤人,郁郁不乐;有的东跑西颠,一事无成;有的萎萎琐琐,窝窝囊囊;有的胡作非为,头破血流……有几个人成功? 有几个人满意? 有几个人老后能够不叹息:少壮不努力,老大徒伤悲!

而人生的不同的类型不同的结局,大体上是青年时期就可以看出点端倪来的。青年时代,谁不愿意投入生活、投入爱情、投入学习、投入事业、投入社会、投入人间?

即使生活还相当艰难,爱情还隐隐约约,学习还道路方长,社会还明明暗暗,人间还有许多不平,你也要投入,你也要尽力尽情尽兴尽一切可能,努力去争取一切可以争取到也应该争取到的,以使你能够得到智慧和光明,得到成绩和价值。我并不笼统地赞成古人立大志的说法,但你总该希望自己对社会对人群对国家民族人类多做出一点贡献,至少是确实竭尽了全力,就是说至少是充分燃烧了,充分发了热发了光,充分享用了使用了弘扬了你的有生之年。一个人就是一个能源,人的一生就是燃烧,就是能量的充分释放。能量应该发挥出来,燃烧愈充分愈好。从无光热,不燃而去,未免是一个遗憾;而刚一冒烟儿,就怠工熄灭了,能不痛苦吗?

人生就是生命的一次燃烧,它可能发出美轮美奂的光彩,可能发出巨大的热能,温暖无数人的心,它也可能光热有限,却也有一分热发一分光发一分电,哪怕只是点亮一两个灯泡,也还照亮了自己的与邻居的房屋,燃烧充分,不留遗憾。而如果你一直欲燃未燃,如果你受了潮或者发生了霉变,那就不但燃烧不好,而且留下大量的一氧化碳与各种硫化物碳化物,发出奇奇怪怪的噪声,带来对人类环境的污染,乃至成为社会的公害,这实在是非常非常遗憾的。

也许你不能留名青史,但至少应该对得起自己的这仅有的几十年。也许你未能立德立功立言,但至少是充分发挥出了自己一生的能量。也许你的诸种努力未能奏效,例如从事艺术创作但未能被社会所承认,经商却终于未能成功,从军但终于打了败仗,但是最后"结账"的那一天,你至少可以说我已尽力了,你的失败如楚霸王垓下之战,非战之罪也。我始终不赞成以成败论英雄,我也无能帮助读者乃至我自己着着皆胜。但是至少心里应该有数,你是有志有为而且选择了正确的道路,但终因条件不具备未能大获全胜呢,还是你上来就不成样子,无志气,无作为,不学习,不努力,意志薄弱,心胸狭窄,企图侥幸,却又愤愤不平,终于一事无成。如果是前者,我愿向你致以悲壮的敬意,我还愿意把你的故事写下来,让读者为之洒一掬清泪。如果是后者,谁能纠正? 谁能弥补? 谁能同情?

　　我的长篇小说《活动变人形》中的主人公倪吾诚,在他的生命到了后期末期之时,他突然说:"我的生活的黄金时代还没有开始呢。"这实在太恐怖了。一个人的成就有大有小,然而你应该尽力。尽力尽情尽兴尽一切可能了,这就是黄金时代,这就是人生的滋味,这就是人生的意义价值,这就是辉煌,燃烧的辉煌,奉献的辉煌。你尽了力,你就能享受到你尽力后的一切可能性,哪怕是"天亡我也,非战之罪也"的悲壮感和英雄主义。你享受到了尽力本身带来的乐趣,尽了力至少能得到一种充实感成就感,你也就赢得了,必然赢得了,首先不是别人,而是你自己的尊敬和满意。比如你是一枚炮弹,被尽力发射出去了,而且爆炸了,即使没有完全命中目标,也是快乐的。你是一粒树种,落到了地上,吸足了水分养分,长成了树苗,长成了大树,即使没能长到更大就被雷击所毁,你也可以感到某种骄傲。你的形象是一株树的最好的纪念碑,你的被毁至少是一次大雷雨的见证,是一个悲剧性的事件。人生是一个过程,是一个时间段,是一次能量释放反应,重在参与,重在投入,重在尽力。胜固可喜,败亦犹荣,只要尽了力,结账时候的败者,流出的眼泪也是滚烫的与有分量的。而没有尽力,蹉跎而过,那可真是欲哭无泪了!

我是怎样决定了自己的一生

我曾经与一个嫁给中国人的美国女士交谈，她说她的中国的翁姑，对孙儿最常讲的词是"不要"——"不要爬高""不要点火""不要玩儿水""不要动这动那""下来，太危险"。而美国家长对孩子最喜欢讲的话是："try it!""do it!"（"去试试!""去干干!"）他们要求孩子的是勇于尝试勇于动手。这是值得深思的。

我常常回忆起我刚刚过完了19岁生日，决定写一部长篇小说（即《青春万岁》）的情景。当时我觉得它像一个总攻击的决定，是一个战略决策，是一个大胆的尝试，是一个决定今后一生方向的壮举，当然也是一个冒险，是一个狂妄之举。因为所有的忠告都是说初学写作应该从百字小文千字小文做起。

我高兴我的这个决定，我满意我的这个决定。我从小就敢于自己决定自己的命运。14岁还差5天我就唱着冼星海的歌儿参加了地下共产党：

路是我们开哟，

> 树是我们栽哟，
>
> 摩天楼是我们亲手
>
> 造起来哟，造起来哟！
>
> 好汉子当大无畏，
>
> 运着铁腕去，
>
> 创造新世界哟，
>
> 创造新世界哟！

　　而在 1963 年秋，我与妻子用了不到 5 分钟时间就商量好了，举家西迁去新疆。

　　然而年轻人的热情又太洋溢了。我决定了要写作以后，那最初一年写出草稿的过程简直就和得了热病一样。志向一经确定就不再是幻想梦境，而是巨大的实践，是一系列问题的挑战与应答，是沉重如山的劳务。这样，才知道自己离志向有多么远，即自己实行志向的准备是多么可怜。文学如海，志向如山，我知道我自己的那点敏感和才华积累，不过是大地上的一粒芥子，海浪中的一个泡沫，山脚下的一粒沙子。一部长篇小说，足以把一个 19 岁的青年吞噬。结构、语言、章节、段落、人物塑造、抒情独白，这些东西我一想起来就恨不得号啕大哭，恨不得从楼上跳下去。原来写一部书要想那么多事情，要做那么多决定，要让那么多人活让他们出台，让另一些人走开甚至让另一些人死掉。而每一个字写到纸上以后，就有了灵气,就带上了悲欢,就叫做栩栩如生啦。栩栩如生是什么？就是文字成了精,头脑成了神,结构成了交响乐,感情获得了永生,你的声音将传到一间又一间房屋一个又一个心灵。而小说成了一个你创造的崭新的世界,你的写作过程只能与上帝的创世过程相比!

学而后知不足,立志而后知不足,投入而后知不足。如果当初就知道文学有这么大的胃口,文学需要这么多的投入,文学要用去我的这么多生命;如果知道文学需要我冒这么多风险,需要我放弃青云直上、颐指气使、驾轻就熟、八面威风的可能,我当初还敢作出那样的决定吗？然而这里并没有疑问,我只能也一定会那样决定:我以我血荐文学。我的回答是:"是的。"我有许多的话要倾诉、要抒发、要记录、要表达,我压根就期待着翻山越海,乘风破浪,全力搏击,一显身手。向自己挑战,向自己提出大大超标的要求的正是我自己! 这就是我的人生,这就是我的价值,这就是我的选择,这就是我的快乐,这也就是我的痛苦。活一辈子,连正经的痛苦都没经历过岂不是白活一回？岂不是枉走人间？我什么时候都没有忘情过文学,文学也就没有忘记过我。我不会忘记 1953 年 11 月的那个初冬季节,它改变了决定了我的一生。

在声音的世界里

我至今忘记不了孩提时代听到过的算命瞎子吹奏的笛声。寒冷的冬夜，萧瑟的生活，一声无依无靠的笛子，呜咽抖颤，如泣如诉，表达着人生的艰难困苦、孤独凄清，轻回低转，听之泪下。不知道这算不算我这一生的第一节音乐课。

我慢慢知道，声音是世界上最奇妙的东西，无影无踪，无解无存，无体积无重量无定形，却又入耳牵心，移神动性，说不言之言，达意外之意，无为而无不有。

我喜欢听雨，小雨声使我感觉温柔静穆和平，而又缠绵弥漫无尽。中雨声使我感到活泼跳荡滋润，似乎这声音能带来某种新的转机，新的希望。大雨声使我壮怀激烈，威严和恐怖呼唤着豪情。而突然的风声能使我的心一下子抽紧在一起，风声雨声混在一起能使我沉浸于忧思中而又跃跃欲试。

我学着唱歌，所有的动人的歌子似乎都带有一点感伤。即使是进行曲谐谑曲也罢，当这个歌曲被你学会，装进你的头脑，当一切都时过境迁的时候，记忆中的进行曲不是也会随着时间的流逝而变得越来越温柔么？即使是最激越最欢快的歌曲也罢,一个人唱起来,不也有点寂寞吗? 一个真正的强者,一个真正激越着和欢快着的人,未必会唱很多的歌的。一个财源茂盛的大亨未必会去写企业家的报告文学。一个成功的政治家,大约不会去做特型演员演革命领袖。一个与自己的心上人过着团圆美满的夫妻生活,天长地久不分离,人丁兴旺,子孙满堂的人,大概也不会去谱写吟唱小夜曲。

莫非,艺术是属于弱者、失败者的?

我喜欢听单弦牌子曲《风雨归舟》,它似乎用闲适并带几分粗犷的声音吐出了心中的块垒。我喜欢听梅花大鼓《宝玉探晴雯》,绕来绕去的腔调十分含蓄,十分委婉,我总觉得用这样的曲子做背景音乐是最合适的。河南坠子的调门与唱法则富有一种幽默感,听坠子就好像听一位热心的、大嗓门的、率真本色中流露着娇憨的小大姐有来到去(趣)地白话。戏曲中我最动情的是河北梆子,苍凉高亢,嘶喊哭号,大吵大闹,如醉如痴。哦,我的燕赵故乡,你太压抑又太奔放,你太古老,又太孩子气了。强刺激的河北梆子,这不就是我们自己土生土长的"滚石乐"吗?

青年时代我开始接触西洋音乐了,《桑塔露琪亚》《我的太阳》《伏尔加船夫曲》《夏天最后的一棵玫瑰》《老人河》。所有的西洋歌曲都澎湃着情潮,都拥有一种健康的欲望,哪怕这种欲望派生出许多悲伤和烦恼,哪怕是痛苦也痛苦得那样强劲。

很快的我投身到苏联歌曲的海洋里去了。《喀秋莎》和

《我们祖国多么辽阔广大》打头，一首接一首明朗、充实、理想、执著的苏联歌曲掀起了我心头的波浪，点燃了我青春的火焰，插上了我奋飞的双翅。苏联歌曲成了我生命的一部分，我生活的一部分，我的命运的一部分。不管苏联的历史将会怎么样书写，我永远爱这些歌曲，包括歌颂斯大林的歌，他们意味着的与其说是苏联的政治和历史，不如说是我自己的青春和生命。音乐毕竟不是公文，当公文失效了的时候，（尽管与一个时期的公文有关的）音乐却会留存下来，脱离开一个时期的政治社会历史规定，脱离开那时的作曲家与听众给声音附加上去的种种具体目的和具体限制，成为永远的纪念和见证，成为永远可以温习的感情贮藏。这样说，艺术又是属于强者的了，艺术的名字是"坚强"，是恒久，正像一首苏联歌曲所唱的那样，它是"在火里不会燃烧，在水里也不会下沉"的。

说老实话，我的音乐知识、音乐水准并不怎么样。我不会演奏任何一样乐器，不会拿起五线谱视唱，不知道许多大音乐家的姓名与代表作。但我确实喜爱音乐，能够沉浸在我所能够欣赏的声音世界中，并从中有所发现，有所获得，有所超越、排解、升华、了悟。进入了声音的世界，我的身心如鱼得水。莫扎特使我觉得左右逢源，俯拾即是，行云流水，才华横溢。柴可夫斯基给我以深沉、忧郁而又翩翩潇洒的美。贝多芬则以他的严谨、雍容、博大、丰赡使我五体投地地喘不过气来。肖邦的钢琴协奏曲如春潮，如月华，如鲜花灿烂，如水银泻地。

听了他的作品我会觉得自己更年轻,更聪明,更自信。所有他们的作品都给我一种神圣,一种清明,一种灵魂沐浴的通畅爽洁,一种对于人生价值包括人生的一切困扰和痛苦的代价的理解和肯定。听他们的作品,是我能够健康地活着、继续健康地活下去、战胜一切邪恶和干扰,工作下去、写作下去的一个保证,一个力量的源泉。

流行歌曲、通俗歌曲,也自有它的魅力。周璇、邓丽君、韦唯,以及美国的约翰·丹佛、巴芭拉、德国的尼娜、苏联的布加乔娃、西班牙的胡里奥,都有打动我的地方。我甚至于设想过,如果我当年不去搞写作,如果我去学唱通俗歌曲或者去学器乐或者去学作曲呢? 我相信,我会有一定的成就的。并非由于我什么事都逞能,不是由于我声带条件特别好,只是由于我太热爱音乐,太愿意生活在声音的世界里了。而经验告诉我,热爱,这已经是做好一件事的首要的保证了。

人生因有音乐而变得更美好、更难于被玷污、更值得了,不是么?

你是哪一年人？

我有一个朋友，从中国去到美国，上学、毕业、获得学位、打工、找到一份稳定体面的工作，取得了在美的居留权，再回到祖国服务报效，前后有十七八年时间了。有一次我们谈到祖国这十几年的突飞猛进与变化幅度之大，他用"隔几年就认不出来了"形容他的感受，再谈起"文革""反右""大跃进"诸旧事，更是恍如隔世。

我问他："这十几年美国的变化如何？"

他说："当然也有些变化，但美国这个国家已经相当定型。"

是的，我们生活在日新月异的当代中国，不仅是改革开放这十几年，对于中国来说，整个二十世纪就是一个转型剧变的世纪。

剧变中的人，不同的时期乃至年头各有不同的背景和命运；有时候年与代的差别超过了其他差别。例如"文革"中北京的中学生，有一届初高中毕业生全部上山下乡，去云南，去黑龙江，最近的也去了内蒙古生产建设兵团，但次一年的毕业生全部留在了北京市当工人,两届学生的故事就大不一样了。

拿我们的作家来说,也有"代"的区分。有五四当中成长起来的德高望重的元老一代,如冰心、巴金,硕果仅存。他们的健在,不但是中国新文学的福分,也是中国社会主义医疗保健事业的辉煌成就。只有在我们社会主义的中国,老作家才能得到这样好的医疗服务。他们青年时代的经历,他们拿起笔来写作时的社会与文化背景,对他们的世界观与文学观的形成与人生道路文学道路的选择具有重要的意义。他们青年时代的主要文化背景应是五四新文化运动,他们基本上是启蒙主义者,他们通过文学手段呼喊和争取民主、科学、幸福、反帝反封建、醒国醒民并救国救民,他们有很强烈的历史使命感。他们受到了大家的尊敬与爱戴。

我不太了解这一代作家中的持相反文学价值观的人们的命运,例如被称为"封建余孽"或"洋奴""叭儿"的人们,他们都已作古,但是非功过仍可评说。倒是现今有些年轻人持"断裂"说,对五四新文化运动颇多非议,于是"五四精神"的传人们,不得不站出来为它的理念与旗帜辩护。

后来有我称之为革命和战争——特别是抗日战争——的年代拿起笔来的一代作家、持积极投入革命和战争的态度的一批作家,他们充满献身精神,信仰坚定,立场分明,富于自信,敢于也善于斗争,他们隶属于胜利者与(新中国的)缔造者的光荣行列。建国后相当一个时期执文坛之牛耳者当然是这一些作家。他们的名字群星灿烂。有许多巨星已经陨落，也还有一些人仍然健在。他们当中的一些同志，特别富于一种政治敏感、主人翁意识、整体（包括事业整体与文坛整体）意识、主流或中流砥柱意识、党与人民的代言人意识、方向意识乃至开国元勋的责任意识。例如最近我就看到这样一位老同志，声言有了谁谁谁来"接文学的班"，他老就放心了。他的以天下为己任的领袖群伦的情怀溢于言表。这一代作家是新中国文学事业、延安文艺座谈会后的崭新的革命文学事业的奠基人和主力部队。他们虽然也逐渐变得高龄，他们中的许多同志，仍然笔力不减，新作迭出，尤其是正言谠论甚劲（包括公开发表的或上书言事的），人们会时时听到他们中一些同志的正气凛然的声音。

每个时期都有主流，这些老作家拿起笔来的时期的主流是革命与战争。同时每个时期也都有积极投入主流或不是投入而是黯然疏离的不同选择。选择了疏离主流的作家在革命大获全胜后受到了主流的疏离，坐了相当长时期的冷板凳，乃至受到了批评直至冲击。一开头倒也事出有因，当然后来就做得太过了。历史的发展从来是不无倾斜的，历史不可能对所有的人微笑抚摸捧抬装点，同时历史的秋千又常常荡来荡去。最近一个时期，一些疏离了革命与战争年代的主流的作家在某些圈子之内颇有些时来运转的气象，再现辉煌，行时得很。这大概也很符合中国式的物极必反的辩证法——因为中国少有那种一个时期的互补共存互相制约也互相激荡的多元平衡,而多半在某一特定时期,"不是东风压倒西风就是西风压倒东风"。目前有些学人对待"五四"以来的新文学史的态度发展到一百八十度大转弯——不疏离的不要、不边缘的不爱,红过的都贬、贬过的都红;从不符合某种意识形态要求的不行,到沾上了某种意识形态色彩就不行(这实是另一种意识形态即反对前一种意识形态的意识形态标准),从唯周扬的马首是瞻到唯海外某种舆论或学术思潮的马首是瞻——的程度,令人感到仍然是一阵风一股潮一大哄,仍然是非艺术的思路在起决定性作用。

再往下就要说到笔者这一代人了。我们的基本背景是新中国的诞生,这一代人信仰革命信仰苏联,无限光明无限幸福无限胜利无限热情无限骄傲自豪。我年轻时常常觉得过往的老一辈实在活得冤——他们竟然那么多年活在旧社会,旧社会的生活岂能算是人的生活? 后来的人也不如我们幸福,他们完全没有见识过新旧社会,没有新旧对比,没有见识过革命的凯歌行进与美丽光荣的新中国在旧中国的废墟中诞生。因此唯有我们这一代——后来通常称为五十年代起来的作家——是历史乃至上天的选民。但后来这些人中的许多遭遇到了"反右"运动的蒙头盖脸的试炼,于是又形成了一种难以消除的对极"左"的警惕乃至"恐惧"。"文革"结束后,这批人活跃了一阵子,有的还颇成气候,但也有些人由于锋芒太露战线太长而受到了这一部分人和另一部分人包括上一代人和下一代人的夹击，被指责为不够革命、干脆不革命、十分危险或者是相反——始终没有脱离开主流意识形态，始终太过革命。有的年轻一代指出，五十年代这一批作家的成长背景太过单纯，完全是新中国、马列、苏联那一套（后来苏联也不灵了），不如以前的与以后的一代代作家学人见识广博——例如到西方发达国家留过学。就是说我们当年引为自傲的，恰恰是被某些人诟病的。这很可叹却也公平、现世报——谁让你们自我感觉曾经那么好？我们曾经那样热爱革命热爱苏联以至于那样警惕或曰"内心恐惧"极"左"，也曾被某些年轻人嘲笑，觉得太没出息，有些讨厌和啰嗦。年轻人大概想"现在都什么年头了，还怕（或防）极'左'？"看来是幸福的、但仍然觉得自己太不幸太不走运的新一代人不理解上一代人怎么会那么轻信、那样自找苦吃、又那样地摆不脱放不下，尤其是上一代人留给他们的这个世界离他们的要求还太远太远。大概穷人的儿子都会埋怨老子未能留下可观的遗产吧。他们批评上一代人说，那是被扭曲的一代，他们从自己的苦难中生产出的不是能够使下一代人现成接收受用的光芒四射的真理，而是破铜烂铁。这不是很有趣也很讽刺么？

有一点我不太明白，为什么在新中国建立时期拿起笔来的这一批作家当中找不到几个疏离者呢？莫非我们是在一个没有疏离的反衬的年头成长起来的吗？这倒真有点扭曲的味儿了。至于极"左"云云，那倒是除了警惕者恐惧者外也还有意犹未尽者，还有意欲一"左"到底虎视眈眈跃跃欲试者，事物从来不是单方面的。

现在在文坛上最活跃最有能量的还是"文革"中成长起来的一代，所谓共和国同龄人、所谓"从红卫兵到作家"（这是一位旅加华人女学者的一本著作的题目）、所谓青春无悔、所谓"六八人"（指某一个特定年级的学生，论者认为这个年级要出思想者或这个年龄段要出人才）、所谓"喝狼奶长大的"（此话不够友好和全面，但也多少同样事出有因）等等。他们中的某些人经历过"文革"，经历过上山下乡，又在盛年经历了改革开放。他们热情洋溢，勇于高瞻远瞩，富有正义感和悲壮感，富有精英意识乃至提出向世俗化宣战的口号。他们富有火气和冲击力，他们声音洪亮颇有气概。他们中的许多人是在"文革"后期或上山下乡时拿起笔来写作的。在人生的不同阶段，他们都是热情投入努力奋斗的，他们从而有效地汲取了当时的与后来的最新鲜最生动最丰富先进的思想营养与人生及世界信息，他们确是继往开来者，他们痛感到战斗正未有穷期。他们是当今文坛的主力。

同样我也不太找得着这一代中的疏离群落。时至今日，倒是有人特别敏感于新条件下同行们的礼崩乐坏、精神失落、道德颓败，他们举起了抵抗投降的大旗；而另一些人显得温和一些，他们忙于自己的写作即个人写个人的，易于认同（投降?)一些。不知道这算不算一种分化?

同时,更新的一代人正在崛起,应该称他们为改革开放的一代,他们更少条条框框,更喜欢张扬个性与公开追求物质利益……我不想多谈这一代作家,因为我对他们的作品的阅读和理解还很不够。但他们与过往的几代作家又有明显的不同,他们当中已经有人发表对于共和国同龄人不敬的议论了。

代与代的沟通并不那么容易。例如我前面举的那个五十年代作家热爱至少是热爱过苏联、深受俄苏文学影响的例子。到了《阳光灿烂的日子》里,《喀秋莎》这支我们那一代人的圣洁的歌曲,是作为小流氓们在"老莫"——莫斯科餐厅聚会的背景音乐出现的。我试图教孩子们学我们年轻时喜欢的苏联和中国革命歌曲,然而我失败了。一位孩子说:"你从前唱过的歌原来这么水。"而我认为他们爱唱的流行歌曲才水。不知道这算不算代沟一例?

中国近百年风云变化,每隔那么十几年二十年乃至三年五年就"当惊世界殊""萧瑟秋风今又是,换了人间"一回。不同年龄段的人会有不同背景、不同的惯用语言——包括俗话套话俏皮话、不同的精神风貌、不同的服饰做派——现在的西服革履如果放到"文革"中穿会出现怎样的情景,连最富有想象力的作家也想不出来。一代一代人也会有不同的歌曲书籍思潮被青睐。这样,隔上一段时间人们在发现世界之"殊"的同时也会发现他的同类——人也已经"殊"了又"殊",叫做时惊世界异,自觉彼此殊;殊,也会成为一种隔膜吧。但不这样中国岂能由鸦片战争时期的大清帝国发展到突飞猛进的今天的把建设有中国特色社会主义的事业全面推向二十一世纪的中华人民共和国!

同时,在每一代人之中,对历史提出来的中心任务与活动舞台,也有积极投入与消极疏离的态度的区别。积极投入者叱咤风云,活得写得都充实红火,但也可能在历史的风暴中跌断脖颈,或失误受挫。至于因投入历史的中心任务而顾不上乃至损害了文学的某些艺术层面的精雕细刻,更是不在话下。疏离者常感困惑,常受冷落,常貌似无所事事,苍白空虚,向隅独吟。但在边缘状态下他们常常反而显得清醒,反而更纯洁更温柔更逍遥更迷人地经营着精美的文学瑰宝。待到风息浪止,沉淀寂静下来以后,他们就会被挖掘出来一放异彩。

选择了红火的人应该不拒绝为红火付出代价。选择了寂寞的人应该不拒绝为寂寞付出代价。至于历史走了什么弯路,那是另一个问题。寂寞了还要人家歌颂你的伟大,红火了还要人家歌颂你的高洁,然后为自己的寂寞或红火而骄傲,而自我欣赏自吹自擂或互相吹捧不已,再加上排斥不同的选择,未免显得太贪太满(太唯一)太发烧友。

也许我们不喜欢"代沟"这样一种来自西方国家的语言,那么看了几代人之间的不同乃至他们中某些龃龉,恐怕也难以否认差异存在的事实。其实各代人都有自己的历史机遇与历史舞台,有自己的历史业绩历史性贡献与历史局限历史遗憾,人们被历史成全被历史厚爱又有时被历史捉弄乃至被历史牺牲。比如我们那一代作家中缺少留洋的缺少有学位的,年轻时也很少有人读过海德格尔。对此我们应该有自知之明并努力跟上,我早就提出过"非学者化"的问题。但我们这一代人革人家的命与被革命的经验也还有它的宝贵之处,如果善于总结经验也还不无价值。人生是一部大书,社会是一部大书,这恰恰是沈从文先生最爱讲的。一味害怕自然不足取,宋人吕东莱却议曰:"天下之事胜于惧而败于忽。"何况,这一代人的所谓"内心恐惧",又被理解了多少,超越了多少! 再说,真正有作为的人一方面为自己的时代所囿,一方面也还应该有所突破超越。尤其是,整个百年中国,代与代之间有它的连续性、传承性、一致性。各代作家之间有许多一脉相承的东西,就是说,我们也有代而不沟或有沟也可以架桥的因素。没有必要把一代人与另一代人对立起来,除非是加上了个人的私利动机。没有必要把自己这一代想得太美太悲而把上一代或下一代想得太差太丑。动不动自我作古、自我纪元、怨父恨子,是幼稚的。当然幼稚并不是大恶,我自己就那般幼稚过。

因此我希望,每一代作家除了看到自己这一代人的好处以外也正视这一代人做过的蠢事,除了悲剧的精神也不妨具有一点喜剧的精神,除了执著的态度也还有一点自我的超越。除了自恋自怜自我咀嚼也不妨有一点自嘲自省自审,除了热度也可以有一些冷度——清醒度,除了大字报式地痛骂痛批别人也还可以搞一点与人为善。我过去这方面也常常做得不足,我在近年的作品中追求的也包括这个。我希望人们除了相信自己这一代人的生辰八字必有异彩——这很可爱很能鼓舞人——以外,不妨相信旁的年头也能出人才出好人。这也与任何年头都会出小有所知、不太明理而又喜欢自吹和轻率地抹杀旁人的人——直至不怀好意、陷人于罪,相信同行是冤家的人一样。人们可以审父教子,还可以研究与理解乃父乃子,与乃父乃子沟通交流。谁也无法割断历史,只有无知者才会以为整整另一代人智商都远远低于己辈。最好是去理解代与代的差异的客观依据与历史依据。有了理解,有了善意,有了那么多共识和统一,有了清醒与自知之明,那么不但你上学那一年流年极佳,他上学那一年、现在与今后的子孙后代上学的许多年,都还是有一定的希望的。你能学到的东西比你老的或小的人也很可能学到。遇到不同代人的不同意见,不必立即悲壮亢奋,也不必把对方立即视为妖魔丑类歹徒阶级敌人。君子和而不同,几千年前的孔夫子的话说得真好。我相信各代作家都是或愿意是君子,我盼望不同年龄段的作家、不同性别不同背景不同风格不同观点的作家,都能和而不同,不苟同,吾爱吾师吾更爱真理,同时不苟敌苟恶苟贬,尽可能地保持和谐,能和谐也是一种精神文明,我们也还可以讲一点互相尊重互相理解互相学习实事求是的老话呀。

珍惜家庭

对于一些关于家庭终将消亡或正在消亡的理论与实践我一度是很钦佩的。50年代后期大跃进那几年,宣传了一阵子家庭将随着私有财产的消亡而消亡的理论。但说实话,往往结合着自身再一想,当时见了这种理论我其实心里又真有点发慌——怎么能没有家呢?据说到了共产主义社会就没有家庭了,但是在没有到达共产主义社会以前,把家庭消灭大概让人接受不了。

西方发达国家也有些人对于家庭与婚姻(这是家庭的基础)持否定态度。虽然他们那种独身生活的个人性与坚持性令一些人佩服,但是我做不到,这固然与我不喜欢个人独处有关。另外,我也认为毕竟西方是西方,我们不是西方。

人总是和别人一起生活的。不论怎么珍重个人的独立性,一个人很难始终孤家寡人过一辈子。这里边有技术性的问题,生活,吃喝拉撒睡,读书做事是需要分工合作与互相帮助的。老了病了房塌了着火了都需要别人的帮助。这里边也有或者更有心理、情感的问题。人需要与人共处,需要与人分享自己的喜怒哀乐、见闻经验。人更需要爱，没有爱的人生是沙漠里的人生，是难以忍受的。家庭是爱的结果。是爱的载体，是爱的"场"。而爱是家庭的依据，家庭的魅力，家庭的幸福源泉。有了爱，生命是生存的见证，交流是活着的见证。夫妻、父子或母子、父女或母女，互为生存的依托与见证。没有爱，也就没有了生存，或者虽生犹不生。

特别是在严峻的日子里，家庭的功用实在是无与伦比的。我个人有一个发现——仅仅政治上的或者工作上的压力是不会把一个人压垮的，凡是在那不正常的年月自杀身亡的人，几乎无一不是身受双重压力的结果。即是说他们往往是在受到政治上的打击与误解的同时又面临家庭解体，在家里受到众叛亲离的压力。反过来说，身受政治与家庭两重压力而全然能挺过来的实在不多。

有许多宝贵的人才、可爱的人物身处逆境而终于活过来了，健康地活过来了，我想这应该归功于他们的家庭和家人。是家庭和家人使身受严峻考验的人得到了哪怕是暂时的温暖，得到了喘息，得到了生活的照顾，得到了无论如何要坚强地活下去的信心和耐心。历史应该感谢这样的家庭和家人。祖国应该感谢这样的家庭和家人。

家庭也像健康，你得到的时候认为一切你所获得的都是理所当然，甚至木然淡然处之；而当你失去以后，你就知道这一切是多么宝贵，多么不应该失去。

所以，当我们向别人发出祝福的时候，最常常说的是"祝你身体健康，家庭幸福"。

没有什么东西可以与健康相比，但是家庭可以。而且，一般的规律，家庭幸福的人身体也更有机会保持健康。而家庭不幸福的人呢，祝他们也时来运转，得到一个幸福的家吧。

诚贤侄

老友之子未及而立,最近就任副县长之职,应友人命,诚之曰:

把眼睛盯在工作上业务上,不要盯在别人服不服自己上。一个芝麻官,又年轻,人家没有必服的义务。不服就不服,不服也得按工作程序运转。

千万不要弄几个人去搜集谁谁说了你什么什么,尤其不要自己在会上为自己抢白,不要自己出马批判对你的风言风语。你如果这样做了,就等于自己传播流言,等于把大家的注意力吸引到自己头上,等于自我出丑。

不要动不动骂前任。骂前任你就给自己出了个难题,你必须处处反前任之道而行之,而且要干得比他好得多。骂前任就把自己摆在了处处与前任相比较的聚光灯下,这对你其实并不利。

不要到上级面前老是说你这个县的人民多么落后,这个县的干部的素质多么低下。骂自己的部属,只能暴露你自己的无能、无知,暴露你自己既不会团结人又发挥不了大家的积极性——一句话,暴露了你自己的不称职。不要老是到上面去呼救求援。周围十几个县都踏踏实实,就你这儿老出事,除了证明你不行又能说明什么呢? 一点矛盾也不能消化,要你这个副县长做啥?

不要动不动在下属面前流露对上级的不满,专门有这么一些人,窥伺着上头的矛盾,以便利用矛盾达到自己的目的,这样的人很不正派。

不要搞十几个人来七八条枪的亲信,更不要走到哪里把他们带到哪里,谁也不是傻子。你那样做,在得到这十几个人的前呼后拥的同时会失去大多数。

各种大原则问题,自有组织和老同志教导,我这里说的供你参考。总之,大官小官,都是办事的官。用工作的成绩说话,则兴,则立,则吉;用说话来取代工作成绩,则败,则危,则凶。切切,切切!

最后再补充一句,能上能下,才见人品官品,下的时候切莫出洋相。任职期间也不要把业务全丢了,免得最后弄个一无所长,一无所成,武大郎盘杠子,上下够不着。

鸟　笼

老王从早市上买了一只鸟。

老王本来是最讨厌用笼子养鸟的，他的见解是，人的爱心里包含着占有的欲望，这也是老子名言"天下皆知美之为美，斯恶矣"的一解。以爱鸟始，继之以捕鸟、囚鸟、驯鸟、奴役鸟、玩鸟、倒卖鸟、做鸟标本、食鸟……终。太可恨了！

但是，说是这只鸟选择了老王。他在鸟市上，一只并未囚在笼子里的画眉飞到他的肩上来，歌喉婉转，声调动人。卖鸟者说，这个画眉是通灵性的，它知道人的善恶真伪亲疏，它选择自己倾心的主人。

老王当真有一点感动。他知道自己一辈子成不了大事就是因为易于被感动。他花了不菲的金钱，买下了画眉。当卖鸟者把画眉装到笼子里的时候，他一怔，怎么要入笼？他的疑问使卖鸟者哈哈大笑："怎么着？您以为它是您的朋友啊？客人啊？它能跟着您进家吗？"

然后是与太太、孩子、亲友间旷日持久的讨论争论悖论：

放生？无非是让以捕鸟为业的人再捉它一次，而且，它早到已经丧失了自己独立野外生活的能力了。

放在房里养？美国方式？你有那么多空间吗？你的房间有那么安全吗？你能保证进你们家的人对于鸟类都是友好的吗？鸟屎问题能够不让人烦恼吗？何况你还养了一只猫！

干脆放出来随它的便？它是弱势生命呀，它是你强行带回家里来的，你的责任心在哪里？

送到大学生物系？干什么？做标本？解剖？烧烤？饿死它？

一个月过去了，两个月过去了，老王精心照料着画眉，画眉生活和歌唱得相当不错。

老王被邀走了一趟大西北，离家二十多天。

回家后，发现笼子大开，太太说是画眉已经飞走了。

老王大惊，详细盘问，太太推给孩子，孩子推给保姆，谁也说不明细，而且大家都不愉快。太太说，你关心鸟胜过了关心我。孩子说，你这是老年忧郁症。保姆说，大爷，您要是这么不相信我，我就辞活算了。

鸟的下场到底如何，老王始终弄不清楚，这成为他的生平与家庭历史上的一个新的黑洞。

倒是那个笼子，完全打开了，门闩也坏掉了，囚不住任何鸟儿了。

猫懂话

老王与一位朋友一起在一家酒馆小坐,这时爬过来一只小虎皮猫。老王说:"我最喜欢小猫了,小猫的样子特别叫人爱怜,再说猫的智商可高了,它们各有各的性格……"

朋友说:"算了吧,我从前养过猫,可脏了,猫爪子爱乱抓东西,把我的沙发都抓坏了……"

虎皮猫静静地听着他们的话,样子有些踌躇不安,过了一会儿,它轻轻跳到老王身旁,摊直身体入睡休息。

老王的朋友大惊,说:"哎呀,猫完全听懂了咱们的对话了,你看它找你却躲避开我……"

后来他们又想起,有一位粗鲁些的友人,一次见到一家养狗,便胡乱说:"养它呢,还不如剥下来卖狗皮呢……"此话一发,那只狗恨得疯狂撕咬,狗的主人耐心向狗解释:"他是开玩笑,他说着玩呢……"狗仍然不依不饶,此后也是只要见到这个人就大咬特叫。

谁知道?猫狗是如此了,鸡鸭呢?花草呢?也许还有石头?也许这个世界其实懂得咱们的一切啰里啰唆与窃窃私语?

毋为人先

老王的孙子碰到了一个麻烦,他的父母、祖父母、外祖父母帮他分析始末,出主意,设法解决问题。

事情是这样的:

老师讲一道算术题,预先说了这道题多么难做,讲完后问:"你们有谁会做?"

孙子立即站了起来,走到黑板前拿起粉笔,开始做题。

他的身后有起哄的声音,似是佩服者有之,似是不服者有之,似是讨厌者有之,似是看热闹者有之,叫孙子的绰号予以取笑者有之。

孙子刚刚写了第一个式子,可能与老师想的不一样,就被老师打断制止,老师嘴里说着:"不对不对不对不对不对……"约二十几个"不对",将孙子轰回了原座位。

全班同学哄堂大笑。责骂声响起:"自大多一点!""这回不显摆了吧?""不对不对……"(学着老师的说话)"崴了吧您哪?"……

孙子讲解了自己的解题方法,众长辈一致认定,孙子的解题方法无误,与老师讲的方法殊途同归。

妈妈说:"我要找个机会去拜访老师,向他反映一下意见……"

没等妈妈说完,爸爸就说话了:"孩子,你的解题方法虽然正确,也值得表扬,但是对老师的想法也要有一个正确的理解,可能你站起来得太快了,把复杂的难题太看轻了,他希望你再多深思熟虑一点……至于去提意见是绝对不灵的,老师不会承认你早就破解了这道题,你也提不出证据证明你当时的想法就是正确的,就是与现在的想法一样,再说这会影响你与老师的关系……"

姥姥说:"以后这样,什么事你都要慢半拍,一停二看三通过,如果全班没有一个说会做,那么哪怕你会做了,也不用出声,如果有个把人举手,你也缓缓地把手举起来。"

姥爷说:"孩子,明白了吧,关键是自己学好了,别的事宁可落在后边,不可抢在前头!"

……

老王说:"第一,孩子是正确的,你没有必要不高兴,起哄也好,制止也好,他们是不对的。第二,他们对不对我们是没有办法管的,相信他们将来会认识到;如果认识不到,那也只能算是他们的问题……第三,第三……"

老王无论如何也说不出这个第三来了,他建议停止对这个问题的分析讨论,他说,你不分析还好一点,你越是分析,越是误导了你!

悲惨的童年

周末,老王到女儿家去,晚饭后照例是八岁的外孙的功课:吹萨克斯管。

开始,女儿想把孩子培养成肖邦,至少也要培养成赖斯,据说美国前国务卿赖斯的钢琴弹得很好。再说,女儿爱唱的流行歌曲"我爱你,就像老鼠爱大米",客观上有向赖斯表示友好的战略性含义,因为赖斯在汉语里当作"大米"解。

后来,学钢琴未果,又给孩子报名参加了管乐队。老王说,在乐团,吹管乐是要发营养补助费的,这证明儿童不适合学管乐。

女儿示意父亲不要废话,不要干扰她对于孩子成才的长远部署。

孩子做了一天的功课,有点疲劳,还有点咳嗽,又惦记着饭后玩一会儿电脑游戏,吹得有些心不在焉。——许多父母的育儿壮志都是毁坏在电脑游戏软件手里的。

于是孩子的管子吹得忽快忽慢,断断续续,忽高忽低,呜呜咽咽,找不着调,更没有节奏,而女儿家养的一只比格狗,随着萨克斯管的动静,伸直了脖子,跟着惨叫。老王听着就像听到人与狗的同声哭泣一样。

于是女儿训斥孩子吹得不好,并声言,由于吹得没有进步,再加吹五遍。于是孩子无边无沿地继续吹下去,狗也声声断断地哭下去。

老王感动得几近落泪。他伤感地说:"我相信,这支曲子的名字一定是《悲惨的童年》。"

女儿大惊,说不是呀,这首曲子的名字是《好日子》!

老王也没有想到,他很不好意思,他觉得自己的鉴赏乐曲的能力实在是太差了。

冬　雨

　　今年冬天的天气真见鬼，前天下了第一场雪，今天又下起雨来了。密麻麻的毛毛雨，似乎想骗人相信现在是春天，可天气明明比下雪那天还冷。我在电车站等电车，没带雨具，淋湿了头发、脖子和衣服，眼镜沾满了水，连对面的百货店都看不清。右腿的关节隐隐也作痛起来。

　　下午有几个学生在我的课堂上传纸条，使我生了一顿气。说也怪，当了二十年小学教员了，却总是不喜欢小孩子，孩子们也不怎么喜欢我，校长常批评我对学生的态度不好。细雨不住地下，电车老不见来，想想这些事，心里怪郁闷。

　　当当当，车来了，许多人拥上去，我也扯紧了大衣往上走，在慌忙中，一只脚踩在别人的鞋上，听见一个小伙子叫了一声。

　　我上了车，赶忙摘下了沾满了水的眼镜，那年轻人也上了车，说："怎么往人脚上走呀！"我道了对不起，掏出手帕擦眼镜，又听见那人说："真是的，戴着眼镜眼也不管事，新皮鞋……"

我戴上眼镜,果然看见他那新鞋上有泥印子。他是一个头发梳向一边的青年,宽宽的额头下边是两道挑起来的眉毛,眼睛又大又圆,鼻子大而尖,嘴里还在嘟哝着,我觉得这小伙子很"刺儿",对成年人太不礼貌,于是还他一句说:"踩着您的新鞋了,我很抱歉。不过年轻人说话还是谦和一点好!"

"什么?"他窘住了,脸红了,两道眉毛连起来。我知道他火了,故意轻轻地、倚老卖老地咳嗽了几下。

就在纠纷马上要爆发的时候,忽然电车的另一边传来一阵掌声。

怪事,电车上该不会有人表演杂技吧? 我们俩回过头,只见那边一部分人离开了座位,一部分人探着身子,注视着车窗,议论着、笑着。

我不由得走过去。原来大家是围着一个小姑娘。那小姑娘梳着小辫子,围着大花围脖,跪在座位上,聚精会神地对着玻璃。再走向前一步看,才知道她是在玻璃上画画。乘客呼出的气沾在密闭的窗玻璃上,形成一层均匀的薄雾,正好作画板。那小姑娘伸出自己圆圆的小指头,在画一座房屋。她旁边座位上跪着一个更小的男孩子,出主意说:"画一棵树,对了,小树,还有花,花……"小姑娘把头发上的卡子取下来画花,这样线条更细。我略略转动一下目光,哎呀,左边的几个窗玻璃上已经都有了她的画稿了。一块玻璃上画着大脑袋的小鸭子，下面有三条曲线表示水波，另一块玻璃上画着一艘轮船，船上还飘扬着旗帜，旗上仿佛还有五颗星。哈哈，这一块玻璃上是一个胖娃娃，眼睛眯成一道线，嘴咧得从一只耳朵梢到另一只耳朵梢……回过头来看，她的风景画刚刚完成，作为房屋、花、树木的背景的，是连绵的山峰，两峰之间露出了太阳，光芒万丈。

"这个更好！"一个穿黑大衣的胖胖的中年女人说。

"好孩子，手真利落！"一个老太太说。

"真棒，真叫棒！"售票员笑嘻嘻地从人群中退了出来，又恢复了那种机械的声调："买票来，买票来，下站是缸瓦市！"

车停了，下车的人在下车以前纷纷留下了夸赞小画家的话。那女孩好像根本没有听见这些议论，只是向身旁的男孩说："弟弟，再画一个好不好？"男孩连连说："好，好，再画一架大飞机！"两个人就从座位上下来，向右边没有画过的窗玻璃走去。车上的人本来不少，又聚在一端，就显得很挤，但大家自动给他们让了路和座位。隔着许多人，我只看见那小画家的侧面，她的额上、鬓上的头发弯曲而细碎，她的头微扬着，脸上显出幸福和沉醉的表情。她弟弟的样子却俨然是姐姐的崇拜者，听话地尾随在姐姐后面。

车到"平安里"了，小画家已经在所有的玻璃上留下了自己的作品。她拉着弟弟准备下车，别人问她在哪儿上学，叫什么名字，她只是嘻嘻地笑，没回答。我退到车门边，欣赏着她天真活泼而又大方的样子。她就要下车了,忽然目光停留在我身上,然后深深地给我鞠了一个大躬:"赵老师!"她的弟弟也随着给我鞠了个躬。

"这难道是我们学校的学生?"我大吃一惊,想看看她胸前戴着校徽没有,她已经下去了,在车外边一蹦一跳地走在细雨里,很快地消失了矮矮的身影。

所有的视线都集中到我身上了,一个老年人向我伸出大拇指:"这是您的学生啊?真不简单。"售票员一边给乘客找着零钱,一边质朴而滑稽地说:"唉,我要能当教员,有这么好的学生,一天少吃一顿饭都高兴!"所有的人都友善地、羡慕地、尊敬地看我,使我一时手足无措,只好哼着哈着往电车的另一端走,一转身,正好看见那被我踩了新鞋的小伙子,才想起这儿还有一场未了的纠纷。那小伙子看见我,想躲开,又躲不开了,露出了一种怪不好意思的样子。

阴天,时间虽然不算晚,车里的光线却暗下来了,于是售票员打开了电灯。大家立刻都愣住了,因为那"玻璃画"在灯光下获得了新的色彩,栩栩如生,好像我们坐的不是环行电车,而是,而是什么……那车的窗户,全是雕了花的水晶做的!

电车上的乘客亲切地互望着,会心地微笑着,好像大家都是熟人,是朋友,我对面有一对年轻的恋人靠得更紧了……好像有什么奇妙的东西赋予了这平凡的旧车厢魅力,使陌生的乘客变得亲近,使恶劣的天气不再影响人的心绪了。

　　至于我呢,我说不出心里是什么滋味,只是呆呆地看着窗外的细雨——雨点已经变成了小小的霰粒。

歌　神

一

除了我正在恼怒,这初秋黄昏的田野上的一切,是多么美妙而且和谐!

落日给道路两侧优雅地摆动着的杨树林的顶端镀上了一层金辉,又透过竞相伸展的茂密的枝条,婆娑摇曳地飘洒到汩汩流淌着的、正在为播种冬麦而备墒的大渠的水面上,于是渠水变得明亮而且活泼了。渠边路旁,郁郁的秋草之中,时而抬起个把山羊或者毛驴的头颈,饱食和休闲使得它们的神态也变得雍容和高贵起来。公路上,不时有一辆辆载重汽车驶过,挡风玻璃上滑动着橙色的、愈来愈清晰可触的落日。林带的另一面的土路上,歪戴着硬壳帽子的牧童驱赶着代牧的社员们的自养乳牛回村。靠近"家"了,乳牛们撒开了欢,哞哞地叫着,拙笨而又起劲地摇摆着它们的肚腹和肥臀,蹚起了团团尘雾。

路和林带的另一面是广阔和娴静的田野。玉米像一群亭亭玉立的姑娘,手挽着手站在一起,在干爽的秋风中散发着一种潮湿、芳馨、甚至有点刺人鼻子、新鲜得使人沉醉的气味儿。

与玉米地相邻，是一大片谦逊地仰着脸、深绿中染上了片片暗红和紫黄的苜蓿。已经开始第三茬收割了，芟镰扫过的地面上是一堆一堆的牧草，发出的气味温厚、甘甜，有一种暖烘烘的劲儿。

大地无言而变化有定。正是昼和夜、夏和秋、燥和湿、暑和寒更迭交替的时刻，空气、温度、微尘、田野上的一切都在升腾和下降，旋转和安歇……

我们三个人围坐在田头林边，处在浓密的秋草的掩护之下，坐在安谧的金色的暮霭之中。

在我们当中的空地上，放着一瓶精装的"伊犁大曲"。一块手帕上放着一个葱头和几块糖球——这就是酒菜，还有一个仔细擦拭过的自行车铃的铃盖——这便是酒杯。

弟弟沉浸在一种不寻常的兴奋里。开始，我的追踪而来使他手足无措，他畏怯地、请求地看着我。但就是在这时，他也没有忘记用他的眼睛，用他的姿势和神情表达他对坐在我对面的陌生人的崇拜和倾心。

这个膝头上横放着一把有点破旧的热瓦甫的小伙子，我似曾相识。高身量，略显瘦削，骨架有力，鬈曲的头发，高高凸出的眉骨和鼻梁，浓而长的眉毛，扁而长的、上挑的眼睛、淡褐色的、带着一种奇异的温柔和沉思的色彩的眸子，英勇而又和善的、似乎凝神看着远方的目光。本来，我找到弟弟的时候想倾泻出一大串抱怨和责备、像一个涨满了水的涝坝，眼看就要决口。但是这目光使我闸住了，而且不管有多么勉强，我也应他们的礼让而坐了下来。

弟弟拿起酒瓶，划了一根火柴，点着了封口的薄膜，燃起了淡蓝色的火焰。烧净以后，他用牙齿咬开了瓶盖，用自行车铃碗先给自己斟了一点，偷看了一下我的呆板的面孔，慌乱地呷了下去，然后，咕嘟咕嘟，往铃盖里倒了大半"碗"，毕恭毕敬地递给了陌生的小伙子。

陌生的小伙子从弟弟手里接过了酒，高高举起，按照礼仪，询问着：

"我喝吗？"

"请饮酒。请尽管饮。"我摊开右手，伸向他，按照礼仪回答。答话的时候，我做出一副眼睛看着别处的样子。

其实我当然在注意着他。他并不像一般的年轻人那样，一仰脖，酒杯一折，了事。他把"酒杯"放在唇边，心里却在想着别的事，他闻一闻酒，似乎有点抱歉，有点下不了决心，最后，他慢慢地无声无息地把酒咽了下去。

他把空铃碗放到腿边，而没有按照规矩把酒杯送还给主人——弟弟。他拿起膝头的热瓦甫，弦也不调，信手拨弄起来，叮叮咚咚，像夏日的一阵急雨。

在他拨弄琴弦的时候，弟弟悄声对我说：

"艾克兰穆，大河里放木排的人。原先在特克斯林场，后来被选拔到天山乐团去了。去了一两个月,他想念家乡,又跑回来了。现在又到察布查尔林场去了……"

"他是个开小差的?"我不满地问,皱起了眉头。

我的不礼貌的说法使弟弟变了颜色。幸好,艾克兰穆没有注意到。他半闭着眼睛,手指轻松地、敏捷地拂动着,从琴上吹起了一股清风,吹过了草原,追上了奔马,绕过了山泉,又赶上了两只像箭一样奔跑着的金色的小鹿……

弟弟悄声为他的朋友辩护着:"伊犁人哪一个能过得惯外地的生活呢? 他离不开这里的天空,草原,大河里的浪花……"

我没言语,不管愿意不愿意,艾克兰穆的热瓦甫琴声开始吸引着我。好像在一个闷热的夏季,树叶颤动了,还弄不清是怎么回事也罢,人们总会不约而同地舒一口气。好像一个熟睡的婴儿,梦中听到了慈祥的召唤,他慢慢地、慢慢地睁开了眼睛,他第一次看到了世界的光和影,看到了俯身向他微笑的美丽的母亲。

路边出现了一个小姑娘,头戴艳丽的花绸巾,身穿褪了色的、嫌小了的连衣裙,赤着脚来牵她的山羊。她握着拴羊的绳子立在了那里,显然,琴声也打动了她。

艾克兰穆想起了什么,他睁开眼,停住手,把铃碗——酒杯递给了弟弟。

下一"杯"轮到我了,我抿了抿,又敬给了艾克兰穆,其实是为了表达我对这强加于我的"饮宴"的冷淡。

艾克兰穆把酒喝下去了，又喝了一次。三杯已过，他眯上眼睛，再一睁，就唱起来了。说是唱，又像是在说话，在自语，似乎没有旋律，懒洋洋地哼着的调子里包含着一种温暖，一种希望。好像青草在欣悦地生长，好像蓓蕾在无言地开放，好像是一匹被主人上了绊子的马自顾自地低头觅食，好像是船舶靠岸过夜的时候随着水波轻轻摇晃。渐渐地，草原开遍了鲜花，骏马风驰电掣，木排在激流里起伏，四面是光明的白昼。我呆住了，耀眼的亮光使我晕眩，使我忘记了一切。我像一个正在负气的粗野的孩子，扭动身躯要躲避母亲的爱抚，但是母亲的硕大的手掌理顺了我的挓挲①的头发，抚摸着我的额头、脸蛋和脖颈，我驯服了，我终于躺在了母亲的怀里，幸福地闭上了眼睛。

突然，一声高亢的呼唤，中断了连续的歌吟，艾克兰穆蓦地把头一甩，用一只手支持着自己，放下了热瓦甫，面对着苍茫的天上升起的第一颗星，用一种全然不同的、天外飞来般的响亮的嗓音高唱起来。像洪水冲破了闸门，像春花在一个早上漫山红遍，像一千个盛装的维吾尔少女同时起舞，像扬场的时候无数金色的麦粒从天空撒落。艾克兰穆的歌儿从他的嗓子，从他的胸膛里迸放出来，升腾为奇异的精灵，在天空，在原

---

① 挓挲(zhā shā)：方言，(手、头发、树枝等)张开；伸开。

野,在高山与流水之上回旋。我呢,也随着这歌声升起,再升起,飞翔,我看到了故乡大地是这样辽阔而自由,伊犁河奔腾叫啸,天山云杉肃穆苍劲,地面上繁花似锦……

我们不知道过了多长时间。一颗又一颗蓝色的和橘色的星星竞相来到我们的头顶,它们在俯视,在谛听,在激动得发抖。庄稼和树木惊愕地待在了黑影里,风儿也在围绕着我们回转,不忍离去。

直到歌声停止,我才透过了一口气。弟弟趴在地上,哭起来了。来牵山羊的小姑娘搂着她的山羊,忘记了回家。我也想起了许多亲切的事,我想起了去世的母亲,想起了小时候偷偷爱过的姑娘,想起苹果开花和蚕豆结荚,想起了那一去不复返的、少年人的梦一样的日子。我想说一些话,然而,艾克兰穆已经走了……

"他为什么唱得这样好?"

"他本来唱得就好……而且,他在恋爱……"说到"恋爱"这个词儿,十六岁的堂弟先红了脸。见我无意责备或者禁止,他继续说:

"艾克兰穆爱上了哈萨克姑娘阿依达娜柯。"

阿依达娜柯,多么好听的名字! 它的意思是"像月光一样洁白",而洁白,在我们的语言里代表着美、纯真和善良。哈萨克人善于起各种各样的名字。虽然在叔叔这里只待了一个暑假,我已经知道了在伊犁河边放牧的这个年轻的姑娘。她长着乌黑浓密的头发,圆圆的、红润的面孔,天真无邪而又生动的、有时甚至是略带哀怨神采的眼睛。我曾经信步走进过她的帐篷,她叫住了狺狺怒吠的护羊犬,默然给我煮茶、端奶,温顺而又从容地招待我,却并不看我一眼。

我还听说过她父母双亡,跟着她的异母哥哥过日子,而她的这个哥哥,是个不可救药的窃贼、赌棍和醉鬼。这使我一时觉得有些郁闷。

然而,他们会幸福的。艾克兰穆的青春、欢乐和爱情是不可战胜的。

那时我这样想。那是一九六一年的九月,之后,我很快就返回乌鲁木齐医科大学了。

二

下一个暑假我没有机会再去看望那位远房叔叔和胆怯的弟弟,没能再去造访那里的杨树林和苜蓿地。一九六二年夏,我作为实习生参加了农村医疗队,去到南疆叶尔羌河的东南岸的偏僻的麦盖提县。七月下旬,我被医疗队委派去喀什市购买一批药品和器械。正赶上野性的叶尔羌河涨水,摆渡不能正常行驶,我和旅伴们在河边耽误了七个小时,到达喀什的时候,天已大黑了。

盛夏时节,沿着荒凉的塔克拉玛干大沙漠的西北边沿旅行是什么滋味,外地人是无法体会的。宇宙变成了一个烤馕的大土炉,石头晒得能烫坏任何触摸它的手,到处飞扬的烟尘就像刚从火里搂出来的热灰,连苍蝇都不敢在这样的空气中振翅。饿、渴、热,我们一个个筋疲力尽,汗水和着灰尘为我们全身敷了一层肮脏的软膏。就这样到了喀什市,我一口气喝了六碗茶,吃了三盘抓饭,一头倒在交际处客房的钢丝床上。

然而我没有睡多久,我被唤醒了,醒来却不见人,原来,呼唤我的是——歌声,喀什噶尔的歌声!喀什的夏夜总是在歌声中度过的,从黄昏到黎明,城乡的歌声不断。走路的,骑驴的,赶车和坐车的,夜间浇水和扬场的,休闲和乘凉的,喝醉了的和清醒着的男和女、老和少,一切没有睡下的人都在高歌,一切睡下的人都在歌声的伴和中寻找自己的梦,这样的歌声,其实从我们乘坐的大轿车驶过跨越喀什噶尔河的木桥的时候起,压根儿就没有离开过我的耳鼓。但是,现在,当夜深人静,当月光隔着窗子把胡桃叶的影子洒在我的脸上的时候,这南部新疆特有的,充满了焦渴和热情、苦恼和执着,像呼喊一样全无矫饰、像火焰一样跳跃急促的民歌旋律,变得怎样清晰而且强大了啊!

我如醉如痴,悄悄地地披上了衣衫,趿上了鞋子,顺着歌声的指引,穿过浓密如发的渠边的柳丛,跨过银波闪烁的河道,绕过醇厚如酒的香气袭人的沙枣林,沿着宽阔的石子路和大大小小的木桥,寻找着,寻找着,来到了人民公园门前的广场。

广场上围着好多圈子,每一个圈子里都有一个歌者在弹弄热瓦甫或者都塔尔,拉响萨塔尔或者艾杰克①。歌者各唱各的,唱的多是关于战争和爱情的万古长青的叙事诗,混乱的声调汇在一处,共同诉说着维吾尔人的悠久的、充满悲欢离合、爱爱仇仇的历史。喀什噶尔不愧是我们民族的摇篮,无怪乎在中亚细亚人们常常把维吾尔人称做喀什噶尔人。这过去只在人们的谈叙中听到过的夏夜的说唱,亲临其境以后才知道它具有一种怎样的惊心动魄的力量。连对面举世闻名的艾依提尕清真大寺的绿塔和巨大的浑圆的穹顶也显得更加庄严雄伟了。

忽然,歌声和琴声似乎一下子都停止了。一个苍凉而又委婉的男中音,轻轻地飘了过来。抖颤和缠绵的歌声里包含着一种剑一样锋利的撕裂人胸膛的痛苦,一种蓄积深重的、压得人透不过气的忧患。你迷茫了,你垂下了头,你眼花了,你好像看见大队的送葬的行列,腰身上系着白带子的人哭喊着:"啊,我的友人!啊,我的友人!啊……"

忧郁的歌声中渐渐出现了一种狂暴的激越的呼喊,似是塔克拉玛干腹地上突起的黑色的旋风。强劲的、威严的旋风把整座整座的沙山连底拔起,高举在上空,遮天蔽日,无情地

---

① 热瓦甫、都塔尔:弹拨乐器;萨塔尔、艾杰克:类似二胡和低音胡的弦乐器。

摧毁着一切纤小的生命。野草闲花枯萎了,鱼虾蛙虫被埋在河床,土层被掀掉了,旷野上矗立着耸入云天的尘柱,大地龟裂,现出可怖的风蚀纹……

这是谁在唱?新鲜的、石破天惊的歌声中又回响着深沉、亲切、故旧情深的调子……当然,这不是喀什的民歌旋律,也不是喀什的唱法,这歌声只能来自我的家乡,来自绿草如茵的伊犁河谷,来自白杨深处……当歌声终于停息下来以后,我迈着迟疑的步子前去探求。我看到了歌者了,看到了坐在广场的一角的他的弯曲的背颈、浓黑杂乱的胡须,看到了他的高眉骨、长眉毛之下的深陷的、似乎凝神望着远方的悲哀的眼睛。

还能是谁呢?虽然他胡须满面,虽然他陡然苍老如许!

"艾克兰穆哥!"我不顾一切地扑了上去,"是您么?我的艾克兰穆哥!"

他打量着我,惊喜地叫道:"您好啊!我的大学生!我的毛拉①老弟!"

他站起来,夹起都塔尔,拉住我便向外走。他的听众都用羡慕的眼光看着我——我竟有幸与这样的歌手相识。

并肩向桑树林走去的时候,我问道:"真想不到在这里能遇见您!可您的歌声为什么这样悲哀?您的样子也显

---

① 毛拉:伊斯兰教里负责诵读和解释《可兰经》的教士,戏称时犹如汉语中的"秀才"。

得……"

我们停在一棵老桑树下,坐了下来,他低着头叙述了他的遭遇:他和阿依达娜柯的爱情受到了她哥哥的阻挠,后来那个赌棍和酒鬼又公然提出买卖婚姻的"价钱"。艾克兰穆十分愤怒,但是阿依达娜柯不敢、不愿与她的哥哥决裂。就在这个时候,数万边民外逃的事件发生了,她的哥哥竟然摇身一变领到了侨民证。正赶上那几天艾克兰穆放木排去了,等他回来,阿依达娜柯已经被她的异母哥哥裹胁而走。听人们说,阿依达娜柯在万分紧急的情势下曾经偷偷跑出来寻找艾克兰穆,没有找到,被哥哥追了回去。

艾克兰穆痛不欲生,他心爱的人,他生命的光,就这样轻易地、不可思议地失去了。故乡的山水只能引起他无限的哀伤,恰在这时,他收到了远在喀什的姑母的信,多病的姑母很想在有生之年再见一见当年抱耍过的侄子。他来到了喀什。

艾克兰穆的叙述是平静的,这种平静更加令人绝望和窒息。我听得呆了,故乡的风云,我当然并不陌生。但是,我仍然没有想到这样的事会几乎是轻而易举地落到艾克兰穆身上。他不是有着健壮的身躯,秀美的仪表,深邃的智慧,广阔的心灵和火一样的爱吗? 他不是有那富于神奇的魅力的、惊天动地的歌喉吗? 难道不是即使听一听他的歌,也可以获得移山的力量吗? 为什么他的如此美好动人的青春的幸福,竟像一粒流沙一样被一阵莫名其妙的狂风吹得无影无迹? 人,歌曲,爱情,你竟是这样软弱的么?

我没有说话,他也没有说话。过了好一会儿,他突然攥住我的手:"哎,我的大学生,我的毛拉老弟。请告诉我,为什么人生的路途上要有这样的意想不到的灾难,毫无道理的痛苦?为什么我们自己身上会有那么多愚蠢和野蛮?你的命,我的命,我们不都是只有一次生命吗?我们不应该过得健康、美满和幸福吗?人生下来就要求幸福,就像鸟儿要求天空,草儿要求太阳而鱼儿要求大海。我们不应该幸福吗?我恨死了这些苦难,愚蠢,野蛮!"

他的手在发抖,他的声音在发抖,老桑树和月光,清真寺和圣徒的坟墓也在发抖。

三

在喀什噶尔,我们又见过两次面。对于他的不幸,本来有许多现成的、合用的也是相当正确的道理可说。但是,我没有说。我只是有一个信念:我想,一个给予人们那么多的歌者,一个如他这样的真正来自人民、来自大河和土地的艺术家,本人一定也是强大而富有的。任何人间的折磨,都不可能挫败他。

"唱吧,唱吧,给更多的人唱吧!""你准备唱什么新的歌?"我说的,就是这么一两句话,大概别人常常对他说的,也不外这些。我们的信念,我们对艺术家的期待和爱,就表现在这一两句话里。

后来我们的实习结束了，回到乌鲁木齐。我听说艾克兰穆也回到了天山乐团。乐团党支部到处找他，妥善地安排了他的生活和工作。不久，新疆人民广播电台的维语节目中出现了艾克兰穆唱的歌。我感到何等的欣慰啊，我的信念被证实了。

但我太忙了，医科大学的最后两年里，我没有时间去拜访他。然而，我成了广播音乐节目的最忠实的听众。艾克兰穆的歌曲改变了我的生活，打开了我的眼睛，我才发现，周围貌似平凡的一切，蕴藏着多少美妙绝伦的东西。生活在碧蓝的天空和白雪皑皑的博格达峰下面是多么奇妙啊！生活在温煦、芬芳的祖国的地面上是多么奇妙啊！生活在正直、善良、各有一个灵魂的人们当中是多么奇妙啊！艾克兰穆的歌声像一粒一粒的种子，这些种子在我的心灵里发芽了、生长了，于是，我的心里也生长着激情、喜悦、美、理想和力量。我照照镜子，我觉得我的被汉语课和拉丁语课，被无穷无尽的药物、骨骼和肌肉的名称，被班长的头衔和会议压得呆气十足的面孔上出现了美好的笑容和神采，以至我接连收到几封全校以美貌和挑剔著称的女生的热情来信。

一九六五年，我以优秀的成绩毕业了。国庆前夕，我以毕业生代表的身份出席了庆祝国庆和新疆维吾尔自治区成立十周年的文艺晚会，在富丽堂皇的人民剧场里。当女报幕员袅袅地走到幕前,报告下一个节目是艾克兰穆的男声独唱的时候,我屏住了呼吸,心跳到了嗓子眼上。

柔软、温暖、厚重而华贵的紫红色的绒幕缓缓拉开了,多色的聚光灯、顶灯和脚灯全打开了,舞台上呈现出绚烂的明亮。过了半分钟,仍然不见人,人们甚至以为调度上出了事情。就在这时候,他咚咚作响地迈着大步走了出来,穿着绿色竖条纹的长袷袢,戴着崭新的黑白分明的巴旦姆帽子,上唇留着半圈整齐的短髭,他神采奕奕地走到舞台中央,抚胸曲身,向观众行礼,然后洒脱地一抬头,把伴奏者介绍给大家。

我简直不敢认他了。在舞台上,他高大,英俊,自信,沉着有礼。他首先唱了《祖国》。歌声使我想起秋日的伊犁田野,夏夜的喀什噶尔的大清真寺,使我想起伊犁河谷的风云,也想起涉水渡河的坚韧不拔的叶尔羌河两岸的农民。接着,他唱了《亚非拉人民要解放》,像海潮一样的汹涌澎湃,像野火一样的势不可当。后来,在观众热烈的要求下,他加唱了一个哈萨克歌曲《啊,草原》。这是根据民歌《爱妮克孜》的旋律改编的一首抒情歌曲。艾克兰穆得心应手地调度着自己的声音,好像是在旋转、抖动着一个万花筒,组成了变化多端、诡奇而又匀称的图像。

散场以后,我在剧院近旁徘徊。我看到他从化妆室的旁门走了出来,一群男女艺术家簇拥着他,我听到了在众人嘈杂的说笑中他的独特的浑厚而又明朗的笑声,我没有好意思去认他,因为他身边的艺术家穿的衣服料子实在太好,而女演员们也未免太漂亮。但我仍然感到快乐,感到富有,因为他毕竟是我的朋友,一个大歌唱家、大艺术家。我感到了他的价值,歌曲、艺术、心灵的价值,我并且醒悟了,我、我们这些爱听他的歌、和他的心弦起着共鸣的人的价值。我们也有生命,有灵魂,有各式各样的经历,有各式各样的情感,各自的爱、眼泪和梦。在艺术家们离开剧场之后我才挪动了脚步,错过了最后一班公共汽车,然而我一点也不着急,树影、灯光,清爽的秋风,都配合着我迈步的节拍,我全身都感到一种前所未有的喜悦。

我给艾克兰穆发了一封信,我想念他像想念久别的情人。我收到了回信,星期天上午,我倒了三次车,进入了天山乐团。根据人们的指引,好不容易在一排家属宿舍中找到了他的房间。

我推开了质地坚硬的木门,不由得一怔。房屋虽然有精雕细刻的门窗,用上等杉木铺成的天花板和地板,却显得空旷而且破旧,我一眼看到了墙角的尘土和蛛网,看到了陈设的简陋、贫乏。艾克兰穆的穿着也很寒酸,褪了色的条绒上衣袖口和肘部都磨糟了,裤脚上有泥,衬衣领子也不清洁。他情绪倒挺好,和我紧紧地握手,主动告诉我二次来乐团后受到的多方照顾。并且拿出了他的葡萄干、方块糖、馕来招待我。馕是从街头的小铺里买的,时间过长变得干硬如铁,又由于放在抽屉里染上了一股呛人的莫合烟味儿。葡萄干呢,倒是吐鲁番的无核白,但我闻到了一种类似老鼠屎的味道。他给我倒的茶是预先泡在暖水瓶里的,喝起来怪不是味儿。"您就这样生活着?"我说。"是的,我知道了,我应该好好地活着,好好地唱歌。"他说。他没有听出我的话里的失望和疑惑。

临走时,他说他感谢我的到来,要送给我一件小小的礼物——是新灌制的他的四首歌儿的一张唱片。

我拿着唱片走了,一路上觉得说不出的难过。他给了人们那么多,但自己什么也没剩下。成了"大艺术家"以后,他的生活完全不是我想象的。而且,尽管有那么多描着眉毛、梳着最入时的发式的女演员生活在他的身边,他仍然是一个人……

但是有唱片。当唱片在电唱机上旋转的时候,当扬声器里出现了他的声音的时候,他仍然是真正的君王,是我的歌神。

四

一九六六年的夏天。从那一天起这一切都成了永不再来的过去。人,生活、感情、歌曲,热瓦甫和二胡,剧场的晚会和私人的聚会,统统被一把外科手术刀割弃。然后是冬天,雪,无边的大雪。一九六六年冬,我在黑水河水利工地上行医。那天我出诊回来,正遇上大雪,天黑了,错过了食堂开饭的时间，我到县商业局的饭馆去碰碰运气。这饭馆是用包装板、油毡和苫布临时搭就的。灯亮着，还没有下班，我掀起饭馆厚重的棉帘子，一股又湿又热的白气，夹杂着羊油和洋葱的爨香、酒精和劣质莫合烟草的呛人、蒸锅水汽和汗水的质朴，扑在我的脸上。在严寒的冬季，在奔波劳碌、饥肠辘辘的时刻，这饭馆的热气是多么令人慰藉！

但是，这是什么？我听到了歌儿！刹那间，我感到无比的恐怖和厌恶，好像是看到了自己被截下去了的坏死的、血淋淋的残肢。我甚至想跑掉了。再一秒钟，一种悲喜莫名的眷恋之感攫住了我的全身，不，那不是血淋淋的残肢，而只是一抔黄土，是埋葬着我的旧友甚至还有我自己的新坟。我静下了，呆住了，满眼是泪。短短的几个月，我已经忘记了什么是歌曲。维吾尔歌曲，已经是属于那不属于我们的、被埋葬了的另一个世界的了。我的耳朵里听惯了的是唱片落地变得粉碎的声音，"低头！低头！"的喊声，齐声背诵的赌咒发誓和"滚他妈的蛋"之类的狂呼乱喊。我根本想不到今生今世，就在这荒凉的戈壁滩，在白雪的覆盖下面，重又听到了亲切迷人的维吾尔人的歌唱。

我站在门边，忘记了去找地方坐下来。

一个人唱道：

在严寒的冰雪里，我思念着春天，

鸟儿何时飞翔,花儿何时红遍,少女何时绽开笑脸?

何时我们才能尽情地歌唱啊,

让歌声滋润我们焦渴的心田?

大家合唱:

啊,春天,啊,春天,

我们把你思念,我们把你思念!

全饭馆的人都在歌唱,顾客、炊事员、服务员和会计。他们(大都是农村来的民工)把全部桌子拼在一起,上面摆满了酒、菜。大家围着一个歌手,随着他唱歌。大家喝得都有三四分醉了,正是歌声最动人的时刻。

这熟悉的场面,这熟悉的歌声……好像一个迷路的孩子抬头望见了远方的火把,好像一个休克的病人重又听到亲人的呼唤,好像一个泯灭了真性的疯子突然想起了自己的姓名,又像久已尘封了的旧居的门打开,走出来阔别多年、别来无恙的双亲二老……我想起了一切,用双手捂住脸孔,哭出了声。

歌手抬起了头,众人抬起了头,我听见有人叫我的名字,我放下手,我看见了艾克兰穆憔悴的、却也是涨红了的脸。

他把我拉到身边,咕嘟咕嘟,给我倒了一大碗酒,酒浆溅到桌面上。他说:

"兄弟,你也受苦了? 看我吧,我成了罪人。我的罪就是——唱歌! 呵,一切使人有别于驴子的东西,使人变得善良、文明、温柔和美丽的东西全不要了,剩下的是什么呢? 凶暴,仇恨,残忍,贫困……"

"但是我们要唱歌,还要唱!"一个大胡子的中年农民举着酒杯站了起来,"让他们见鬼去吗,我们把你接到我们的生产队,艾克兰穆,我就是队长! 我们给你九分半住宅地! 我们帮你盖房,帮你栽葡萄! 每天晚上,我们要在你的葡萄架下唱歌。歌曲万岁!"

他喝了酒。众人欢呼,闹嚷,七嘴八舌地唱了起来。愈唱,声音愈大,头抬得愈高,面部的肌肉绷得愈紧。他们唱歌的样子,使我联想起一尊尊装好了炮弹、扬起了炮口的大炮。

啊,春天,

让我们的歌声把你呼唤,

即使魔鬼能扼住我的喉咙,

却怎能挡住你的脚步?

怎挡得住百花娇妍,百鸟啼啭,山泻流泉?

……歌声,农民、友谊,还有(何必隐讳呢)我们维吾尔男子的伙伴——酒,使我战栗,使我握拳,使我复苏了。被夺走了的灵魂重又回到我的躯壳里,我的血管里重又咝咝地奔流着青年人的鲜红火热的血浆！我恍然大悟，只要自己不放弃，什么也不会被夺走。我喝了酒，我吃了肉，我手舞足蹈，和艾克兰穆、和农民、和饭馆的工作人员们高唱在一起，呼喊在一起。

这时，砰的一声，门开了，帘子掀了起来。随着一股刺骨的寒气，进来一个怒目横眉，长着一个大大的头，圆圆的、黄黄的脸，戴着红袖标的矮个子。

"不准唱！"他大喝道。

歌声戛然而止。人们纷纷用惊疑和阴郁的目光注视这位不速之客。

"艾克兰穆，回去！"来客以绝对权威的口气命令着。

艾克兰穆不吭，不动，不看。

"回去！"不速之客哑着嗓子喊叫起来，"你敢抗拒监督管理！"他挥着手，威胁着，走过来要拉艾克兰穆走。

"不要捣乱！不要打扰我们！"那个邀请艾克兰穆去落户的生产队长说。

"为什么不准我们唱歌？""为什么打扰我们？"人们纷纷气愤地喊叫着。

"听着！"矮个子伸长脖子宣布说："艾克兰穆是牛鬼蛇神……"

"滚！"艾克兰穆蓦地站了起来，抄起一个酒瓶子向那人砸去。幸亏我手快，拉了他一下，瓶子从那人肩上飞过去了，撞到墙上,砰的一声粉碎了。

"滚!滚!滚!"人们大声喝道。不知是谁,把剩茶泼到了矮个子的脸上。

矮个子仓皇地退去了。然而,歌儿再也无法继续唱起来。艾克兰穆痛哭失声,他抓住我的肩,摇着,抖着,他问:

"这究竟是怎么回事?究竟发生了什么事啊?"

无法回答。

五

啊,歌声,驯良而又剽悍的,乐天知命而又多情善感的维吾尔人怎么能离得开你!难道不是所有的维吾尔人在没有学会说话的时候就学会了唱歌,没有学会走路的时候就学会了跳舞吗?只是因为有了歌儿,这雪山上的松涛,这长河里的波浪,这百灵和黄鹂的啁啾,这天马①的长嘶,车轮的吱呀和驼铃的叮咚,这呼唤孩子的母亲和呼唤母亲的孩子的大千音响才有了意义、有了魅力,只因为有了歌儿,人民的苦难、祖国的光荣、民族的命运、英雄的襟怀、少女的爱情……才都成为可以表达,可以被人同情和理解的了。维吾尔人的歌曲呀,就是维吾尔人的灵魂!

然而,唱歌有罪。为了消灭心灵,必须消灭歌声。那个大

---

① 天马:我国古代著名的伊犁马有"天马"之称。

雪纷飞之夜,在饭馆里唱歌的事被汇报成为反对"文化大革命"的暴乱。大胡子的生产队长和饭馆的一个炊事员被捕。大街上贴出了通缉"现行反革命分子"艾克兰穆的露布,露布右上方还有他的一寸半身照。我呢,被批斗审查了两年……最后,宣布了对我的"宽大":敌我矛盾按人民内部矛盾处理,"劝"其退职,还乡生产。

我去投奔远房叔叔。胆怯的弟弟已经长得膀大腰圆,他现在不仅是一家之主——娶了木匠的鬈头发、圆眼睛的女儿做妻子,而且也是一队之主——当了生产队长了。我激动地向他叙述他所崇拜的歌手艾克兰穆的遭遇,他却默不作声、低头看地。

我无言,敌我矛盾的说法像毒蛇一样缠绕着我的灵魂。幸好故乡的土地仍然哺育着庄稼,故乡的庄稼人仍然在播种、耕耘、收割、打藏、缴售,还在恋爱、嫁娶、养育后代、送别先人,虽然人人都感觉到一种压抑,一种烦闷。我的"还乡生产",受到了农民们的真诚的欢迎。农民们不势利眼,他们旁观人生角逐场里的浮沉,公正宽厚而又清醒地做出自己的判断却不怕失去什么。和农民、和庄稼地在一起,我踏实多了,然而,故乡的风雨晨昏、秋冬春夏,仍然时时使我想起艾克兰穆和他的歌声,我觉得缺憾、空虚、麻木,没有他的歌声,生活变成了一盘忘记了放盐的菜肴。

一九七二年冬天,出了一个大新闻,离开祖国十年多的阿依达娜柯回来了。她越过边界跑了回来,这位比月亮还美的姑娘,十年前是一轮圆月,如今却成了奄奄一息的月牙儿。她瘦骨伶仃,弯腰驼背,眼珠子黄黄的,她的肝硬化已近晚期。"我只求死在祖国。"这个还没有真正地开始自己的生活的姑娘说。

我屡屡被阿依达娜柯找去回答关于艾克兰穆的询问,叙述我目击的情状,安慰她那颗焦灼的、破碎的心。"但是你要说真话,不要骗我!"她用那黄色的眼珠盯视着我,哀求地说。我连连点头,谈了喀什,谈了人民剧场,谈了他的独身的、简朴的生活,谈了水利工地。但我还是隐瞒了通缉令,我只是说:"他闯了祸,跑掉了。"

但她听不懂,"他闯了什么祸呢?唱歌有什么祸呢?"我无法向她解释在红旗和口号下面发生的事情。反复的问答使她好像明白了一点,"我昼夜想念着祖国,祖国到底怎么了?"她问。"不管怎么了,祖国仍然是祖国,生病的母亲也是母亲啊!"她说。"可他一直是单身?我对不起他!"她的眼睛红了,像火,像血。"当强盗要劫掠你的祖国、你的爱情的时候,你应该用死去保卫她。然而晚了……"她断断续续地说着也许是想过了一千遍的话。

一九七三年三月,她发作了一次严重的昏迷。苏醒以后,我和弟弟、弟媳去看望她,应她的要求,我们在手推车上铺上被褥,让她躺在上面,推到了田地里。初春,太阳非常之好,没有一丝风,但天空仍然凝聚着灰蒙蒙的氤氲。两只鹞子在空中翻滚,一只白嘴鸦停留在暂时还像枯树、但已经憋出了一身疙瘩的杨树枝头。田野里是片片残雪和堆堆尚未撒开的粪肥，道路上走着一辆四轮马车，车轮后面的翻浆的道路上留下了道道深辙，像是大地的伤痕。这是真正的，孕育着无限生机的春天。但是没有声音，没有鸟叫，没有鞭子响，没有马脖子上的铜铃，更没有歌。这又是一个苦闷的春天。

"为什么没有歌声？"她有气无力地自语，"然而，这天空，这田地，毕竟是我们自己的……可是艾克兰穆呢？为什么他在自己的祖国却不能容身呢？"阿依达娜柯像发了疯一样突然大叫起来："艾克兰穆哥！能不能让我在断气以前再看看你呀?!"

这惨绝人寰的号叫使我们肝胆俱裂。弟弟跑到了阿依达娜柯身边，大声叫着陷于半昏迷状态的阿依达娜柯的名字，流着泪向可怜的姑娘保证说："放心吧，三天以内我一定叫艾克兰穆来见你！"

阿依达娜柯平静下来了，我却惊奇得睁大了眼睛。弟弟也自觉失言，他阴沉而又严厉地瞥了我一眼，走过来，低声告诉我说："我们是农民，我们有我们的斤两，我们知道该怎样行事。这一切与你无关，当然，相信你也不会说出去。"

阿依达娜柯不行了。那是一个风雨凄凄的黑夜，弟弟没有让我去，弟媳和几个贝薇①忙碌着，男人本来也插不上手。后来她们回来了，告诉我不幸的女子已经辞世，明天早晨全村

---

①　贝薇：伊斯兰教的女教士，女裹尸者。

的人集合诵经。我矇眬睡去，好像在波浪翻滚的水面上摇荡着。夜半，我依稀听到了歌声，悲恸的、泣血一样的歌声。"是艾克兰穆!"我叫道。我醒了，坐了起来，歌声又没有了。我又躺下，我又听到了这饱含血泪的哀歌。我悄悄地披上了衣服，在漆黑的雨夜，在萧萧的寒风里，在雨点无孔不入的打击下，在单调而又慌乱的雨声中，踏着泥泞黏滑的道路去寻找歌声，去寻找艾克兰穆。歌声时隐时现，似乎发自伊犁河的方向。我惊恐而又急切，深一脚，浅一脚，滑了好几个跟头，跌跌撞撞来到了伊犁河岸，歌声再也听不见了。也许它自始就不过是我的幻觉？我湿漉漉地伫立在暗夜里，没有星，没有灯，没有人也没有歌。只有风，只有雨，只有滔滔的流水。

六

这一切都一去不复返了。历史的怒涛荡涤了这些人为的、精心制作的苦难。当生活的川流舒展通畅地奔腾的时候，你能相信它前不久还在呜咽、在咆哮、在盘旋无路吗？谁能证明这金波浩渺的洋洋大河里，当真曾经容纳过那么多的悲哀和愤怒呢？祖国重又是光明灿烂的了，新疆重又是光明灿烂的了。广播喇叭里播送着各族歌唱家的纵情高歌，在田野上，在家庭里，在马背上，在婚礼和麦昔来甫①上，人民在放声歌

---

① 麦昔来甫：维吾尔人的一种娱乐饮宴晚会。

唱。歌曲比天上的星星还多,比草原上酿造的蜜酒还醇。失而复得的歌曲呀,失而复得的灵魂! 它更坚强也更深沉了。听,人们欢歌的时候并不轻浮,人们哀歌的时候也不会灰心。但是艾克兰穆啊,你在哪里?

弟弟告诉我,在黑水河水利工地饭馆的"唱歌事件"之后,艾克兰穆在他的接济与掩护之下过了好几年的逃亡生活。一九七三年,阿依达娜柯去世之后,艾克兰穆也失去了踪迹。"他会不会……"弟弟沉重地长叹,"这一切不幸的夹击是太沉重了啊! ……"不久,传来了在偏僻的、以盛产罗布麻叶而著名的罗布泊边,有一位新来的歌手在活动的消息。接着,一位来自阿勒泰密林的达斡尔族老猎人,眉飞色舞地叙述他们那里出现了一位"歌神",他唱起歌来,连麋鹿、羚羊、银狐和雪鸡都会聚集起舞……这些传说尽管扑朔迷离,却唤起了我的希望。

至于我自己,一九七五年以后作为"合同工"被吸收到县医院,重新拿起了听诊器。一九七八年又去乌鲁木齐进一步落实政策,去掉了"敌我矛盾"的印记。我去乐团询问艾克兰穆的事,知道由于当事人不在,他的事情还被拖延着。

我失望地回到了县医院。但我相信,总有一天,艾克兰穆会回来的,我不信他会选择弱者的道路。可惜,他送我的那张唱片没有了,那是我在"破四旧"的时候上缴的……我永远也不能原谅自己。

七月,麦收前夕,我接到邀请,去参加弟弟为他的头生子举行的"摇床喜"①。

距离弟弟的绿荫掩映着的院落还有好远。我就听见了那刚健有力的歌声,虽然略有沙哑,却是无比的豪壮。

"艾克兰穆!艾克兰穆!"我发狂般地、上气不接下气地大叫着冲到了弟弟的院子里。顾不得与众位宾客行礼,顾不得按照礼仪放慢脚步,惊得院子里鸡飞狗跳鸭子叫,蹬起了地面上临时挖就的专做喜筵的大灶里的柴灰,"艾克兰穆在哪里?"我问。"在那儿。"一个女人指给我,同时,歌声止住了。

我推开那间屋门,甚至忘记了道萨拉姆②,"艾克兰穆!艾克兰穆!您在吗?"喊叫和人同时进了屋。我怔住了,满屋都是女人。按照惯例,喜筵上男女宾客是分开坐的,难道艾克兰穆在女人们中间?

"他当然在啦。他能上哪儿去呢?您瞧,就在这儿呢!"圆眼睛的弟媳说。说着,她抱起了肥头大耳的婴儿,"瞧啊,这就是我们的小伙子,我们的勇士艾克兰穆!"

我迷惘而且尴尬。莫非是……我们维吾尔人有用自己所敬重喜爱的人的名字给自己的孩子命名的习惯……"他爸爸给他起名叫艾克兰穆。"弟媳说,"说他嗓子好,长大了让他唱

---

① 摇床喜:维吾尔族风俗,婴儿出生四十天后过"摇床喜",犹如汉族之过满月。

② 萨拉姆:穆斯林相互问好的用语。

歌。倒也是,在产院,他一哭,就像吹起了唢呐,全院都听他一个人的了……这不是,他爸爸还买了留声机,买了唱片,要让他从小就学唱歌呢。"说完,她拿起机头,唱片旋转起来了,温厚而且透明的男声唱起了《祖国》,是艾克兰穆唱歌,永远不老,永远响亮。

"咿——呀——噢——"婴儿艾克兰穆响应着,扑蹬着,喊叫着,他真的想引吭高歌了。

我亲了亲小艾克兰穆的脸,我祝福他有更好的生活。我听着艾克兰穆的同名人的歌唱,我想着他的命运,我们大家的命运。我想着白杨林、玉米和苜蓿、天上升起的第一颗星,想着喀什噶尔清真大寺的庄严的拱顶,想着人民剧场舞台上的耀眼的灯光,想着黑水河畔的怒吼。我想,我们的歌儿,我们的人民和民族的灵魂终归是不可战胜的。历尽磨难,艾克兰穆和他们的歌声仍然与我们同在,山高水远,地久天长。

1979 年

葡萄的精灵

穆敏老爹是一个虔诚的穆斯林,而一个严肃的穆斯林,是既禁烟又禁酒的。

有一次,生产队的管理委员会在我的房东穆敏老爹家召开。会上,老爹对队长哈尔穆拉特的工作提出了尖锐的批评,说他安排生产没计划,致使场上的粮食大量受潮变质,老爹说了一句:"头脑在哪里呢?"

哈尔穆拉特虽说已经四十岁了,还是个火暴性子,听了老爹的批评立即把头上戴的紫绒小花帽摘下,露出剃光了的尖而小的头。与他的一米八的身高相比,他的头实在太小了,头顶之尖,令人想起鸡蛋的小头。我在一旁闲坐旁观,看到他的头颅真面目,几乎笑出声来。

"就这儿,我的头!"哈尔穆拉特道,"看见这帽子了么? 真正的绣花帽,不是路上捡的,也不是偷的,伊宁市巴扎上十二块钱买回来的!"

类似后面的话我常常从人们的争吵中听到,揣测它的意思是通过强调自己的帽子的价值和尊严来表述自己的脑袋和整个人的价值和尊严。

维吾尔族,确是一个讲究辞令和善于辞令的民族。

队长一着急,老爹就笑了,别的队委也笑了,旁观的阿依穆罕大娘与我也笑了。笑声中副队长批评哈尔穆拉特说:"契达玛斯!"这句话直译是"受不了",意译是"小心眼儿"。

哈尔穆拉特也尴尬地笑了,为了挽回面子,他慷慨地打开自己的烟荷包,拿一沓裁好了的报纸,每人发一条,然后一撮一撮地给大家分发金粒中杂有绿屑的莫合烟。

显然是在分发纸与烟的过程中得到了灵感,队长忽然给从不吸烟的穆敏老爹手中塞了一条纸,并宣称:"今天我们要请穆敏吸烟,不吸不行。"

于是,大家笑了起来。

老爹无法拒绝,便也卷一支松松垮垮的烟,用火柴点着以后,别人是吸,他是吹,很认真地向外吹,发出一种只有五岁以下的孩子才可能发出的呜呜声。

所有的人都笑成了一团,老妈妈更是笑出了眼泪。生活愈艰难,人们愈是有取乐的要求。虽然事后想起来,也许我们分析不清楚,令一个操守严格者破戒,究竟为什么那么可喜。

这就是我第一次也是最后一次看到穆敏老爹吸烟。

至于老爹饮酒的故事就要复杂一点了。

老爹与大娘是很重视食物的凉性与热性的,他们认为,一切食物都具有凉或者热的属性,非此即彼。例如苞谷是热性的,抓饭是热性的,鸡蛋尤其热。如果夏天而又吃了苞谷或抓饭或鸡蛋,就容易受热生病。生了这种热出来的病,需要吃凉性的东西。阿依穆罕最喜爱的凉性药用食品是醋拌萝卜丝。遇到老爹染恙,她采取的第一项医疗措施往往便是切萝卜,然后放上少许盐和大量的醋,而老爹吃后,症状立刻就会减轻一些。

防患于未然的办法则是在夏季制作清凉饮料。酸奶和浓缩酸奶——大娘把酸奶用干净的纱布兜起,挂在葡萄架上,水珠滴滴答答地落下,剩下的雪白半流质半固体的浓缩酸奶,实在好吃极了。可惜做得不多,穆敏老爹不是很爱吃酸奶,而且牛奶脱脂后经常要卖掉,换几个零花钱。

阿依穆罕大娘还用糜米放在瓦罐里,做出了一种既像黄酒、又像啤酒、也像喀瓦斯、还像哈萨克夏牧场的酸马奶一样的叫做"泡孜"的饮料,喝上一口,酸、苦、甜、凉、热俱全,我也很喜欢。

但穆敏老爹不满意,他说大娘做的这些都不好喝,不如干脆晾点凉茶。

一九六九年,是我们的小院里栽上葡萄的第三年。这一年,绿的和紫的葡萄圆珠累累,成堆成串,惹得许多嗜食甜汁的野蜂整天围着葡萄架飞,乌鸦与麻省也常来光顾。

"您做的那些饮料都太没有劲,我这次要做葡萄酒。"穆敏向阿依穆罕宣布。

阿依穆罕撇一撇嘴。

秋后，老爹把葡萄摘下来，留出来吃的与卖的。又从卫生院找来两个有刻度的玻璃瓶，每个瓶可装药水五百克的那一种。他让老太婆把瓶子反复洗刷清洁，然后，他用煮过的白纱布挤压和过滤葡萄原汁，先用一个搪瓷盆子把葡萄汁盛起，再通过漏斗，将葡萄汁灌入两个玻璃瓶里。

知道老爹在酿酒，而且是原汁葡萄酒，我也有点兴趣，便拿出两块还是在北京王府井百货大楼食品部买到的糯米酒酿，"给，这是最好的酒药，请您把它化开，对到葡萄汁里。"

老爹看了看它，大摇其头："不要酒药，不要酒药。"

"不要酒药怎么能酿？"

"这是最好的葡萄酒。好葡萄挂在藤上自己就会变成酒。老王，您没有吃过吗？摘晚了的葡萄本身就有一种酒味。哪有酿葡萄酒还要放酒药的道理？"

老爹的话我将信将疑。葡萄这种东西的成分大概最容易变成酒，有时一串葡萄放的时间长一些，又有外伤，便会发酵，发酵的结果常常是酒香满口，这是我亲口尝过的。但葡萄汁灌到瓶里，再密封起来，自己就能变成酒？如果这样，造葡萄酒不是易如儿戏吗？

老爹信心百倍地把两个药瓶特用的橡皮塞心子塞入瓶口，再把橡皮翻转过来把瓶口严严实实地包起来。现在，即使倒提瓶子，也不会洒出一滴葡萄汁来了。

两个玻璃瓶悬挂在葡萄架向阳的那一面柱子上，晚秋的阳光把它们照得亮亮的。

一个多星期以后，瓶子里出现了气泡，液体开始变得混浊起来。我有些兴奋，也有些惊慌，把这个情况报道给穆敏老爹。

老爹笑嘻嘻地点点头，眼珠一转一转，满意地摆动着胡须，他说："就是要这个样子的。"

晚秋是多雨的季节，晚秋的连绵阴雨使瓶子的表面也变得污浊了，气泡也没有了。

我再次去报道。老爹说："好，好！它要沸腾的，沸腾几次，再平静几次，就变成好酒了。"

晚秋的雨变成了初冬的雪，葡萄秧已经从架上取下来，盘好，掩埋起来了，葡萄架显得空荡荡的。天晴以后，我透过寂寞的葡萄汁瓶眺望白雪皑皑的天山，望到了一个神秘的变形的世界。

在无风的时候，初冬的太阳仍然是温煦的。透过花花点点的玻璃瓶，我看到，果然，已经平静的葡萄汁又活跃起来了，升腾翻滚，气泡一个接着一个，我感到，那里面不是装了准备酿酒的葡萄汁，而是装了《天方夜谭》里的魔鬼。

北风呼啸，来自西伯利亚的冷空气的前锋已经侵入伊犁河谷，我提醒老爹说："该把两只瓶子收回来了。"

"不用管它，那酒自身是热的。"

果然,什么东西都结了冰了,然而混浊的瓶子里装着的混浊的葡萄汁还是流动。气泡没有了,装入瓶子的魔鬼的不安的灵魂又暂时平息了。

直到冬至,老爹才把瓶子收到室内,并一再嘱咐:"酒还没有做成呢,谁也不准动。"

……终于,漫长的北疆的冬天过去了,伊犁河谷吹遍了解冻的春风,到处钻出了绿草芽儿,苹果树花开似锦,葡萄秧开墩见天日,百灵鸟在空中边飞边唱,成双的家燕从南方回到了伊犁故乡。两个没有擦拭过的玻璃瓶子,重新迎着太阳挂在了原来的地方。

"魔鬼"又闹了两次,葡萄汁在暴晒下煎熬翻滚。我提心吊胆,怕这两个瓶子像红卫兵武斗用的土造手榴弹一样爆炸。

还是老爹说得对,在经过这样几次沸腾以后,我们的葡萄原汁,不但平静了,而且净化了,不但不再混浊,不再有任何絮状沉淀物,而且没有颜色了,晶莹剔透,超凡脱俗,如深山秋水,观之心清目明。

一九七〇年夏季到来的时候,穆敏老爹把两个瓶子摘下来,擦拭干净,喜滋滋地告诉我:"我的葡萄汁已经成为葡萄酒喽!"然后,他友好地问:"您不尝一点么? 老王!"

我非常高兴能得到这种殊宠殊荣,而且,动乱的岁月、少数民族的朋友、农村的劳动,使我愈来愈爱上了酒,而这酒,又不同寻常,是我亲眼看着老爹一手制造的,经历了伊犁河谷的秋冬春夏全部季节。

我把一点点"酒"倒在一个小木勺里,用舌头一舔,几乎叫了起来:"这不是酒!这是醋,不,这不是醋,是盐酸!"确实,酸得我的舌头像着了火。

"那就更好了,酸,说明有劲!这个酒有劲得很!"老爹点点头,自我夸奖。

在维吾尔口语里,"酸""苦""辣"往往用一个词。维语中还有一个专门表述酸的词,我忘记了。我想,老爹一定以为我说的是"辣",类似二锅头的那种辣了,所以我愈是说酸,他就愈得意地说他的酒造得好,有劲儿。

我把木勺递给了老爹:"您自己尝一尝,我说的不是类似白酒的那种辣,而是咱们拌凉面用的醋的那种酸。"

穆敏老爹完全不理睬我的分辩,也不肯自己尝,他把木勺里的酒小心翼翼地倒回瓶子,点滴不浪费,然后一丝不苟地塞好瓶塞。他说:"这样的酒是不能随便喝的,我要让老婆子做几个肉菜,再拌一个萝卜,我要请几个朋友来。"

"您请谁来呢?"这使我感兴趣了,因为,老太婆是经常请一些女客来共同喝茶、或者吃苹果、或者吃葡萄的,至于老爹,还从来没有见过他请客呢,更不要说请客饮酒吃肉了。

这个问题难住了老爹,他面孔变得严肃起来,看来他在认真思索,他终于变得十分惶惑了。"是的,请谁呢?谁是我的朋友呢?好像都是我的朋友,又好像都不是……"

一个月过去了,老爹没有请人来,我也不再想喝那两瓶酒。晚上睡觉的时候,平视着放在窗台上那两瓶非酒非醋的液体,我甚至为它们觉得有些寂寞。

一天夜间,大雨刚住,大约有一点半钟了,我们都已睡熟,忽听门外大呼小叫:"老王! 老王哥!"随着叫声,还有一片哄笑。

我起床披衣去开院门,只见大队民兵连长艾尔肯和会计独眼伊敏还有邻近大队的一个精悍的青年人在那里,三个人酒气熏天。艾尔肯放低了声音说:"老王哥,今天晚上在我家有个聚会,结果,三瓶子伊犁大曲都喝光了,巴郎子们还不满足,还要喝,我们去了经常贮酒的教员达吾德家,又到了公社干部穆萨哥家,不巧,他们的酒都喝完了。听说穆敏哥家有两大瓶自酿的酒,请你向穆敏哥要来,带上酒,与我们一起走。"

"那酒……"我正迟疑着,老爹已经起身走了出来,手里拿着那两瓶酒。原来,他已听到了艾尔肯的话。老爹的样子非常愉快,好像十分乐于为这两瓶"酒"找到这样体面的出路,好像他早已在等待需要他的酒的人的到来。

"拿去吧! 这酒的力量可大了! 啊!"

"走,老王哥,我们一起走!"艾尔肯接过酒,欢呼道。

"请别生气,我不去了,我已经睡了……"

"睡觉算什么? 去您的那个睡觉吧,我们过去睡过觉,今后也要睡觉的,我们有的是时间睡,有问题吗? 没问题。如果您去了，啊，我们的聚会就真正地抖起来了。"艾尔肯喝得已经有点站立不稳，一面摇摆着他那健美的身躯，一面喘着气，做着手势，口若悬河。

艾尔肯是我们大队的一个机灵鬼，他的化险为夷、逢凶化吉的故事我将在另外的小说中讲，他的盛情是不能拒绝的，有时我甚至觉得我是需要他的保护的。于是，我跟着三个青年去了。

艾尔肯家里肉味儿、洋葱味儿、茶味儿、烟味儿、奶味儿十足，酒气熏天。人们靠墙坐着围成一圈，中间是饭单铺在毡子上，饭单上杯盘碗盏狼藉，酒已经喝到了八九成。由于酒没了，大家在喝茶、抽烟，东一句西一句地唱着歌，看到我们进来，一片欢呼，既是对艾尔肯手提着的穆敏老爹造的两瓶"酒"，也是对我。

我看到在座的有大队干部，有社员，有一名公社干部，有一名正在公社搞"斗批改"的宣传队员，有一名被宣传队揪斗、最近又解脱了的社员，有两派群众组织的头目。艾尔肯可真行，虎、牛、羊、鸟、鱼都能被他拉到一起吃酒赴宴！

艾尔肯拿起一个小小的酒杯，把老爹的"酒"满满地斟上，充满感情地先发表了一通对我的颇多溢美的"致敬演说"，然后在众人的欢笑声中，将这杯酒敬给了我。

再无别的办法，为了民族团结，为了与农民的友谊，也为了伊犁河畔父老兄弟对我的深情厚谊，我拿起这杯酒，一仰脖子,咯地吞了下去。

我整个嘴都是火辣辣的,我张大了口。我的表情使座上众客体会到了酒的力量,纷纷议论:"好酒! 赛过伊犁大曲! 穆敏老爹做的还能有错!"

过了一分钟,刚刚闭上嘴的我忽然辨出了一丝沁人心脾的幽香,我立刻忆起了这酒的前身前世,在一个轮回以前的玫瑰紫葡萄的甘甜、芬芳、晶莹、娇妍。原来这酒并不像我上次用舌尖在木勺里舔了一下时所尝到的那样糟,它当然不是醋,更不是盐酸! 醋和盐酸里何曾有这样的夏的阳光,秋的沉郁,冬的山雪和春的苏醒? 醋和盐酸里何曾有这伊犁河谷的葱郁与辽阔? 酸涩之中仍然包含着往日的充满柔情的灵魂?

酒杯轮流下传,每人一杯,转了一圈以后,又一圈,大家又唱又跳又笑,齐声赞美老爹的酒好。

我也想,穆敏老爹酿的酒委实不赖。

淡灰色的眼珠

一九六九年春末的一个中午,我的房东老大娘的继女桑妮亚,带着她的井然有序的五个小不点儿,到她继母家——也就是"我们家"来喝奶茶。喝茶是在室外的凉棚下面进行的,差不多每年积雪刚化时——有时候残雪还未尽消,一天三顿饭就在室外进行了。伊犁的维吾尔人是非常重视呼吸新鲜空气的,或者用他们的一种粗犷的说法,多在户外活动的目的是为了"吃空气"。

茶喝了一碗又一碗,馕吃了一块又一块。我想起一句维吾尔谚语来了:"因为富才把钱花光,因为馕多才把茶喝光。"诚然如此,馕与茶的关系是这样的:愈吃馕就愈想喝茶,愈灌奶茶就愈想吃馕,良性循环。循环完了,桑妮亚和她的继母便嚼起茶叶来,满嘴都是砖茶的剩叶子,咀嚼得津津有味。这时,桑妮亚的小三和小四之间忽然爆发了"文攻武卫",两个小丫头吐字不清地却是分明地骂出了最最最侮辱女性的语言,而且小手乱扑乱抓。桑妮亚要骂,却被剩茶叶堵住了嘴,呜呜呜地叫了几声以后,好不容易把正嚼得有滋有味儿的碎茶叶吐到了碗里，大喝一声：

"该死的，用你们的脑袋喂狗去吧！"

有效地用棒喝制止了武斗以后，桑妮亚抓起碗里的茶叶，似乎是准备来个"二进宫"，但这时她看见了我。我正在用瓦片刳哧砍土镘上挂着的泥，整裤脚、系鞋带，准备上工。她不好意思把吐出的茶叶再抓回来放进嘴里，便把茶叶放下，把碗一推，问我："听说您调到二队去了，是吗？"

"是的，大队书记让我到二队去了。"

"那你认识马尔克木匠了吧？"她问。

马尔克木匠，哪一个是马尔克木匠呢？

阿依穆罕大娘从容地把茶叶碎渣（已经嚼得其碎如粉了）吐净，对她继女说："马尔克傻郎又不在队上劳动，老王上哪认识他去。"

马尔克傻郎？呵，想起来了，四天以前，我去二队队部办公室找会计开条子领劳动补助粮，曾碰到一个高大、英俊、黑头发、大眼睛（眼睛这样大的人并不多见）、眼珠发蓝、高鼻子、大手大脚的男子，他的形象，用《史记》里的语言是称得起"美丰仪""伟丈夫"的。这个美男子正在为口粮问题与会计争吵，他说话的声音非常大，而且一口一个"伟大导师教导我们说"。少年老成的会计一脸倦意，根本不理会他的喊叫。见到我进来，小老会计欠了欠身，用无力的手与我走过场式地一握。我说明来意以后，他慢腾腾地、艰难地拉开抽屉，找纸、找笔、找图章和印油,用十分钟的时间给我开了一个本来用十秒钟就可以开好的条子。

这个期间,"伟丈夫"紧紧握了我的手,自我介绍说:"马尔克。"又用汉语说,"我是木匠。"

"您懂汉话?"我问。

他从鼻子眼里一笑,问会计:"队里到底给不给我口粮?"

会计回答:"拿你的小摇床去黑市换小麦去吧!"

马尔克骂了一句,但他骂人的样子并不凶恶,倒是一副斯文相,还笑眯眯的,好像他是在说一句甜言蜜语。然后他又大叫道:"伟大导师教导我们,人总是要吃饭的,不吃饭就不能干活!你们……"

"明天到瓜地浇水去,上工就给粮食,这是革委会的规定……"

"他们完全不按毛主席的教导办事。毛主席说,要向生产的深度和广度进军……"他连连地摇头,叹息,伤心地走了。

桑妮亚和她的继母说的大概就是他了,难道他的外号叫"傻郎"?

我点点头,告诉阿依穆罕妈妈和桑妮亚妹妹,马尔克木匠我已经见过了。

"你见过马尔克木匠的妻子阿丽娅吗?"桑妮亚问。

我模仿当地人用舌头"啧"了一响,表示否定。

"阿丽娅是整个毛拉圩孜公社最漂亮的女人。"桑妮亚拉

长了声音,用唱歌一样的声调,笑眯眯地说。说的时候,她眯
着眼睛,略略向前探着头,鼻梁上方,眉间下方,出现了可爱的
细小的皱纹,一副完全倾倒的表情。我从来没见到过一个女
人这样心悦诚服、如醉如痴地称道另一个女人。何况桑妮亚
本人也是相当俊的,身材挺拔、轮廓鲜明,除了下巴略嫌长嫌
尖以外,其他方面可以说是无可挑剔。尤其惊人的是,她三十
多岁,已经生了五个孩子,但腰身没有变粗,皮肤没有变糙,肌
肉也没有变松弛。用当地维吾尔人的说法,她是一个"结实得
厉害"的女人。而她说起马尔克木匠的妻子阿丽娅时,那神情
真是不折不扣的五体投地。她连连摇头,说:"唉,老王哥!
唉,老王哥!"似乎没见过阿丽娅是我做错了一件事,至少是丢
失了一件最不该丢失的东西,因而使她无限惋惜。

在队部办公室与马尔克的邂逅以及桑妮亚对于阿丽娅的
介绍引起了我对这对夫妇的兴趣。马尔克一般不在队上干
活,我很少有机会见到他,但同队的其他社员向我介绍了许多
有关他们的情况。马尔克原籍在霍城县清水河子那边,一九
六四年年底他才孤身来到了这里——这么说,他在毛拉圩孜
公社的资格,比起我来不过多四个月。他的母亲是俄罗斯族,
他的父亲的民族归属则众说纷纭,有的说是维吾尔,大部分人
坚决不信,认为他的父亲不但不是维吾尔而且不是穆斯林,最
有力的论证是小会计提出来的,他说他切近观察过,马尔克没
有行过割(包皮)礼。有人说他爸爸是蒙古人,有人说是汉人,

有人说是满族，还有人说他爸爸其实是一个英国商人，从巴基斯坦进入克什米尔地区，然后进入我国西藏的阿里，经叶城、喀什噶尔、阿克苏……最后经过霍城，与那个俄罗斯女人做了露水夫妻，才有了马尔克。至于阿丽娅，家庭是上中农，最初嫁给裁缝阿卜杜拉赫曼，后来与阿卜杜拉赫曼离了婚。由于她没有兄弟姐妹，一个人继承了父亲留下的产业，成为令许多人垂涎的美丽的富孀。但是，她整整过了十年单身生活，拒绝再次出嫁给任何人。一九六四年冬天，马尔克到达这里的第一天晚上，就被她收留了。"缘分，这也是缘分。"人们说。

找了一个机会我问房东老大娘阿依穆罕："您为什么把马尔克叫做马尔克傻郎呢？"阿依穆罕妈妈嗫嗫嚅嚅，回答不上来，"大家都这样叫嘛，他总是有犯傻的地方吧。他自己不出工还天天跟别人辩论，娶了个媳妇像是他的大姐……"

房东老大爷穆敏打断了她的话，似乎不赞成她这样含含糊糊地背后批评别人。矮个子的老大爷面带神秘的微笑，富有哲理意味地说："所谓人，就是带傻气的种子嘛！谁能说自己不傻呢？我，还有老婆子，还有你——老王，还有马尔克，还有阿麦德与萨麦德（犹如汉语中的张三、李四），我们都是人，我们不是都各有各的傻气吗？"

说完，他理理自己的银白的胡须，非常满意。

对于阿丽娅的前夫阿卜杜拉赫曼裁缝，我也做了一些观察。他已有五十多岁，未老先衰，戴着一副老式的厚厚的滚圆的花镜片，驼着背，身材高而瘦，皮肤松弛，脸面浮肿，眼睛里布满血丝，一说话就露出了黄舌苔极厚的舌头和一口黑牙。他的形象是令人厌恶的，但据说他是方圆百里技术最出色的裁缝、全活，南疆式、北疆式、哈萨克式、汉族式、俄罗斯式的男女服装，他都拿得下来。不仅农村，连伊宁市的一些干部职工，也常常慕名跑上八公里，拿着衣料到他这儿来。他大概是全大队最有钱的人了，有六间北房，还有一片占地一亩二分的大果园。几次"运动"中都有人打过他的主意，给他规定了种种上缴利润的制度，但都堵不住他。他吃自己的手艺，自有四面八方的人来求他、助他。他也很注意和干部们搞好关系，给本公社有实权的干部及他们的家属做衣服，总是奉送手工，或者只象征性地收一两毛钱。所以他的根基是稳的。至于他的婚姻状况，有人说他结过四次婚了，有人说五次，有人说六次。阿丽娅大约是他第三个妻子，和阿丽娅离婚以后，他又娶过两次亲，都是比他小二十几岁的丫头。他现在的妻子叫玛渥丽姐，我见过，二十多岁，目光流动，眼神有点凶，喜欢光脚在街上走路，小腿上有厚厚的泥巴，喜欢一边走路一边嗑葵花籽，嗑空了仁儿的葵花籽皮沾满嘴巴，积累了一批以后清理吐啐一次。她说话的声音很大，而且里面包含着一种类似撕裂绸帛所发出的尖利的噪声。

　　阿卜杜拉赫曼其人给我的印象是阴沉的。当他摇摇摆摆地躬着身，自满自足而又虚弱地从公社门口的大路上走过时，在我的身上常常产生一种压抑感，相当沉重的压抑感。

而马尔克木匠却叫人快活。

这年六月底的一天，全队开夏收动员大会。我到毛拉圩孜公社已经是第四个年头了，也是第四次参加这种例行的、既空洞又具体、既热烈又淡漠、既是形式主义的又是必不可少的全体社员大会了。依例，这样的会一开就是一天。农忙食堂就在这一天开张，先宰一头牛，打两坑馕垫底。这天的中午，肯定是牛杂碎汤，汤中最好吃的叫做"面肺子"。先和好面，洗出一桶淀粉水，留出面筋，再把淀粉水灌入牛肺，把牛肺撑得比老牛在世时深吸气的时候还要大五倍——真是大得吓人，封上口，与牛肝、牛肚、牛腰、牛肠……煮在一起，熟了以后，既有牛杂的荤腥味，又有一种类似北方人夏季吃的荞麦面扒糕的光滑筋道的触感。牛肉则腌晾起来，细水长流地吃。这个以面肺子牵头的牛杂碎汤，乃是这种例行动员会的最吸引人处之一。

其次，这个会上多少还要预分一点现钱，少则三块五块，多则十块二十块。目的讲明，是为了给社员买一点盐、茶和手电筒用的电池。

至于这种会上的动员报告，我已听过三次，差不多能背下来了。一个是夏收的政治意义，一个是愚公移山的精神，一个是一星期地净、两个星期场净的进度指标。这个指标纯粹是牛皮。这里地多人少，小麦是主要作物，一个整劳力要收割二十亩左右小麦,一个场要打几百吨麦子,怎么可能那么短的时间结束?再说这里夏季干旱少雨,远远不像关内龙口夺粮那样紧迫。前三年的实际情况是收割完要一个月,打场完要三个月。一九六六年特大丰收,都入冬了,伊犁许多地方(包括我当时所在的生产队)麦子还没打完,经过冰封雪冻,次年四月雪化地干以后又继续打,有的打到五一劳动节,个别队一直打到新麦快下来才完事。但社员们在这种动员会上对从关内照搬来的收麦进度指标从来不提异议。相反,每当队长问"怎么样"的时候,社员们也照例众口一声,像小学生回答课堂提问一样地用第一人称复数祈使式回答:"完成任务!"

这种动员报告的最精彩、最细腻也最科学的部分是算细账:"社员同志们,如果我们每人每天撒落十五个麦穗,按千粒重平均数与麦穗的平均含粒数计算,我们每天就要损失小麦××××斤,全大队一天损失就达×××××斤,全公社损失××××××斤,全伊犁州、全新疆×××××××斤,而我们如果做到每个人都能不丢一个穗,我们每天就要多收×××××斤……全新疆就要多收××××××斤,就够阿尔巴尼亚人民吃××个月,就够越南人民……"

一九六九年六月底的一天,凌晨。我躺在与房东二老同住的一间土屋的未上油漆的木床上,一边听小园里苹果树上的羽翼初丰的燕子呢喃,一边想着这一天的盛会与热而香的牛杂碎,一边想着算细账的数学方法的务实性与浪漫性的统一，一边想着各省革命委员会纷纷成立到底是吉还是凶。这时，忽然听见一阵吵闹声。

是谁这么早在我们的窗户根底下喊叫？我连忙起了床，披上衣服，顾不得洗脸，走出房子。院门从里面锁着一种式样古老的长铜锁，房东二老还正睡着。我不愿意为找钥匙而惊动他们，便从打馕的土炉（新疆俗话叫做"馕坑"）旁的高台上上了墙头，一跃而下，来到当街。只见高大俊美的马尔克木匠推着一辆自行车，自行车货架子上面与两旁绑了许多东西，正和大队一位十七岁的民兵争执。我走近一看，原来他的自行车上驮着三个小摇床，看样子他要骑自行车把三个小摇床拉到伊宁市早市上去卖，而小民兵根据革委会夏收指挥部的命令予以堵截。

马尔克衣冠齐整，精神焕发，虽然受阻，但是并不急躁，而是耐心地、有板有眼、有滋有味地与小民兵辩论。他说："……亲爱的兄弟，哦，我的命根子一样的弟弟啊，你的阻拦是完全正确的，是的，百分之百的正确。我们的夏收，具有伟大的历史意义。不错，我应该参加会，不参加会是不对的，它是我的缺点，它是我的错误，我愿意深刻地认识，诚恳地检讨，坚决地改正。但是伟大的导师教导我们，遇到什么事，都要想一想，眉头一皱，计上心来，心之官则思。世界上的事，怕就怕认真，政策和策略是党的生命，万万不可粗心大意。关心群众生活，打击贫雇农，便是打击革命。而我呢，是真正的无产阶级，真正的雇农,我来到毛拉圩孜公社的时候,已经两天两夜没有吃饭,晚上睡觉没有枕头,我是用土坯做枕头的。那么,是谁,发扬了深厚的阶级感情帮助了我呢,亲爱的我的命根子一样的弟弟呀,那就是你的阿丽娅姐姐呀! 当然,这是党教导的结果,也是人民群众的帮助的结果。群众是真正的英雄,而我们自己则往往是幼稚可笑的,不了解这一点,就不能够得到起码的知识。没有文化的军队是愚蠢的。那么,我的兄弟,你的阿丽娅姐姐现在是怎么样了呢? 唉,安拉在上,她偶染沉疴,一病数月,茶饭不思,热火攻心。天啊,真主啊,保佑她吧! 那么我又能做什么呢? 我愿意替她生病,我愿意替她死。然而,世界上只有主观唯心主义最省力气,可以不负责任地瞎说一通,做得到吗? 结合实际吗? 哪怕是最好的理论,如果只夸是好箭,束诸高阁,那就是教条主义。我呢,就做了这三个摇床,劳动使猴子变成了人,劳动使我有了三个摇床。兄弟,你看我做得好吗? 看这圆球! 看这旋工! 看这色彩! 不,这不是摇床,这是黄金,这是宝石,这是幸福。睡在这样的摇床上的孩子将成长为真正可靠的接班人。做了摇床你怎么办呢? 坚决学习大寨,先治坡,后治窝,割掉资本主义的尾巴。卖给私人? 不,我绝不能卖给私人,斗私批修,办学习班是个好办法嘛……"

马尔克诚恳地、憨直地、顽强而又自得其乐地一套一套地讲个没完,他的目光是那样清澈,天真无邪,又带几分狂热。他说话的声音使我联想起一个正在钻木头的钻子,嗡嗡嗡,嗡

嗡嗡,嗡嗡嗡。他的健壮的身躯,粗壮的胳膊,特别是两只大手的拙笨的姿势,使你无法对他说话内容的可信性发生怀疑,何况那是一个除了怀疑我自己,我不敢也不愿怀疑别的一切的年月呢。

马尔克可能说得有点累了,他把车支好,与我握手问安。然后,他掏出一个绣得五颜六色的烟荷包,还特别把烟荷包拿近我和小民兵,让我们参观一番,显然,那是阿丽娅给他做的喽。他解开缠绕了好几道的带子,拿出一沓裁得齐齐整整的报纸,折一道印,用两个手指捏出一小撮莫合烟末,看颜色他的烟还算中等偏上的,他用熟练的动作把烟末拨拉匀,卷好,舔上口水,用打火机点着烟,抽上两口,先"敬"给我(我在这三个人中是年龄最大的),然后给了小民兵一张裁好的纸条,一撮烟末,最后自己卷起烟,吸了两口,又滔滔不绝地说了起来。

由于我很亲热地接过沾了他口水的莫合烟,我们的关系似乎在这一刻又亲密了些。所以他这一次一面说一面用一种相当谦恭的态度不断地问:"我说的正确吗?"由于他个子高,和我说话的时候,要微微躬身俯就。我呢,唯唯诺诺地点着头。

我的习惯性点头使他受到了鼓舞,他向迷惑不解、面呈难色的民兵指着我说道:"请看,书记在这里嘛,书记已经点头称是了!"

我一怔,然后才反应过来,他所说的"书记",原来是我,我慌忙摇头摆手："我不是书记！我可不是书记！"

"您不要谦虚，"他断然制止我，"干部嘛，又是汉族大哥，当然是书记！对于我这样一个小小的木匠来说，所有的汉族干部，都是书记！所有的少数民族干部，都是主任！所有的民兵兄弟，"他拍一拍小民兵的肩膀，"都是连长！"

按照维语的状物比喻方法，那位叫做刚刚长出一圈小蚂蚁似的胡须的民兵从马尔克的话里似乎得到了点启发，用求助的眼光看着我，问道："老王哥，这叫我怎么办呢？按照革委会的命令，夏收期间，任何社员不准去伊宁市，我们在各个路口都站了人……"

这时又围拢过来几个起得早的乡邻，他们都替马尔克说情："让他去吧，等你娶了媳妇养了儿子，让他做一个世界上最漂亮的小摇床送给你！"

我不能再不表态，便问马尔克："你去伊宁市，需要多长时间呢？"

"一个小时！绝对只需要一个小时！我骑自行车经过奴海古尔（伊宁市一个住宅区，原先多为塔塔尔人聚居）到卫生学校，把摇床送给卫生学校的一个朋友。请注意，我不卖，我是送给他的，因为我们是朋友，我们维吾尔人的规矩，是朋友就什么都可以要，也什么都可以给。他呢，会给我一些小麦，还给我一些药，给阿丽娅治病。一切革命队伍的人都要互相关心、互相爱护……"

一个小时？我翻了翻眼，觉得难以相信。前不久公社一个小伙子向我"借"一个小时的自行车，我借给了他，结果呢，是两天两夜以后才还给我的。对于这样的"一个小时"，我并不陌生。但我不愿说破，便说："那就让他快去快回吧，回来，还赶得及开动员大会，再说，中午还有面肺子吃呢。"

民兵同志接受了我的建议，放马尔克走了。马尔克在骑上自行车蹬出了五米远以后，回头向我甜蜜地一笑，他笑得是这样美好，以至使我想起白居易在《长恨歌》里描写杨贵妃回眸一笑的名句来。

这一天的夏收动员会开得一如既往，只是在麦收意义中增加了"用实际行动埋葬刘少奇资产阶级司令部"一条，并且分析说，丢麦穗掉麦粒，主要是受了"黑六论"的影响。牛杂碎汤做得很香，可能因为近两年肉食供应一天比一天紧张，大家吃肉少了，所以觉得这一碗汤喝下去回肠荡气，心旷神怡。几个眼尖心狠的，看到每人盛完一碗以后大铁锅内尚有盈余，便咕嘟咕嘟把能烫出食道癌来的新出锅的杂碎汤三下五除二吸了进去，又盛回了第二碗。

晚上各自回家，房东老妈妈阿依穆罕用多日存攒，但日前被大猫匹什卡克（匹什卡克的故事我将在另一篇小说中述及）偷吃了五分之二的酸奶油给我们做了奶油面片，我吃了个不亦乐乎。饭后阿依穆罕又熬了火候恰到好处的清茯茶，我与房东二老一面品茗，一面促膝谈心（说"促膝"，纯是写实，而非借喻。因为我们都是盘着腿坐在羊毛毡子上的)。这时,听到有人在门外喊:"穆敏哥! 老王哥在这里吗?"

穆敏老爹起身迎了出去,然后把躬身垂手、彬彬有礼的大个子马尔克引了进来。由于是第一次进这个家,马尔克毕恭毕敬地摊开并并拢两手,掌心向内,诵读了几句祝祷的经文,然后房东二老与他一同摸脸呼"阿门",然后马尔克向我们三个人以年龄为序一一施礼问候。我们腾出地方,请马尔克坐在上首,马尔克直挺挺地跪坐在那里,显出一种傻大个子的傻气,接过阿依穆罕递过来的清茶,呷了两口。

"什么时候回来的?"我问他。

"回来了一个小时了。"他恭顺地答。

从"一个小时回来"到"回来了一个小时",我服了。人类语言的排列组合真是奥妙无穷。

马尔克呷了几口茶,又掰下一小角馕蘸了蘸茶水,吃掉之后,说明来意:"我是为了邀请老王哥才到这里来的,我早就想邀请老王同志到在下那边去坐一坐。'他会来吗?'我这样想着,犹犹豫豫。但在我们心里,"他指指自己的心窝,"我们对老王同志是有敬意、有理解也有友谊的。今天早晨,如果没有老王哥,我就去不成市上了。唉,好人哪! 我们应当相信群众,我们应当相信党噢! 回家与阿丽娅一说,阿丽娅说,快把老王同志请来坐坐,我们要好好地坐一坐,我们要好好地谈一谈心,我们心贴着心……这岂不好哉!"

房东二老催促说:"老王,快去吧! 请去吧!"

于是我不好意思地浅浅一笑,这也是维吾尔人受到邀请时应有的神态,然后我起身随马尔克去了。

这时已是北京时间晚上十一点多,按乌鲁木齐时间是九点多,而按伊犁的经度来计算,不过是晚上八点半左右,暮色苍茫,牛吼犬吠,羊咩驴叫,一派夏收开镰前的平静景象。如果马尔克不来,我本打算在茶足饭饱之后磨磨镰刀,早早入睡以养精蓄锐的。他来了,我当然也很高兴,但一边走一边发愁,依我的经验我知道,"来者不善",这一去,肠胃面临着超负荷大干一场的任务,真后悔晚间把猫吃剩的奶油吃得过多了。另一方面我也鼓舞自己,既去之,则安之,一定抖擞精神去加劲吃、喝、说话,借此机会好好地了解了解这颇有特色的一家。

他的家就在有水磨的那条街的拐角处,在一株大胡杨树的下面。暮色中,我见他的小院门和小门楼修得整整齐齐,木门上浮雕出几个菱形图案,最上面正中是一颗漆得鲜红的五角星,五角星中心镶着一个特大号的料器的毛主席像章。小木门似乎还有一个特殊的机关,他左一拉右一按,没等我看清门就自动开了,我们走进去,门又自动关上了。

进得门来,只有一条小小的曲径,两边竟全是盛开的玫瑰花,红的红,白的白,芬芳扑鼻。我既赞叹,又有些疑惑地看着他的小门和花径。他解释说:"这个院子还有个旁门,我的牲畜和毛驴车从那个门走。"于是我点点头,用力吸吮着玫瑰花香,随他走到花径尽头,来到一个把三间房前全部覆盖了的大葡萄架下面。葡萄叶已经长肥,葡萄珠还只有米粒般大小。我清了清自己的鞋子,马尔克为我推开门,从房里射出一道强光,我躬身进门模仿穆斯林先叫了一声:哎斯萨拉姆哎来依库姆(问安的话),然后抬头,只觉强光照得我睁不开眼,原来矮矮的房梁上,挂着一盏汽灯!

我知道这个公社许多队都是有汽灯的。那是一九六四、六五年社教运动中为大办文化室而买的,社教队还没离村,大部分汽灯就坏了,不知道是灯的质量不好还是使用保管不善。等社教队撤走之后,文化室纷纷关、停、并、转,有的改成了木匠房,有的改成粮油或农机具仓库,但也都还有一些书报和简易书架、报架缩在一角接尘土,有的文化室里还有各种金字标语、红绿纸花、彩灯等饰物,也都自生自灭。至于汽灯,从一九六五年底以来我连残骸都没见过了。

因此,马尔克家的雪亮刺眼的汽灯使我觉得兴奋。好不容易调整好了瞳孔以后,我看到在外屋有两个女人,两个女人本来是跪在那里用形状像腰刀的维吾尔式切刀切胡萝卜的,见我进室问安,她们便站了起来。"请进,请进,老王请进!"第一个女人说。她亭亭玉立,穿着隐约透出嫩绿色衬裙的白绸连衣裙,细长的脖子上凸出的青筋和锁骨显示出她的极为瘦削,鹅蛋圆脸,在灯光下显得灰白、苍老,似乎有一脸的愁雾。乳黄色的头巾不知是怎样随意地系在头上,露出了些蓬松的褐黄色的头发。鼻梁端正凝重，很有分量，微笑的嘴唇后面是一排洁白的小牙齿，可惜，使我这样一个汉族人觉得有点别扭的是，有一粒光灿灿的金牙在汽灯的强光下闪耀。但最惊人的是她的眼睛，在淡而弯曲的眉毛下面，眼睛细而长，微微上挑，眼珠是淡灰色的，这种灰色的眼珠是我从来没见过的，它是这样端庄、慈祥、悲哀，但又似乎包含着一种神圣不可侵犯的矜持，深不见底。我以为，她是用一种悲天悯人和居高临下的眼光正面地凝视着我的。她用她的丰富的阅历和特有的敏感观察了我，然后用简单的肯定或否定语气词回答了我的问候——当然，我也就明白了，这就是阿丽娅。然后，她把另一位女子介绍给我："爱莉曼，塔里甫哥的女儿。"她说话就是这样简短，只有名词。

爱莉曼健壮得像一匹两岁的马驹，面色红里透黑，肌肉是紧密、富有弹性、富有光泽的。她的眼睛也像还没有套上笼头的马的眼睛，热情冲动，眼珠乌黑，她的黑眼珠大得似乎侵犯了眼白的地盘。尽管她努力用羞涩的睫毛的下垂来遮挡住自己的眼光，然而，你仍然一下子可以感觉到她的眼里的漆黑的火焰。她的鼻子微微上翘，结实有力，她的嘴唇略显厚了一些，嘴也大了一点，然而更增加了她给人的一种力感，也增加了朴实感。她比阿丽娅年轻多了，一看便知道是个未婚的，却是渴望着爱情的姑娘。她个子比阿丽娅矮一些，肩却比阿丽娅宽，她穿一件褐底黄花连衣裙，上身还罩着一件开领西式上衣,她的左手放在衣袋里,伸出右手示意欢迎,这种姿势流露着一种洒脱和强悍。她只用鼻腔里的几个"嗯"回答了我的问候。

马尔克补充介绍说:"这个姑娘是我们的邻居,她跟着阿丽娅学缝纫。她本人是粮站的出纳,是月月挣钱的人哪!"

马尔克的介绍使爱莉曼不好意思了,她转过了头,而且,我觉得她不高兴地努了努嘴。

我回头看了看马尔克,这一瞬间我才注意到在汽灯的照耀下他的眼珠是那样的蓝,也许说蓝不恰当,应该说是绿,那是一种非常开放的颜色,它使我想起天空和草地,一望无边。这三个人的眼珠从颜色到形状、神态是如此不同,对比鲜明,使我惊叹人生的丰富,祖国的丰富,新疆各民族的丰富。我甚至从而更加确信,我在一九五七至五八年遭到厄运,在六十年代远离北京,在一九六五年干脆到伊犁的毛拉圩孜公社"落户",确实是一件好事情,至少不全是坏事情。

马尔克把我让进了里屋,习惯上这应该算是他们的客房。客房比外屋大多了,墙龛里放置着一盏赤铜老式煤油灯,发出柔和的光,地上铺满深色花毡子。有一张木床,床栏杆呈优美的曲线,每一个接榫处都雕着一朵木花,四条腿像四只细高的花瓶。床上摆着厚厚的被子、褥子和几个立放着的大枕头,靠墙处悬挂着一个壁毯。我知道,这张堪称工艺品的床一定是马尔克的得意之作,我也知道,维吾尔人家的这种床一般不是为了睡人，而是为了放置卧具和显示自己的富裕、自己的幸福生活的。看来他们是上等户，都有手艺嘛，我暗暗想。

这间客房墙壁是粉刷成天蓝色的，在煤油灯光的照耀下显得十分安宁。正面墙上竟贴着五张完全相同的佩戴着红卫兵袖章的毛主席像，五张像排列成放射形的半圆，这种独出心裁的挂"宝像"的方法确实使我目瞪口呆。至少在晚上，这五张花环式的照片与天蓝色的墙壁，与古老的煤油灯及同样古老的赤铜茶具与赤铜洗手用曲肚水壶，与雕花木床及雕花木箱，与壁毯及精美的窗帘在一起，并无任何不谐调之处，正像他在说话的时候那样大量地引用（有的引用是准确的，有的是大概的、半准半不准的，有的我以为是他自己杜撰的）语录，乍一听没有任何生硬之感一样。这实在是"三忠于"、"活学活用"的维吾尔化、伊犁乡土化，我想。

下面我不准备详细描述这一晚上他们对我的款待了，这款待是成龙配套、一丝不苟而又严格地符合礼仪的。我只准备提两个事实，第一，在夜里两点的时候（爱莉曼已经告辞了），阿丽娅开始切另一部分肉，为我们做酒后食用的酸面片汤。第二，我近一个月来消化不大好，而且一向没有夜餐习惯，但这次被拉了来，甜食、肉饼、奶茶、抓饭、酒菜、面片汤，我一点没含糊，舍命陪君子，全吃了个超饱和。我本以为第二天非得急性肠胃炎不可的，结果完全相反，不但未有异常，而且治愈了酵母片与胃舒平没给我治好的肠胃病。噢，我还要啰嗦一句,饭菜确是第一流的,但他的酒实在可怕。他透露说,我们喝的是医疗用的酒精,正是那个要了他的小摇床的卫生学校的朋友"关怀"给他的。

席间,马尔克向我敞开了心扉,挥动着双臂与我畅谈,大部分话是用汉语说的。我曾经建议用维吾尔语交谈,一是给我自己创造更多的学维语的机会,二是我觉得他的汉语说得不算流利。但是他坚持要说汉语,遇到表达上的困难他随时插入维语还有别的语。他说:"我们实际上是汉族人哪,我们爸爸是汉族人啊,我们爸爸是黄胡子啦,黄胡子,老王,你知道吧?"

据说"黄胡子"原是东北抗日联军和难民,他们被侵华日军打散,从海参崴、伯力一带逃亡到苏联境内,穿过西伯利亚,到达苏联的中亚,又从阿拉木图一带回到我国新疆伊犁地区。但新疆少数民族用"黄胡子"这个词儿,常带有贬义,因为有许多关于"黄胡子"的吓人的流言传说,历史上不止一次有人利用这些流言来煽动民族不和。马尔克这样坦然地承认自己是"黄胡子"的后代,这倒是很惊人的。另外,他的汉语腔调也很特别,既不像新疆汉人的口音,又完全不是当地少数民族学说汉语的口音,他把"我"全部说成"我们",也挺有趣。

"我们的妈妈是俄罗斯。"他继续介绍说,"她的名字,本来应该是娜塔里雅·米哈伊洛夫娜,但是她直到死,人们只叫她娜塔莎。"他叹了口气,然后用我虽然听不懂,但听得出他的发音并不标准的俄语咕哝了几句，估计那意思是祝祷他那到老得不到尊敬的母亲的在天之灵安息。"她本来是一位伯爵夫人的使女，为了逃避布尔什维克的十月革命，跟随主人来到新疆。我们没见过我们爸爸，我们不知道我们自己是怎么来的，我们没有办法。我们的后爸爸是塔塔尔人，他骂我们。"这时他改说塔塔尔话，大意是他是他母亲被黄胡子强奸的产儿。然后又用汉语说："我们说不上，我们不信。老王，我们一点点儿也不知道我们是怎么来到这个世界上的呀，胡大知道！"

在维吾尔语里，"知道"和"做主"可以用同一个词。我认为，他这里用的"知道"二字，是受维语的影响，包括着做主的意思。"反正我们都是来自五湖四海嘛。"忽然他又"暗引"了一段语录，"我们不愿意做汉人，也不愿意做俄罗斯，也不愿意做塔塔尔，后来我们就成了维吾尔了。我们也不愿意做农人，我们愿意做木匠……"说着他来了劲，走出室外，从另一间充当库房用的屋里拿来一个精美绝伦的折叠板凳，一个小儿摇床，一个雕花镜框架，"这才是木匠嘛。现在的木匠能叫木匠吗？现在的木器能叫木器吗？我们是人！我们要做好好的木匠，好好的木器嘛。我们做不成，那就去养鸡儿，养羊儿，养牛儿去嘛……"他把不该儿化的鸡、羊、牛儿化，讲得兴奋起来，颇有点滔滔不绝的架势，"世界上为什么要有女人呢？噫，有男有女才成为世界。女人，这真是妖怪、撒旦、精灵啊！她们让你哭，让你笑，让你活，又让你死……"他说，他在他的原籍霍城县清水河子，就是为了女人的事搞得狼狈不堪，无法再待下去，才来到这里的。"是她们来找我的，我有什么办法呢？"他的脸上显出天真无邪的表情，"我们不能让她们伤心呀！"他继续说，自从来到毛拉圩孜公社，自从和阿丽娅结合以后，他完全变成了另外一个人，"哎，老王，你哪里知道阿丽娅的好处！与阿丽娅比一比，我们在霍城相好的那些女人，只值一分钱！"

传来了外屋阿丽娅的咳嗽声，她声音不大，但是坚决地警告说："不要冒傻气，马尔克哥！"

阿丽娅管马尔克叫"哥"，这使我不大信服。从外表看来，阿丽娅至少比马尔克大五六岁。阿丽娅即使确是美人，也已经是迟暮了。而马尔克呢，身大力足，似乎蕴藏着无限的精力，还没有释放出来。他所以这样滔滔不绝地讲话，东一榔头西一棒子，一句语录加一句俚语，一句维语加一句汉语，外带俄罗斯语与塔塔尔语，声音忽高忽低，忽粗忽细，似乎也是一种能量的释放。这种半夜里突然举行的宴请，也含有有劲要折腾的意思，虽然我丝毫不怀疑他们连同那位邻居姑娘的好客与友谊。

他和我第一次正式聚会便这样坦率，特别是这样起劲地夸赞自己的老婆，又使我不禁想起一句维吾尔谚语："当着别人夸赞人家的老婆是第二号傻瓜，当着别人夸赞自己的老婆是第一号傻瓜。"

后来他又向我介绍那位帮助阿丽娅做饭的邻居姑娘爱莉曼。爱莉曼是十点多钟告辞走的，她走后，马尔克问我："您看出来了吗？"

"看出什么来？"我不知道他问的是什么意思。

"唉，可怜的姑娘，她只有一只手！她左手长疮，小时候齐着腕子把手掌割掉了……但是她非常要强，硬是一只手做两只手的工作，什么饭都会做，拉面条的时候用残肢按住面坨儿的一端，用右手甩另一端，她连馄饨都能包啊……这也是胡大的事情啊！"

当我和他谈到队里的生产、分配、财务、干部作风这些问题的时候，他手舞足蹈地喊叫起来："对对对，问题就是在这里！我们是有宝贝的，我们有！我们有世界上最好的武器，但是没有使用！"说着说着他拿起了两本"语录"，在空中挥舞，"我们队上为什么有问题呢？就是没有按照红宝书上的指示办嘛！你看你看，读书的目的全在于应用……"他又连篇累牍地引用起语录来了，我不得不提醒他那些语录我都读过，也都会背诵。从他那未必准确更未必用得是地方的不断引用当中，我发现他确实是全队背得最多、用得最"活"的人，他是颇下了一番工夫的。我甚至想，这样的人怎么没有选派到讲用会上去？后来才想到他本是一个不肯到队上干活也不愿意参加会的人。世界上的某些人和事情真是难以理解。

在这次被招待以后，我曾与一些社员谈起马尔克学语录的情况,多数人都浅浅地一笑,敷衍地说:"好! 好! 他学得好!"那神情却不像真心称赞。也是,语录背得多,毕竟无法不说是"好"事。只是一些队干部明确地对此表现出嗤之以鼻的态度,讥笑说:"那正是他的傻气嘛!"

关于他们的那位邻居姑娘爱莉曼,倒是有口皆碑。她是在五岁时候因手上生疮被截去左掌的,她非常要强,在学校上学功课出众,由于残废,家里不依靠她当劳动力,小学毕业以后她每天走一个半小时到伊宁市上初中,之后又住宿读了财会学校。她的一只手比别人的两只手还灵巧,而且力气大,据说有一次她放学晚了,天黑以后在公路上行走,有两个醉汉向她调笑,她小小年纪,一点也不怕,一个嘴巴把一个醉汉打倒在路边的碱沼里,另一个醉汉吓跑了。

对于爱莉曼也有非议,主要是她已经二十二足岁了,还没有结婚,而且拒绝了一个又一个媒人。"女孩子大了不出嫁就是妖怪。"有几个老人这样说。据说爱莉曼的爸爸为女儿的婚事都急病了,但奈何不了她,因为女儿是吃商品粮的国家职工,经济独立,社会地位也高于一般农民。

桑妮亚有一次用诡秘的神情告诉我:"老王哥,你没有看出来吗? 我告诉你这个秘密你可不要对任何人说。依我看爱莉曼是让马尔克傻郎迷住了,她一心要嫁马尔克哥呢。"

"什么? 阿丽娅……"

桑妮亚摇摇头:"阿丽娅是我的朋友。她告诉过我,她的病已经好不了了,她要在她还在世的时候帮马尔克哥物色一个女人,她不放心,马尔克是确实有点傻气……"

我将信将疑。我回忆那天晚上在马尔克家里与爱莉曼和阿丽娅会面时的情形,我想着爱莉曼乌黑的眼珠,什么也判断不出来。我想,经过一九五七年以来的坎坷,我确实已经丧失了观察人和感受生活的能力了,将来重新执笔写作的心,是到了该死掉的时候了。

麦收期间,马尔克下地割麦五天,大致是一个顶俩,每天自己捆、自己割,完成了两亩多。队上害怕分地片收麦、按完成量记工分,这样做带有"三自一包"的色彩,因为当地习惯上把分片各收各的也称为"包"工,而"包"字是犯忌讳的。社员们干脆排在一起,大呼隆干活,说说笑笑,干一会儿直一会儿腰,倒也轻松。唯独马尔克绝不和大家混在一起,他单找一块地干,干完了自己丈量。队上的记工员告诉他,他的丈量是不作数的,工分仍然是按群众评议而不是按完成亩数来记,他也不在乎,仍然坚持"单干",同时对穆罕默德·阿麦德一类干活吊儿郎当的人猛烈抨击、嗤之以鼻,"让我和那样的人并列在一起干活吗?我宁愿回家睡大觉。"他声明说。

根据公社革委会布置,麦收期间还要搞几次讲用和大批判。队长传达上级布置的时候调子很高,上纲上线。"如果不搞大批判,收了麦子也等于为刘少奇收了去了。"他传达说。但实际执行起来,他却马马虎虎,有时工间、午间或晚饭后(夏收期间我们集中住宿、吃农忙食堂），队长宣布搞"大批判"，开场白以后无人发言，然后队长谈谈生产，读读刚拿到的一份"预防霍乱"或"加强交通管理"或"认真缴纳屠宰税"的宣传材料，就宣布大批判结束。有一次又这样冷冷清清地大批判，不知谁喊了一句："让马尔克木匠讲一讲！"马尔克便突然睁大眼睛讲了起来。天南地北，云山雾罩，最后归到正题，原来他批判开公社革委会了。革委会有个通知：凡出勤不足定额的，生产队扣发其口粮。马尔克不赞成，他越讲越激动，队长几次想制止也没制止住，他论述这种扣发口粮的做法违背"红宝书"的教导，是刘少奇的"修正主义"的流毒，最后他竟喊起口号来："坚决反对修正主义！""建设边疆保卫边疆！""牢记阶级苦，不忘血泪仇！""誓死捍卫中央文革小组！"还有一系列"打倒"和一系列"万岁"。他一喊，大家不由得也都振臂高呼起来，竟顾不上考虑他的口号与言论之间有没有必然的联系。这次"大批判"，算是最热烈的一次了。

五天以后，阿丽娅（她因为有一系列病，夏收期间也没有露一次面）托人捎话来，说是她病重，要马尔克回家看看。队长不准，说是每年夏收他都是这一套，干个五六天后便以照顾病人为名溜之大吉。他声称他在这五天已经干完了旁人二十天的活，他有权利回家照顾他貌美病多的妻子，便扬长而去，不管气得大喊大叫的队长。

队长真的火了。我也觉得马尔克太不像话了，如果都照他这样，生产队只能垮台，公社乃至整个国家也会不可收拾。所以当队长在全体社员大会上建议停发马尔克两口的七八两个月的口粮以示制裁的时候，没有人提出反对意见。

不久之后，马尔克纠集了二十来个因各种原因被扣口粮的社员到公社闹了一阵，他又是挥舞着"红宝书"连喊带叫的。事后县公安局派人来调查，幸亏广大社员都说他自来有些傻气，他学习"红宝书"是积极和真诚的，他绝无任何反动思想反动言行，这样才大事化小，公安局的人把他叫到公社训了一顿就算了。看开头那个架势，我们还以为会把他逮捕呢。

这一年春节他到伊宁市我的家里给我拜年，我借这个机会劝了劝他，少犯傻气，少乱引用语录，多出工干活。他一再点头，叹了口气，问我："老王，你告诉我，人是什么呢？"

我知道他有时候一阵一阵地爱谈禅论道，便引经据典地说："人是万物之灵嘛。"

他摇摇头："我看，人是沙子。风往哪里吹，你就要到哪里去。我们妈妈娜塔莎，不就是这样吗？十月革命一阵大风，把她糊里糊涂吹到中国来了。我们黄胡子爸爸呢，也是让风吹来的。我呢，阿丽娅呢，如果没有风吹，我们这素不相干的两粒沙子，怎么聚到一起来了呢？"

我说我不同意，如果你只是一粒沙子，那么那些木器呢？一粒沙子会做出那么精巧美丽、艺术品一样的木器来吗？

一提木器他就高兴了。他承认我说得对，因为一粒沙子是没有灵魂的,而他和他的木器都是有灵魂的,他常常做梦梦见一种新式样的木箱或者桌椅或者摇床围着他转。醒来以后,他就到木工房去,一边想着梦里的形象,一边锛、凿、刨、锯……于是一种新式样的木器就做出来了。他表示,他一定要为我做一个衣架(钉在墙上的一种),这种衣架虽然简易,但他要做出点新花样来。

春节过后,我应邀到马尔克的木工房去参观,房里充溢着令人愉快的木脂的香味。马尔克用那种小锛子用得非常熟练,轻松如意,他不假思索地向木头胡乱砍去,三下五除二就砍去了一切他所不需要的部分。我最喜欢看的还是他刨木头,与关内木匠用的刨子完全不同,他用的是一种用一只手从外向怀里拉的刨子,沙、沙、沙,动作很洒脱。他穿着一件深蓝色背心,在拉刨子的时候,他的胸、背、肩、大臂、小臂直到手掌的肌肉都隆了起来,那样子真像一个显示男性健美、劳动酣畅的雕塑。他的动作既是强健有力的,又是颇有节奏和韵律的,特别是他的流着汗水的脸上的表情,诚挚而又自得其乐,根本不像一些个"力巴头"干活的时候那种龇牙咧嘴的样子。他那天蓝色的眼珠里,更是发射出活泼有趣的光芒,完全不像他滔滔不绝地讲话时那样带着傻气。

我欣赏着他的形体和动作,带着一种自惭形秽的自卑感。汉族是我国的主体民族,她有灿烂的文化与悠久的历史,但是在身体的素质和形象方面,她的平均水平是赶不上新疆的少数民族兄弟姐妹的，真遗憾啊！

同时我突然想起阿卜杜拉赫曼裁缝来了，呵，阿丽娅的第二个丈夫与第一个丈夫实在是一个天上，一个地下，一个是生的高扬，另一个简直是衰老和死亡的标志。虽然我完全是局外人，但我不能不为毛拉圩孜公社头号美女的初婚而扼腕顿足，也不能不为她的现在的幸福而深感欣慰。

"我把手里的这一批摇床交了活，下星期就给你做衣架。你还需要什么？别客气，说。"马尔克告诉我。

但我没能够得到马尔克的衣架，因为"多普卡"队进驻了。"多普卡"队不愧是火眼金睛，只一瞥便揪出了马尔克，罪名是：一、利用口粮事煽动闹事；二、打着红旗反红旗；三、其母是白俄贵族，本人与新老沙皇界限不清。

生产队开会批斗他，先用绳子把他绑了起来。上绑的时候，马尔克对绑他的民兵耳语了一句话，据事后了解，他说的是："只要不怕绳子断，你就使劲勒！"

"多普卡"组长在会上喊了一通以后没人发言，会议出现了冷场，组长干着急也没用，便让生产队长发言。生产队长走到前面，慷慨激昂地说道：

"马尔克，你为什么这样傻？干木匠活你倒凑合，学习毛泽东思想，你行么？你上过学么？你背那么多语录，谁承认呢？你这样学语录究竟是为了什么？说，你为什么要冒傻气？你能懂得什么叫无产阶级司令部、无产阶级革命路线吗？连我都不懂,县长说,他也不懂。你要是懂了,那你这个傻瓜岂不是比县长还高明?难道你要篡党夺权当州长吗?你这就是野心嘛!你从霍城县流浪而来,你是饿着肚子到毛拉圩孜来的,现在你有了老婆,有了房子,有了茶叶,有了馕,还有盐巴,你还要干什么?说,你为什么要冒傻气,说,你以后还傻不傻啦?"

"多普卡"组长是一位汉族农工,年方二十挂零,前年到新疆来看望姐夫,觉得伊犁这边生活不错,便留下了,但至今还没落上正式户口,便被匆匆忙忙派出来了。他又不懂维语,让懂汉语的社员给他翻译,换了两个人都说队长的大批判太深也太新,翻不过来,结果社员们推荐我去翻译。我便介绍说,队长发言的主旨是敦促马尔克认识自己的错误,认真改正。组长听了很满意,问马尔克:"怎么样,今后改不改?"

只见马尔克两眼发直,突然大吼一声:"打倒赫鲁晓夫!向江青同志致敬!"台下居然有不少人随着振臂应和,而组长呢,居然下令松绑,并说:"马尔克的态度还是比较老实的。不老实我们也不怕,帝、修、反我们都不怕,还怕一个小小的马尔克吗?"

他被分配去赶大车送粪,我给他跟车,他兴致勃勃地对我说:"维吾尔的谚语说,男子汉大丈夫什么事都应该亲身经验经验,导师也教导要经风雨、见世面,这回我算是也经了风雨了,也见了世面了!"

最妙的是那位"多普卡"组长,见我有文化,又老实,有一天找我去代他起草一份入党申请书。我吓了一跳,连忙把我的处境告诉他。他小声对我说:"没关系,没关系,是我求你写的嘛。"我趁机进言说马尔克不是什么坏人,他的木匠手艺好,他不喜欢干大田里的活,再说,你让他干木匠,他并不是把一切收入放入自己的腰包,他是给队里缴利润的。"多普卡"组长说:"我明白了,咱们看看再说。"似乎从此对马尔克的态度好了些。

过了几星期,县革委会政工组的两位领导到我们公社视察来了。政工组长是一位支左的同志,圆而白净的脸,矮矮的个子,走路拼命迈大步,好像蚱蜢一跳一跳的。来到我们队以后,他一是吩咐给他做饭要多放辣椒,他是湖南人,二是要召集活学活用的积极分子座谈。据说他已经在别的几个大队视察过,对毛拉圩孜公社活学活用的情况很不满意。不知道队长是怎么考虑的,他转了转眼珠,把马尔克作为积极分子派到政工组长那里,事先还找马尔克动员了一番,并且关照我在担任临时翻译的时候要"多加注意"。马尔克果然没有辜负队长的期望,振振有词,句句都是语录,使爱吃辣椒的政工组长两眼大放光芒,并转头质问我,学得这样好的人怎么没有参加过讲用会。我解释说,可能是因为他过去在队里干活出勤率太低。组长不高兴地问马尔克:"上个月你出勤多少天?""三十一天。"马尔克回答。我一惊,因为上个月是二月,只有二十八天。但是组长对马尔克的回答非常满意,对我说:"人家已经转变了嘛,这就是活学活用的效果嘛,谁也不是天生的先进嘛。"

为了深入细致地调查研究,政工组长又找了队长、队干部与几个老贫农了解马尔克的情况。维吾尔农民乡亲是乐意成人之美的,队干部则更是乖觉,从政工组长的话锋上已经知道了他的意图,立刻隐恶扬善把马尔克赞扬了一番,除了积极学习以外还有助人为乐呀、民族团结呀、突出政治呀、又红又专呀,连他经常给别人递抽过两口的莫合烟也作为他先人后己的例证提了出来。还有一件给大渠堵口子的事,明明是队长自己干的,队长竟无私地推功给马尔克,把马尔克如何堵口子说得有声有色,使听的人如身临其境。最使我不理解的是曾经主持过批斗马尔克并且宣布过马尔克的罪状的"多普卡"组长也在座,却并未提出一句异议。于是政工组长确定,要马尔克参加下月举行的全县活学活用讲用会。

晚上回"家"喝茶,我把这事告诉了房东二老,阿依穆罕妈妈大笑说:"各人有各人的路子,傻瓜有傻瓜的路子。"穆敏老爹则微微一笑,捏着自己的长须说:"这也是塔玛霞尔嘛,马尔克弄起塔玛霞尔来,可是精于此道!"

塔玛霞尔是维语中常用的一个词,它包含着嬉戏、散步、看热闹、艺术欣赏等意思,既可以当动词用,也可以当动名词用,有点像英语的 to enjoy,但含义更宽。当维吾尔人说"塔玛霞尔"这个词的时候,从语调到表情都透着那么轻松适意,却又包含着一点狡黠。

"那么,他在被批斗、被绑起来以后大喊'向江青同志致敬'又是怎么回事呢?也是塔玛霞尔?是装的?还是真的犯傻?"我问,我很想知道穆敏老爹的见解。

"当然是真的,喊一喊痛快嘛!"穆敏老爹要言不烦,不准备再做什么解释。他抬起头,用一种我以为是带几分怜悯的眼光看了看我,悠然一笑,他说:"生活是伟大的。伟大的恼怒,伟大的忧愁,还有伟大的塔玛霞尔,伟大的汉族,伟大的维吾尔,伟大的二月、三月,伟大的星期五(星期五是伊斯兰教的祈祷日),而星期六到星期四的每一天同样是伟大的,还有伟大的奶茶、伟大的瓷碗、伟大的桌子和伟大的馕……"阿依穆罕妈妈向我伸了伸上唇,把人中拉长,这是维吾尔人做鬼脸的表情。她说:"糟糕,老头子也犯起傻来了!"

这时,队长隔着墙叫:"老王!"我把他请到屋里以后,他说明来意,是要我帮助队上的文书写一份马尔克活学活用事迹材料,再写一份他本人的讲用稿。"我写不了。"我抗议说,"简直是开玩笑,马尔克哪有什么先进事迹?差点没让公安局抓起来,二十天以前刚刚绑了一次!"

"有的有的,"队长很有耐心,"他割麦子一个人顶三个人干,是事实吧?"

"可那次堵口子是您自己堵的,您为什么说成是他的?"

"他也堵过的嘛,您老王也堵过的嘛。如果现在是让您去开讲用会,我们也给您整理一份好好——的材料。"他把"好"字拉长了声音,拐了几个弯,以示强调。然后他向我笑笑,伸出右手,轻轻在空中抓了抓,像是一种什么舞蹈动作,同时他一赞三叹地说:"老王,我们维吾尔,是这样的一些人,性格温柔,手也是软软的,不像你们汉族那么严格。听说有些汉族小丫头,小小年纪,坚持红二司(新疆的一派造反组织)观点,被打了个头破血流,还喊口号'誓死捍卫'什么什么呢,真是坚强厉害的人们啊! 这又有什么问题呢? 好事情嘛。你现在去调查调查吧,你说马尔克有什么先进事迹,大家都会承认的,没有人反对。穆敏哥,阿依穆罕姐,你们说是不是?"

"对,队长的话是正确的。"房东二老点头称是。

这可真给我出了难题,依我当时的情况,接到这样的任务,本应感到受宠若惊。整一个先进分子的材料,加一点美好的形容词,适当拔高一点,一般说来我也是不会拒绝的。但给马尔克起草讲用稿,确实难住了我,我难以承认他是活学活用的先进分子,正像难以承认他是"打着红旗反红旗"的坏人一样。硬把事实上并不存在的"事迹"塞给他,我也实在下不去手。于是我检讨自己:是不是那一天马尔克向爱吃辣椒的政工组长汇报自己的活学活用心得的时候,我的翻译有什么问题? 果然,我想起,在队长打过招呼以后,我的翻译虽无大的歪曲捏造,却做了两方面的加工:一方面是把他不完整、无条理的句子在可能范围内顺了顺,一方面是他引用得过于驴唇不对马嘴的语录,有几处我"贪污"了,没有翻过去。在少数民族地区工作,这个翻译的作用可真大呀!还有一条,就是我的普通话说得标准,完全有可能增加了政工组长对马尔克的好感。怪道当地的干部社员喜欢找我当"通事"呢,怪道他们与汉族同志打交道办事的吉凶成败很大程度上归功或者归咎于翻译呢。咦,翻话翻话,能不慎哉!看来马尔克成为活学活用的积极分子,我是负有一定的责任的,为他整材料的难题,也是我"咎"由自取的了。

这个难题并没有使我为难下去,因为两天以后阿丽娅病重,马尔克赶着一辆毛驴车把妻子送到伊宁市反修医院住院去了。一去就是一个月,未见回来,当然,他也参加不成县里的讲用了。

房东大娘的继女桑妮亚带着小甜馕、方块糖和一包葡萄干进城去医院看望了阿丽娅一次,傍晚,她带着五个井然有序的小不点儿到我们"家"来,告诉我们,据阿丽娅自己说,她得的病是肝癌,她已经知道了,马尔克和医院的人还瞒着她,她也不打算说破。马尔克正在张罗卖房,凑盘缠送她去乌鲁木齐转院治疗,然而"医药只能治病却不能治命",命中注定,她已经不久于人世了。她不希望马尔克为她的病而搞个家败人亡、人财两空,她希望赶快出院回毛拉圩孜公社来,安安静静地死在家乡。其次,她认为一只手的粮站出纳爱莉曼偷偷爱着马尔克已经很久了，正是为了马尔克，爱莉曼才拒绝了一个又一个求婚者。到今年柠檬苹果黄熟的季节，爱莉曼就满二十三岁了，在维吾尔农村，满二十三岁的丫头不嫁，就会被视为妖孽、灾星。阿丽娅最大的心愿便是看到马尔克与爱莉曼成婚。如果马尔克不忍心在她还在世的时候先办理与她的离婚手续与爱莉曼结婚，那么，他们俩要向她做出保证，在她闭眼以后的三个月之内结婚，那么，她就可以含笑九泉了。

然而马尔克犯了傻气，在这两条上都不听阿丽娅的。据说他已经找到了买主，那么好的一个院子加三间房子只卖三百二十块钱（由于"文化大革命"当中房屋政策不落实，伊犁城乡的房价曾畸形惨跌）。而对爱莉曼呢，自从阿丽娅表示了自己的心愿后，他干脆不理爱莉曼了。本来爱莉曼在阿丽娅住院以后每星期骑自行车去城里两三次（这个一只手的姑娘可真是能干！）给阿丽娅送饭的，结果由于马尔克态度生硬粗暴，一见爱莉曼转身就走，搞得爱莉曼哭哭啼啼。现在，爱莉曼的事传遍了全公社，爱莉曼的爸爸知道了，认为这是奇耻大辱，不准爱莉曼再与马尔克夫妇来往，而且逼着女儿立即嫁人。

最后桑妮娅告诉我，是阿丽娅以垂死的人的身份，要求桑妮亚代她向我求援，希望我去劝说马尔克接受她的两点心愿。

我听后大吃一惊，心乱如麻。这一天临睡前穆敏老爹做乃玛孜（祈祷）的时间特别长，爱说笑的阿依穆罕大娘也变得沉默寡言。第二天我连忙进城去看望阿丽娅，找到她的病室，同房的少数民族女病号都对我投以好奇的目光,我顾不上与她们寒暄,直奔阿丽娅的病榻而去。天啊,阿丽娅已经变成了一个骨瘦如柴的老太婆,头发都变成了灰白色了,嘴角与脖子,更是干瘪得可怕,住院一个月,她老了三十年,我也无法不确信她已经走到她生命的尽头了。我的感觉与其说是来看望病人,不如说是来与遗体告别,我只有默哀的份儿了。而马尔克虽然愁眉双锁,气色也不好,但整个说来,从外表上看像是她的儿子。只有阿丽娅的眼睛,那长长的、有着神秘的淡灰色眼珠的眼睛,仍然是美丽的、深情的,即使在往后看到的各式各样的电影特写镜头上,我也没见过这样深情的眼睛。看来,她的最后的生命之火,只够照亮那一双淡灰色的眼珠了。

我和病人只交换了极简短的几个字。"请放心,我会办的。"我说。"谢——"她说。"别多想,休息吧,会好的。"我又说。"我什么也不想了。"她说,并且闭上了眼睛。马尔克对我说:"昨天她与桑妮亚说话太多了,今天病情又恶化了。"

我告辞,先找内科主任问了一下阿丽娅的病情,内科主任认为确是肝癌,但这个医院没有专门的肿瘤科,因此按惯例她建议病人去乌鲁木齐转院治疗。当然,同时她也对病人的康复不抱希望。然后,我把马尔克叫到了楼下,马尔克先告诉我他的房子已经脱手,明天就可以拿到钱。他还有一点值钱的东西,包括他的俄罗斯母亲留给他的一条金项链,还有我看见过的几件铜器,他准备变卖。他已托买过他的摇床的民航站营业处的营业员买飞机票,争取乘下次班机去乌鲁木齐。

"当然,看到阿丽娅病成这个样子,我也很难过,不过你还要为以后的生活着想……"我开口,想执行我的游说的任务。

"瞎说! 如果阿丽娅没有了,还有什么'以后的生活'!"这个健壮的大汉当着来来往往看门诊的病人及家属,呜呜地哭起来了。

"我听说,阿丽娅的心愿是,以后,爱莉……"

马尔克一下子抓住了我的左手手腕,他的蓝眼珠像两个死死的玻璃球:"去! 离我远一点! 如果你不是老王,我会扭断你的胳臂,割下你的舌头!"然后他松开了手,自己打起自己来,把我吓坏了。

后来我们两个人都沉默了。"那就去治一治吧,愿胡大保佑她。"我这个虽然受委屈,但毕竟是从少年时代便信仰马克思主义并成为共产党人的无神论者,向一个并非真正的穆斯林的穆斯林说了一次"胡大",而且,我当真盼望奇迹的出现,也许阿丽娅的病真能治好吧?

我知道农村换粮票手续繁杂,便把我身上带的粮票全部给了他,他没有道谢,默默地回身走了。

一九八一年重访毛拉圩孜公社的时候,我坐在伊宁市委派给我临时用的一辆吉普车里,沿着白杨成林的伊乌公路向毛拉圩孜公社驶去。路过原兵团农四师工程处加油站时,我看见一个蓄着长须、戴着小白帽、穿着无扣的长袷袢的高大的维吾尔人骑着驴迎面而来，毛驴是那样矮小，而他自己的两腿是那样长，骑在驴背上的他，腿是耷拉在地面上的。他的形象使我觉得十分面熟，却又想不起是谁来。伊犁这个地方比较开化，又长期受苏联的影响，即使在六十年代，也少有像喀什噶尔那样戴小帽和穿袷袢的人，骑毛驴的也只限于老人，而且主要是喀什噶尔的移民。到八十年代，自行车、的确良大普及，穿牛仔裤戴太阳镜的青年也到处可见，骑毛驴的人绝无仅有，因此，在吉普车与毛驴瞬间交错时取得的印象使我心头一动。

在公社住下来以后我了解到，阿丽娅在乌鲁木齐鲤鱼山下的医学院医院住了七个月的院——她的生命力还是相当顽强的，一九七一年初死去了，就埋在乌鲁木齐东郊。直到一九七四年夏天，马尔克才回到他已无家可归的毛拉圩孜公社，其时我已经彻底离开伊犁了。马尔克回来的时候蓄起了长须，有时戴着纯白的小帽，有时缠着色来（缠头巾），还带回了一匹毛驴，俨然南疆阿訇的风度。他从队部借了一间房子住，照旧做他的木匠活，与世无争，话很少，也没有任何傻气。现在没有任何人叫他"马尔克傻郎"了，相反，尊称他为"马尔克阿凡提"（阿凡提本意是"先生"）。

人们告诉我，他刚刚应邀动身到县里去，为县俱乐部做一批木器活。我惊叫起来，原来我在吉普车上看到的那位骑毛驴的大汉就是他呀！"他什么时候回来?"我问。"至少两个月。"人们答。呜呼,缘悭一面,乃至于斯!

最令人沉重的还是爱莉曼的命运。她离开了父母,顶住了一切舆论压力,等待马尔克一直等到了一九七四年。马尔克流浪归来之后,她去找马尔克,要求嫁给他,再次遭到冷冰冰的拒绝。爱莉曼一怒之下嫁给了阿卜杜拉赫曼裁缝。

我无法相信自己的耳朵,然而人们告诉我这的确是事实。一九七三年,老裁缝与自己的不知是第几个妻子、喜欢光脚丫走路的玛渥丽姐再次离婚了,而且是他相中了爱莉曼,早就派人去说媒了。

"阿卜杜拉赫曼还没有死?"我不合礼仪地问,我想起老裁缝那副肺痨三期的样子来了。"老头结实着呢,一个又一个地专娶年轻丫头!"乡亲们告诉我。

是的,在公社逗留期间,我见到这位老裁缝两次,他还是那副躬腰曲背的样子。没有也不可能变得更年轻,但确实也并没有怎么显老,和十几年前比几乎没有多大区别。我惊叹,他可真有一股子蔫乎劲儿。

我很想去看望一下爱莉曼,却又觉得有诸多不便,便终于没有去看她。

海的梦

下车的时候赶上了雷阵雨的尾巴。车厢里热烘烘、乱糟糟、迷腾腾的。一到站台，只觉得又凉爽、又安静、又空荡。潮润的空气里充满了深绿色的针叶树的芳香。闻到这种芳香的人，觉得自己也变得洁净和高雅了。从软席卧铺车厢下来了几个外国人，他们唧唧喳喳地说笑着，噢，噢地拉长着声音。"哈啰！"他们向缪可言挥了挥手，缪可言也向他们点头致意。有一个外国女人笑得非常温和，她长得并不好看，但是有很好的身材，走起路来也很见精神。此外没有什么人上车和下车。但是站台非常之大，一尘不染，清洁得令人吃惊。一幢幢方方正正的小房子，好像在《格林童话集》的插图里见到过似的，红色的瓦顶子亮晶晶地闪光。这个著名的海滨疗养胜地的车站，有自己的特别高贵的风貌。

说来惭愧。作为一个翻译家，作为一个搞了多半辈子外国文学的研究与介绍的专门家，五十二岁的缪可言却从来没有到过外国，甚至没有见过海。他向往海。年轻的时候他爱唱一首歌：

> 从前在我少年时……
>
> 朝思暮想去航海，
>
> 但海风使我忧，
>
> 波浪使我愁……

这是奥地利的歌儿吗？还有一首，是苏联的：

> 我的歌声飞过海洋……
>
> 不怕狂风，不怕巨浪，
>
> 因为我们船上有着
>
> 年轻勇敢的船长……

这两首歌便构成了他的青春，他的充满了甜蜜与苦恼的初恋。爱情，海洋，飞翔，召唤着他的焦渴的灵魂。Ａ、Ｂ、Ｃ、Ｄ，事业就从这里开始，又从这里被打成"特嫌"。巨浪一个接着一个。五十二岁了，他没有得到爱情，他没有见过海洋，更谈不上飞翔……然而他却几乎被风浪所吞噬。你在哪里呢？年轻勇敢的船长？

汽车在雨后的柏油路面上行驶。两旁的高大茂密的槐树。这里的槐树，有一种贵族的傲劲儿。乌云正在头顶上散开。"马上就可以看见海了。"休养所的汽车驾驶员完全了解每一个初到这里的客人的心理，他介绍说。

海，海！是高尔基的暴风雨前的海吗？是安徒生的绚烂多姿、光怪陆离的海吗？还是他亲自呕心沥血地翻译过的杰克·伦敦或者海明威所描绘的海呢？也许，那是李姆斯基·柯萨柯夫的《谢赫拉萨达组曲》里的古老的、阿拉伯人的海吧？

不，它什么都不是。它出现了，平稳，安谧，叫人觉得懒洋洋的。那是一匹与灰蒙蒙的天空浑成一体，然而比天的灰更深、更亮也更纯的灰色的绸缎，是高高地悬在地平线上的一层乳胶。隐隐约约，开始看到了绸缎的摆拂与乳胶的颤抖，看到了在笔直的水平线上下时隐时现、时聚时分的曲线，看到了昙花一现地生生灭灭的雪白的浪花。这是什么声音？是真的吗？在发动机的嗡嗡与车轮的沙沙声中，他若有若无地开始听到了浪花飞溅的溅溅声响。阴云被高速行驶的汽车越来越抛在后面了。下午的阳光耀眼，一朵一朵的云彩正在由灰变白。天啊，海也变了，蓝色的玉，黄金的浪和黑色的云影。海鸥贴着海面飞翔，可以看见海鸥的白肚皮。天水相接的地方出现了一个小黑点，一个白点，一挂船上的白帆和一条挂着白帆的船。"大海，我终于见到了你！我终于来到了你的身边，经过了半个世纪的思恋，经过了许多磨难，你我都白了头发——浪花！"

晚了，晚了。生命的最好的时光已经过去了。当他因为"特嫌"和"恶攻"而被投放到号子里的时候，当铁门哐的一声关死，当只有在六天一次的倒马桶的轮值时他才能见到蓝天、见到阳光、得到冷得刺骨的或者热得烫脸的风的吹拂的时候，还谈得上什么对于海的爱恋和想念呢？而现在，当他在温暖的海水里仰泳的时候，当他仰面朝天，眯起眼睛，任凭光滑如缎的海浪把自己漂浮摇动的时候，他感到幸福，他感到舒张，他感到一种身心交瘁后的休息，他感到一种漠然的满足。也许，他愿意这样永远地、日久天长地仰卧在大海的碧波之上。然而，激情在哪里？青春在哪里？跃跃欲试的劲头在哪里？欢乐和悲痛的眼泪的热度在哪里？

他愧对组织上和同志们、老友们对他的关怀。平反——总有一天，中国人会到古汉语辞典里去查这些难解的词的吧？还有什么"特嫌""恶攻""反标"，这些古老的汉语的生硬的缩写，出现了崭新的不通的词汇。但他感谢这种离奇的缩写，它给那些荒唐的颠倒涂上了一层灰雾——以后领导上和同事们最关心他的是两件事，一个是好好疗养一下，将息一下身体，恢复一下健康。一个是刻不容缓地建立一个家庭。

对于前一点，缪可言终于接受了安排。对于后一点，他茫然，木然，黯然。"年轻的时候你想得太玄，后来又是由于政治运动的原因，现在呢，你总该安定团结地过过日子了吧？"同事们说。

然而，桃花、枣花，各有各的开花时刻。萝卜、白菜，各有各的播种节令。误了时间，事情就会走向自己的反面。《一千零一夜》里的装在瓶子里的魔鬼，最初许多年曾经准备给释放他的人以全世界的财富的报酬，但是，在绝望地等待以后，他却决心吃掉他的迟来的解放者。当然，他这样做的结果是无可逃避地被重新装进了瓶子。

当热心的同事一个又一个地给他"介绍对象"的时候，他不知为什么想起了这个故事。自然，他没有想吃人，没有准备以仇报德。他只是联想到自己误了点，过了站，无法重做少年。他联想到不论什么样的好酒，如果发酵过度也会变成酸醋。俱往矣，青春，爱情，和海的梦！

所以，他一听到"对象"二字便逃之夭夭，并为自己的逃之夭夭而讨厌自己。他想起了安徒生的童话《老单身汉的睡帽》。他想起了王尔德的童话《自私的巨人》，没有孩子的花园不会得到春天的光顾。是的，他的心里还堆积着冬日的冰雪。

然而大海没有厌弃他。大海也像与他神交已久，终得见面的旧友——新朋。她没有变心，她从没有疲劳，她从没有告退。她永远在迎接他，拥抱他，吻他，抚摸他，敲击他，冲撞他，梳洗他，压他。时而是蓝色的，时而是黄绿色的，时而是银灰色的。而当狂风怒卷的时候，海浪变成了红褐色，像是用滚烫的水刚刚冲起的高浓度的麦乳精，稠糊糊的，泛着黏黏的泡沫，一座浪就像一座山，轰然而下，飘然而散，杳无痕迹，刚中有柔，道是无情却有情。

大浪激起了他的精神，他很快地适应了。当大浪袭来，他把头钻到水里呼气，在水里睁开双眼，眼看着浪潮从头顶涌过,耳听着大浪前进的轰轰的雷鸣般的声音。然后,他伸出头,吸气,划动双臂,面对着威严地向着他扑来的又一个浪头,又一次把头低下,冲了过去。海浪奈何不了他,更增添了游海的情趣。他在大风浪里一下子就游出去一千多米,早就越出了防鲨网。"我这么瘦,只能算是三级肉,鲨鱼不会吃我的。"他曾这样说。但是,就在他兴高采烈地几乎自诩为大海的征服者、乘风破浪的弄潮儿的时候,他的左小腿肚子抽了筋。他想起"恶攻"罪的"审讯"中左腿小腿肚子所挨的一脚来了,那是为了让他跪下。他看看四周,只有山一样的大浪,连海岸都看不见了。"难道到了地方了?"他一阵痉挛,咽了一口又苦又咸的海水。他愤怒了,他不情愿,他觉得冤屈。于是,他奋力挣扎。他年轻的时候毕竟是游泳的好手,虽然是在小小的游泳池里学的艺,却可以用在无边无涯的惊涛骇浪中。他扳动自己的脚掌,又踹了两踹,最后,他总算囫囵着回到了岸上。没有被江青吃掉的缪可言,也没有被海妖吞噬。

"然而,我是老了,不服也不行。"这一次,缪可言深深地感到了这一点。什么老当益壮、重新焕发了青春啦,什么越活越年轻、五十二岁当作二十五岁过啦,所有这些可爱的豪言壮语都影响不了物质的铁一样的规律。细胞的老化,石灰质的增多,肌肉弹性的减退,心脏的劳损,牙齿的龋坏,皱纹的增多,记忆力的衰退……

而且他发现疗养地的人们大多是和他年龄相仿的人,如果不是更大的话。年近半百须发花白的,弯腰驼背老态龙钟的,还有扶着拐杖的,带着助听器的,随身携带抢救心肌梗死症的硝酸甘油片的,或者走到哪里都跟着医生、睡到哪里都先问有没有输氧设备的。这里的女同志不多,年龄也都不小了,绝大部分都腆着肚子。就连百货商场和食品店,西餐馆和中餐馆的服务员,也大多是四十来岁的人。他们业务熟练,对顾客态度好,沉稳耐心,招待首长和外宾都万无一失。

这样,他找不到一个游泳的伴侣。风一大,天一阴,人们干脆就不到海边去了。即使在风平浪静,蓝天白云的上好天气,即使在海水清得可以看见每一条游鱼和每一团海藻的时候,即使海浪的拍拂轻柔得像母亲向摔疼了的孩子吹的气,大部分人也只是在离岸二十米以内,在海水刚没过脚脖子,最多刚没过膝盖的地方嬉戏。倒是清晨和傍晚的散步,涨潮和落潮时的捡拾贝壳,似乎还能多吸引一些人,人们悠悠地迈动步子,他们的庄严而又缓慢的移动,就像天上的云霞一样不慌不忙。

没有同伴是再不敢游那么远了。缪可言把自己的活动限制到防鲨网以内了。每次下水半个小时,最多四十分钟,然后他上岸躺在细沙上晒太阳。他闭上眼睛,眼睛里有许多暗红色的东西在飞舞,在变化和组合,好像是电子计算机上显示的符号。他觉得自己对不起这个海。海是这样大,这样袒露着胸怀,这样忠实而又热烈地迎接着他。来——吧,来——吧,每一排浪都这样叫着涌上沙滩，耍——吧，耍——吧，又这样叫着退了下去。

海——呀——我——爱——你！缪可言有时候也想向带着咸味、腥味、广阔而自由的海风这样喊上一嗓子。但是他没有喊。周围都是些从容有礼，德高望重的人。他这种"小资产阶级"的狂喊，只能被视为精神病发作的征兆。

更多的时候，他只能沿着滨海的游览公路走来走去。从西山到东山（这是两个小小的半岛，小小的海湾），慢步要走一个半小时。岸边的被常年的海风吹得一面倒的红柳使他十分动情，这些经常出现在大西北的戈壁荒滩上的灌木却原来也常常长在海边。生活，地域，总是既区别又相通的。海岸像山坡一样伸展上去，高处建造着一幢又一幢的小楼。站在小楼上看海，大概是很惬意的吧。而现在，站在岸边，视线却似乎达不到多远，他所期待的辽阔无垠的海景，还是没有看见。

一条水平线（同样也应该叫做地平线吧？）限制了他的视野，真像是"框框"的一个边。原来，海水也是囿在框框里的。当然，这里有眼睛的错觉。当他不是面向着海照直望去，而是按照海岸线的方向向东面或者西面延伸、扩展，望向远方的时候，他觉得自己是看到了很远很远的地方。正面看海的时候，地平线和海岸线横在眼前，而且远近都是一色的波浪，无从比较，无从判断。而侧面看过去呢，两条线是纵向的，岸上的景物又给人以距离的实感，于是，你的"观"感就大不相同了。虽然你一再提醒自己,由于地球是圆形的,那么你的视线在不受任何遮拦的情况下,也只能达到八公里处。正面看不会更少,侧面看也不会更多。然而这种科学的提醒,改变不了不科学的眼睛的真实的感觉。

真正辽阔的不是海而是天空,到海边去看看天空吧,他多么想凌空展翅!坐在飞机上,哪怕上升到一万米,两万米,大概也体会不到一只燕子的欢乐。燕子是靠自己的双翅,自己的身体,自己的羽毛和自己的膂力。燕子和天空是不可分割的一体,而波音707,却要把机舱密闭。只有站在地面上的人,才觉得坐着飞机的人升得很高很高。

就站在海边,向往这铺天接海的云霞吧。大面积的,扇面形的云霞,从白棉花球的堆积,变成了金色的菠萝。然后出现了一抹玫瑰红,一抹暗紫,像是远方的花圃,雪青色、灰黑色、褐色和淡黄色时隐时现,掺和在一起。整个的天空和海洋也随着这云霞的色彩而渐渐暗下来了,又陡地一亮,落日终于从云霞的怀抱里落到了海上。好像吐出了一个大鸭蛋黄,由橙黄橙红变得鲜红,由大圆变成了扁圆,最后被汹涌的海潮吞没了。

缪可言常常仰视天空。海边的天空是不刺目的,就像海边的太阳不会灼伤人的皮肤。浓雾一样的水汽吸收了多余的热和光。看着这天空,他感到一种轻微的、莫名的惆怅。巨大的,永恒的天空和渺小的,有限的生命。又一天过去了,过去了就永不再来。

一到这时，他就有一种强烈的冲动：脱下衣服，游过去，不管风浪，不管水温，不管鲨鱼或是海蜇，不管天正在逐渐地黑下来。黄昏后面无疑是好多个小时的黑夜，就向着天与海连接的地方，就向着已经由扇面形变成了圆锥形的云霞的尖部所指示的地方游去吧，真正的海，真正的天，真正的无垠就在那里呢。到了那里，你才能看到你少年时候梦寐以求的海洋，得到你至今两手空空的大半生的关于海的梦。星星，太阳，彩云，自由的风，龙王，美人鱼，白鲸，碧波仙子，全在那里呢，全在那里呢！

"呵，我的充满了焦渴的心灵，激荡的热情，离奇的幻想和童稚的思恋的梦中的海啊，你在哪里？"

然而，他游不过去了，那该死的左腿的小腿肚子！那无法变成二十五的五十二个逝去了的年头！

也许，不游过去更好一些？北欧一个作家描写过这样一个神奇的小岛，它有着无与伦比的美丽，它吸引着几个少年人的心。最后，当这几个少年人等到天寒地冻时，费尽千辛万苦，用整整一天的时间滑雪前去造访了这个小岛之后，他们才发现，小岛上除了干枯暗淡的石头以外，什么都没有。小说极为精彩地刻画了这种因为找到了梦所以失去了梦的痛苦。何况，缪可言已经过了做梦的年纪！

所以，他想离去。梦想了五十年，只待了五天。虽然这里就像天堂。不仅和阴潮的、恶臭的、绝望的监牢比是天堂,而且和他的忙碌、简朴、困窘的日常生活相比也是天堂。到处都有整齐如带的一排又一排的树,哪一排是法国梧桐,哪一排是中国梧桐,都不会错的。连交通民警的白色制服也特别耀眼,连大风也不会扬起哪怕一点点尘土,因为这里没有尘土。这里的土质是一种褐红色的细沙,是一种好像在医院里用生理食盐水反复冲洗过的细沙。它毫不粘连,毫无污染。而且街道上每天都要一遍又一遍地洒水和清扫。在这里换上新衬衫,一连过去几天,领子和袖口也不会脏。

他住的疗养所栽着许多花。低头可以赏花,抬头可以望海。可以站在前廊上数过往的帆船的数目。夜间,大家都入睡了以后,他可以清晰地听到大海的潮声,像儿时听到了睡眠着的母亲的呼吸。大海有多悠久,这海的呼吸就有多悠久。大海有多沉着,这海潮的起伏就有多沉着。而当海风骤紧了的时候,他听得到海的咆哮、海的呐喊、海的欢呼,好像是千军万马的厮杀。

而且这里有很好的伙食。人的一生中不是总能够吃到好东西的。在"号子"里的时候,寂寞压迫得人们要发狂。这时不知道谁搞到了一本残缺的成语词典。于是"犯人"们玩起算命来,不看书,自己报一个页码和第几个条目,然后翻开查看,撞上什么成语,就说明自己的命运是什么。当然,如果翻开一看是"罪该万死""遗臭万年"或者"杀一儆百",那就不免要垂头丧气一番。如果是"前程似锦""苦尽甘来"或者"山重水复疑无路,柳暗花明又一村",就会引起一阵欢笑。缪可言唯一一次找出的成语竟是"山珍海味",这四个字带来了多少希望和快乐呀!美美的一顿精神会餐!(大家各自绘形绘色地描述自己吃过的美味)现在呢,山珍虽然无有,海味却是管饱。鱼、螃蟹、虾、海蜇、海带直到海白菜……食油按每人每月一公斤供应,四倍于城市居民。而且缪可言每天伙食费只交六毛,却按一块八的标准吃。休养所的彩色电视机是二十英寸的。休养所有乒乓球、扑克、康乐球、围棋和象棋,邻近的休养所还经常放映外国新片。

那么,他究竟缺少了什么呢?这里究竟缺少什么呢?那些非正常死亡的战友的亡灵永远召唤不回来了,自己的一番雄心壮志也永远召唤不回来了。他说要走,惹得休养所所长十分不安。我们的工作有什么差池么?服务员的态度不好么?伙食不合口味么?蚊帐挡不住蚊虫和小咬么?和其他的休养员有什么"关系"问题么?所长热烈地挽留他。他的介绍信上本来开的是疗养一个月。

但他若有所失。天太大。海太阔。人太老。游泳的姿势和动作太单一。胆子和力气太小。舌苔太厚。词汇太贫乏。胆固醇太多。梦太长。床太软。空气太潮湿。牢骚太盛。书太厚。

所以他坚持要走。确定了要走,情绪好了一些,晚上多喝了一碗大米绿豆稀饭。多夹了两筷子香油拌的酱芥蓝丝。饭后，照例和休养员伙伴沿着海岸散步，照例看天、云、海、浪花、渔船。再见吧，原谅我！他对海说。他好像一个长大了，不愿意守着母亲生活的孩子，在向母亲请求宽恕。我走了，他说。

快要入睡的时候，他走到果园里方便了一下。他走回前廊，伸长脖子，看了一下海，只见一片素雅的银光，这是他从来没有看到过的，哦，今夜有怎样团圆的明月！海上生明月，天涯共此时。在满月下面，海是什么样子的呢？不肖的儿子再向母亲告一次别吧，于是，他披上一件衣服，换上布鞋，一个人悄悄走出去了。

他感到震惊。夜和月原来有这么大的法力！她们包容着一切，改变着一切，重新涂抹和塑造着一切。一切都与白天根本不同了。红柳，松柏，梧桐，洋槐，阁楼，平房，更衣室和淋浴池，海岸，沙滩，巉岩，曲曲弯弯的海滨游览公路以及海和天和码头，都模糊了，都温柔了，都接近了，都和解了，都依依地连接在一起。所有的差别——例如高楼和平地，陆上和海上——都在消失，所有的距离都在缩短，所有的纷争都在止歇，所有的激动都在平静下来，连潮水涌到沙岸上也是轻轻地、试探地、文明地，生怕打搅谁或者触犯谁。

而超过这一切，主宰这一切，统治着这一切的是一片浑然的银光。亮得耀眼、活泼跳跃却又朦胧悠远的海波支持着布满青辉的天空，高举着一轮小小的、乳白色的月亮。在银波两边，月光连接不到的地方，则是玫瑰色的、一眼望不到头的黑暗，随着缪可言的漫步，"银光区"也在向前移动。这天海相连，缓缓前移的银光区是这样地撩人心绪，缪可言快要流出泪来了。这一切都是安排好了的，海在他即将离去的前一个夜晚，装扮好了自己，向他温存，向他流盼，向他微笑，向他喁喁地私语。

海——呀——我——爱——你！他终于喊出了声，声音并不大，他已经没有了当年的好嗓子。然而他惊起了一对青年男女。他完全没有注意到，就在他脚下的岩石上，有一对情侣正依偎在一起。他完全没有思想准备，完全想不到他会打扰年轻人。因为这里和城市的公园或者游泳池不同，这里简直就没有什么年轻人。但是，他确实已经打扰了人家，女青年已经从岩石上站了起来，离开了男青年的怀抱。他恍惚看到了女青年的淡色的发结。他怀着一种深深的歉疚，三步并两步地离开了这个地方。他非常懊悔，却又觉得很高兴，很满意。年轻人在月夜海滨，依偎着坐在一起，这很好。海和月需要青春，青春也需要海和月。但他们是谁呢？休养员里没有这样年轻的，服务人员里也没有这样年轻的。事后他才依稀感到了在自己的耳膜上残留着轻微的本地口音。那么说是农民！一定是农民！是社员？是回乡知识青年？是公社干部？还只是最一般的农民？反正是青年。反正农民也爱海，爱月，爱这"银光区"。那就更好。这天和地，海和人，都显得甜甜的了。

这是什么声音？哗——哗，不是浪，不是潮，这只能是人的手臂划动海水的声音。他顺着这声音找去，他看到了在他刚离去的岩石下面，似乎有两个人在游泳。难道是那两个青年下去游水了么？他们不觉得凉么？他们不怕黑么？他们把衣服放到了哪里？喔哟，看，那两个人已经游了那么远，他们在向着他向往过许多次、却从来没有敢于问津的水天相接的亮晶晶的地方游去了呢。

缪可言觉得有点眼花，这流动的、摇摆的、破碎的和粘连的银光真叫人眼花缭乱。是不是他看错了呢？那里两个人吗？人有这样的游泳速度吗？难道是鱼？人鱼？美人鱼？

不，那不会错，那就是人，就是刚刚被惊动了的那两位热恋中的青年人。缪可言又有什么怀疑的呢？如果是他自己，如果倒退三十年，如果他和他的心爱的姑娘在一起，他难道会怕黑吗？会嫌冷吗？会躲避这泛着银光的波浪吗？不，他和她会一口气游出去八千米。就是八公里，就是那个极目所至的地方。爱情、青春、自由的波涛，一代又一代地流动着、翻腾着，永远不会老，永远不会淡漠，更永远不会中断。它们永远和海，和月，和风，和天空在一起。

他唱起了一支歌。他怀着隐秘的激情回到了休养所。入睡之前，他一下子想起了好几首诗，普希金的，莱蒙托夫的，拜伦的，雪莱的，惠特曼的，还有他自己的。他睡了，嘴角上带着微笑。

　　"怎么样？这海边也没有太大的意思吧?"送他走的汽车驾驶员说。这位驾驶员是一个善解人意的心理学家,而且他已经得悉缪可言是个古板的老单身汉。然而这回他错了,缪可言回答道:

　　"不,这个地方好极了,实在是好极了。"

春之声

　　咣地一声，黑夜就到来了。一个昏黄的、方方的大月亮出现在对面墙上。岳之峰的心紧缩了一下，又舒张开了。车身在轻轻地颤抖。人们在轻轻地摇摆。多么甜蜜的童年的摇篮啊！夏天的时候，把衣服放在大柳树下，脱光了屁股的小伙伴们一跃跳进故乡的清凉的小河里，一个猛子扎出十几米，谁知道谁在哪里露出头来呢？谁知道被他慌乱中吞下的一口水里，包含着多少条蛤蟆蝌蚪呢？闭上眼睛，熟睡在闪耀着阳光和树影的涟漪之上，不也是这样轻轻地、轻轻地摇晃着的吗？失去了的和没有失去的童年和故乡，责备我么？欢迎我么？母亲的坟墓和正在走向坟墓的父亲！

　　方方的月亮在移动，消失，又重新诞生。唯一的小方窗里透进了光束，是落日的余晖还是站台的灯？为什么连另外三个方窗也遮严了呢？黑咕隆咚，好像紧接着下午便是深夜。门咣地一关，就和外界隔开了。那愈来愈响的声音是下起了冰雹吗？是铁锤砸在铁砧上？在黄土高原的乡下，到处还靠人打铁，我们祖国的胳膊有多么发达的肌肉！呵，当然，那只是车轮撞击铁轨的噪声,来自这一节铁轨与那一节铁轨之间的缝隙。目前不是正在流行一支轻柔的歌曲吗,叫作什么来着——《泉水叮咚响》。如果火车也叮咚叮咚地响起来呢?广州人可真会生活,不像这西北高原上,人的脸上和房屋的窗玻璃上到处都蒙着一层厚厚的黄土。广州人的凉棚下面,垂挂着许许多多三角形的瓷板,它们伴随着清风,发出叮叮咚咚的清音,愉悦着心灵。美国的抽象派音乐却叫人发狂。真不知道基辛格听我们的杨子荣咏叹调时有什么样的感受?就剧锣鼓里有噪声,所有的噪声都是令人不快的吗?反正火车开动以后的铁轮声给人以鼓舞和希望。下一站,或者下一站的下一站,或者许多许多的下一站以后的下一站,你所寻找的生活就在那里,母亲或者孩子,友人或者妻子,温热的澡盆或者丰盛的饮食正在那里等待着你。都是回家过年的。过春节,我们的古老的民族的最美好的节日,谢天谢地,现在全国人民都可以快快乐乐地过年了。再不会用"革命化"的名义取消春节了。

还真有趣。在出国考察三个月回来之后,在北京的高级宾馆里住了一阵——总结啦,汇报啦,接见啦,报告啦……之后,岳之峰接到了八十多岁的刚刚摘掉地主帽子的父亲的信。他决定回一趟阔别二十多年的家乡。这是不是个错误呢?他怎么也没想到要坐两个小时零四十七分钟的闷罐子车呀。三个小时以前,他还坐在从北京开往 X 城的三叉戟客机的宽敞、舒适的座位上。两个月以前，他还坐在驶向汉堡的易北河客轮上。现在呢，他和那些风尘仆仆的，在黑暗中看不清面容的旅客们挤在一起，就像沙丁鱼挤在罐头盒子里。甚至于他辨别不出火车到底是在向哪个方向行走。眼前只有那月亮似的光斑在飞速移动，火车的行驶究竟是和光斑方向相同抑或相反呢？他这个工程物理学家竟为这个连小学生都答得上来的、根本算不上是几何光学的问题伤了半天脑筋。

他已经有二十多年没有回过家乡了。谁让他错投了胎？地主，地主！一九五六年他回过一次家，一次就够用了——回家待了四天，却检讨了二十二年！而伟人的一句话，也够人们学习贯彻一百年。使他惶惑的是，难道人生一世就是为了作检讨？难道他生在中华，就是为了作一辈子的检讨的么？好在这一切都过去了。斯图加特的奔驰汽车工厂的装配线在不停地转动，车间洁净敞亮，没有多少噪声。西门子公司规模巨大，具有一百三十年的历史。我们才刚刚起步。赶上，赶上！不管有多么艰难。哞，哞，哞，快点开，快点开，快开，快开，快，快，快，车轮的声音从低沉的三拍一小节变成两拍一小节，最后变成高亢的呼号了。闷罐子车也罢，正在快开。何况天上还有三叉戟。

尘土和纸烟的雾气中出现了旱烟叶发出的辣味，像是在给气管和肺作针灸。梅花针大概扎在肺叶上了。汗味就柔和得多了。方言的浓度在旱烟与汗味之间，既刺激，又亲切。还有南瓜的香味哩！谁在吃南瓜？X城火车站前的广场上，没有见卖熟南瓜的呀。别的小吃和土特产倒是都有。花生、核桃、葵花籽、柿饼、醉枣、绿豆糕、山药、蕨麻……全有卖的。就像变戏法，举起一块红布，向左指上两指，这些东西就全没了，连火柴、电池、肥皂都跟着短缺。现在呢，一下子又都变了出来，也许伸手再抓两抓，还能抓出更多的财富。柿饼和枣朴质无华，却叫人甜到心里。岳之峰咬了一口上火车前买的柿饼，细细地咀嚼着儿时的甜香。辣味总是一下子就能尝到，甜味却埋得很深很深。要有耐心，要有善意，要有经验，要知觉灵敏。透过辛辣的烟草和热烘烘的汗味儿，岳之峰闻到了乡亲们携带的绿豆香。绿豆苗是可爱的，灰兔子也是可爱的，但是灰色的野兔常常要毁坏绿豆。为了追赶野兔，他和小柱子一口气跑了三里，跑得连树木带田袭都摇来摆去。在中秋的月夜，他亲眼见过一只银灰色的狐狸，走路悄无声息，像仙人，像梦。

车声小了，车声息了。人声大了，人声沸了。咣——哧，铁门打开了，女列车员——一个高个子，大骨架的姑娘正洒利地用家乡方言指挥下车和上车的乘客。"没有地方了，没有地方了。到别的车厢去吧，"已经在车上获得了自己的位置的人发出了这种无效的，也是自私的呼吁。上车的乘客正在拥上来，熙熙攘攘。到哪里都是熙熙攘攘。与我们的王府井相比，汉堡的街道上可以说是看不见人，而且市区的人口还在减少。

岳之峰从飞机场来到 X 城火车站的时候吓了一跳——黑压压的人头，压迫得白雪不白，冬青也不绿了。难道是出了什么事情？一九四六年学生运动，人们集合在车站广场，准备拦车去南京请愿，也没有这么多人！岳之峰上大学的时候在北平，有一次他去逛故宫博物院，刚刚下午四点就看不见人影了，阴森的大殿使他的后脊背冒凉气。他小跑着离开了故宫，上了拥挤的有轨电车才放心了一点。如果跑慢了，说不定珍妃会从井里钻出来把他拉下去哩！

但是现在，故宫南门和北门前买入场券的人排着长队。而且不是星期天。X 城火车站前的人群令人晕眩。好像全中国有一半人要在春节前夕坐火车。到处都是团聚，相会，团圆饺子，团圆元宵，对于旧谊，对于别情，对于天伦之乐，对于故乡和童年的追寻。卖刚出屉的肉馅包子的，盖包子的白色棉褥子上尽是油污。卖烧饼、锅盔、油条、大饼的。卖整盒整盒的点心的。卖面包和饼干的。X 车站和 X 城饮食服务公司倾全力到车站前露天售货。为了买两个烧饼也要挤出一身汗。岳之峰出了多少汗啊！他混饱了《环境和物质条件的急骤改变已使他分辨不出饥和饱了》肚子，又买到了去家乡的短途客车的票。找给钱的时候使他一怔，写的是一块二，怎么只收了六角呢？莫非是自己没有报清站名？他想再问一问，但是排在他后面的人已经占据了售票窗口前的有利阵地，他挤不回去了。

他快快地看着手中的火车票。火车票上黑体铅字印的是1.20元,但是又用双虚线勾上了两个占满票面的大字:陆角。这使他百思不得其解,简直像是一种生物学上的密码。"这是怎么回事?为什么我买一块二角的票她却给了我六角钱的?"他自言自语。他问别人。没有人回答他。等待上车的人大多是一些忙碌得可以原谅的利己主义者。

各种信息在他的头脑里撞击。黑压压的人群。遮盖热气腾腾的肉包子的油污的棉被。候车室里张贴着的大字通告:关于春节期间增添新车次的情况,和临时增添的新车次的时刻表。男女厕所门前排着等待小便的人的长队。陆角的双钩虚线。大包袱和小包袱,大篮筐和小篮筐,大提兜和小提兜……他得出了这最后一段行程会是艰难的结论。他有了思想准备。终于他从旅客们的闲谈中听到了"闷罐子车"这个词儿,他恍然了。人脑毕竟比电脑聪明得多。

上到列车上的时候,他有点垂头丧气。在二十世纪八十年代的第一个春节即将来临之时,正在梦寐以求地渴望实现四个现代化的人们,却还要坐瓦特和史蒂文森时代的闷罐子车!事实如此。事实就像宇宙,就像地球,华山和黄河,水和土,氢和氧,钛和铀。既不像想象那样温柔,也不像想象那么冷酷。不是么,闷罐子车里坐满了人,而且还在一个两个,十个二十个地往人与人的缝隙,分子与分子,原子与原子的空隙之中嵌进。奇迹般地难以思议,已经坐满了人的车厢里又增加了那么多人。没有人叫苦。

有人叫苦了："这个箱子不能压。"一个包着头巾的抱着孩子的妇女试探着能不能坐到一只箱子上。"您到这边来，您到这边来。"岳之峰连忙站起身，把自己的靠边的位置让了出来。坐在靠边的地方，身子就能倚在车壁上，这就是最优越的"雅座"了。那女人有点不好意思。但终于抱着小孩子挪动了过来。她要费好大的力气才能不踩着别人。"谢谢您!"妇女用流利的北京话说。她抬起头。岳之峰好像看到一幅炭笔素描。题目应该叫《微笑》。

叮铃叮铃的铃声响了，铁门又咣地一声关上了，是更深沉的黑夜。车外的暮色也正在浓重起来嘛。大骨架的女列车员点起了一支白蜡，把蜡烛放到了一个方形的玻璃罩子里。为什么不点油灯呢? 大概是怕煤油摇洒出来。偌大车厢，就靠这一盏蜡烛照亮。些微的亮光，照得乘客变成了一个又一个的影子。车身又摇晃了，对面车壁上的方形的光斑又在迅速移动了。离家乡又近一些了。摘了帽子，又见到了儿子，父亲该可以瞑目了吧? 不论是他的罪恶或者忏悔，不论是他的眼泪还是感激，也不论是他的狰狞丑恶还是老实善良，这一切都快要随着他的消失而云消雾散了。老一辈人正在一个又一个地走向河的那边。咚咚咚，噔噔噔，嘭嘭嘭，是在过桥了吗? 联结着过去和未来，中国和外国，城市和乡村，此岸和彼岸的桥啊!

靠得很近的蜡灯把黑白分明的光辉和阴影印制在女列车员的脸上。女列车员像是一尊全身的神像。"旅客同志们,春节期间,客运拥挤,我们的票车(票车:铁路人员一般称客车为票车。)去支援长途……提高警惕……"她说得挺带劲,每吐出一个字就像拧紧了一个螺母。她有一种信心十足,指挥若定的气概,以小小的年纪,靠一支蜡烛的光亮,领导着一车的乌合之众。但是她的声音也淹没在轰轰轰,嗡嗡嗡,隆隆隆,不仅是七嘴八舌,而且是七十嘴八十舌的喧嚣里了。

自由市场,百货公司,香港电子石英表,豫剧片《卷席筒》,羊肉泡馍,醪糟蛋花,三接头皮鞋,三片瓦帽子,包产到组,收购大葱,中医治癌。差额选举,结婚筵席……在这些温暖的闲言碎语之中,岳之峰轮流把体重从左腿转移到右腿,再从右腿转移到左腿。幸好人有两条腿,要不然,无依无靠地站立在人和物的密集之中,可真不好受。立锥之地,岳之峰现在对于这句成语才有了形象的理解。莫非古代也有这种拥挤的、没有座位和灯光的旅行车辆吗?但他给一个女同志让了"座位"。不,没有座,只有位。想不到她讲一口北京话。这使岳之峰兴致似乎高了一些。"谢谢","对不起",在国外到处是这种礼貌的用语。虽然有一个装着坚硬的铁器的麻袋正在挤压他右腿的小腿肚子。而另一个席地而坐的人的脊背干脆靠到了他的酸麻难忍的左腿上。

简直是神奇。不仅在慕尼黑的剧院里观看演出的时候;

而且在北京，在研究所、部里和宾馆里，在二十三平方米的住房和一〇三和三三二路公共汽车上；他也想不到人们还要坐闷罐子车。这不是运货和运牲畜的车吗？倒霉！可又有什么倒霉的呢？咒骂是最容易不过的。咒骂闷罐子车比起制造新的美丽舒适的客运列车来，既省力又出风头。无所事事而又怨气冲天的人的口水，正在淹没着忍辱负重、埋头苦干的人的劳动。人们时而用高调，时而又用低调冲击着、替代着那些一件又一件，一天又一天，一年又一年的坚韧不拔的工作。

"给这种车坐，可真缺德！"

"你凑合着吧。过去，还没有铁路哩！"

"运兵都是用闷罐子车，要不，就暴露了。"

"要赶上拉肚子的就麻烦了，这种车上没有厕所。"

"并没有一个人拉到裤子里么。"

"有什么办法呢？每逢春节，有一亿多人要坐火车……"

黑暗中听到了这样一些交谈。岳之峰的心平静下来了。是的，这里曾经没有铁路，没有公路，连自行车走的路也没有。阔人骑毛驴，穷人靠两只脚。农民挑着一千五百个鸡蛋，从早晨天不亮出发，越过无数的丘陵和河谷，黄昏时候才能赶到 X 城。我亲爱的美丽而又贫瘠的土地！你也该富饶起来了吧？过往的记忆，已经像烟一样，雾一样地淡薄了，但总不会被彻底地忘却吧？历史，历史；现实，现实；理想，理想；哞——哞——咣气咣气……喀郎喀郎……沿着莱茵河的高速公路。

山坡上的葡萄。暗绿色的河流。飞速旋转。

这不就是法兰克福的孩子们吗？男孩子和女孩子，黄眼睛和蓝眼睛，追逐着的，奔跑着的，跳跃着的，欢呼着的。喂食小鸟的，捧着鲜花的，吹响铜号的，扬起旗帜的。那欢乐的生命的声音。那友爱的动人的呐喊。那红的、粉的和白的玫瑰。那紫罗兰和蓝蓝的毋忘我。

不。那不是法兰克福。那是西北高原的故乡。一株巨大的白丁香把花开在了屋顶的灰色的瓦瓴上。如雪，如玉，如飞溅的浪花。摘下一条碧绿的柳叶，卷成一个小筒，仰望着蓝天白云，吹一声尖厉的哨子。惊得两个小小的黄鹂飞起。挎上小篮，跟着大姐姐，去采撷灰灰菜。去掷石块，去追逐野兔，去捡鹌鹑的斑斓的彩蛋。连每一条小狗，每一只小猫，每一头牛犊和驴驹都在嬉戏。连每一根小草都在跳舞。

不，那不是西北高原。那是解放前的北平。华北局城工部（它的部长是刘仁同志）所属的学委组织了平津学生大联欢。营火晚会。"太阳下山明朝依旧爬上来……我的青春小鸟一样不回来"，"山上的荒地是什么人来开？地上的鲜花是什么人来栽？"一支又一支的歌曲激荡着年轻人的心。最后，大家发出了使国民党特务胆寒的强音："团结就是力量……让一切不民主的制度死亡！"信念和幸福永远不能分离。

不，那不是逝去了的，遥远的北平。那是解放了的，飘扬着五星红旗的首都。那是他青年时代的初恋，是第一次吹动他心扉的和煦的风。春节刚过,忽然,他觉察到了,风已经不那么冰冷,不那么严厉了。二月的风就带来了和暖的希望,带来了早春的消息。他跑到北海,冰还没有化哩。还没有什么游人哩。他摘下帽子,他解开上衣领下的第一个扣子。还是冬天吗?当然,还是冬天。然而是已经联结着春天的冬天,是冬与春的桥。有风为证,风已经不冷!风会愈来愈和煦,如醉,如酥……他欢迎着承受着别人仍然觉得凛冽,但是他已经为之雀跃的"春"风,小声叫着他悄悄地爱着的女孩子的名字。

那,那……那究竟是什么呢?是金鱼和田螺吗?是荸荠和草莓吗?是孵蛋的芦花鸡吗?是山泉,榆钱,返了青的麦苗和成双的燕子吗?他定了定神。那是春天,是生命,是青年时代。在我们的生活里,在我们每个人的心房里,在猎户星座和仙后星座里,在每一颗原子核,每一个质子、中子、介子里,不都包含着春天的力量,春天的声音吗?

他定了定神,揉了揉眼睛。分明是法兰克福的儿童在歌唱,当然,是德语。在欢快的童声合唱旁边,有一个顽强的、低哑的女声伴随着。

他再定了定神,再揉了揉眼睛,分明是在从 X 城到 N 地的闷罐子车上。在昏暗和喧嚣当中,他听到了德语的童声合唱,和低哑的,不熟练的,相当吃力的女声伴唱。

什么?一台录音机。在这个地方听起了录音。一支歌以后又是一支歌,然后是一个成人的歌。三支歌放完了。是叭啦叭啦的撤动键钮的声音,然后三支歌重新开始。顽强的,低哑的,不熟练的女声也重新开始。这声音盖过了一切喧嚣。

火车悠长的鸣笛。对面车壁上的移动着的方形光斑减慢了速度,加大了亮度。在昏暗中变成了一个个的影子的乘客们逐渐显出了立体化的形状和轮廓。车身一个大晃,又一个大晃,大概是通过了岔道。又到站了。咣——哧,铁门打开了,站台的聚光灯的强光照进了车厢。岳之峰看清楚了,录音机就放在那个抱小孩的妇女的膝头。开始下人和上人。录音机接受了女主人的指令,"叭"的一声,不唱了。

"这是……什么牌子的?"岳之峰问。

"三洋牌。这里人们开玩笑地叫它作'小山羊'。"妇女抬起头来,大大方方地回答。岳之峰仿佛看到了她的经历过风霜的,却仍然是年轻而又清秀的脸。

"从北京买的么?"岳之峰又问,不知为什么这么有兴趣。本来,他并不是一个饶舌的人。

"不,就从这里。"

这里? 不知是指 X 城还是火车正在驶向的某一个更小的县镇。他盯着"三洋"商标。

"你在学外国歌吗?"岳之峰又问。

妇女不好意思地笑了,"不,我在学外国语。"她的笑容既谦逊,又高贵。

"德语吗?"

"噢,是的。我还没学好。"

"这都是些什么歌儿呀?"一个坐在岳之峰脚下的青年问。岳之峰的连续提问吸引了更多的人。

"它们是……《小鸟,你回来了》《五月的轮转舞》和《第一株烟草花》,"女同志说,"欣梅尔——天空,福格尔——鸟儿,布鲁米——花朵……"她低声自语。

他们的话没有再继续下去。车厢里充满了的照旧是"别挤!""这个箱子不能坐!""别踩着孩子!""这边没有地方了!"……之类的喊叫。

"大家注意啦!"一个穿着民警服装的人上了车,手里拿着半导体扬声喇叭,一边喘着气一边宣布道,"刚才,前一节车厢里上去了两个坏蛋,浑水摸鱼,流氓扒窃。有少数坏痞,专门到闷罐子车上偷东西。那两个坏蛋我们已经抓住了。希望各位旅客提高警惕,密切配合,向刑事犯罪分子作坚决的斗争。大家听清楚了没有?"

"听清楚了!"车上的乘客像小学生一样地齐声回答。

乘务警察满意地,匆匆地跳了下去,手提扩音喇叭,大概又到别的车厢作宣传去了。

岳之峰不由得也摸了摸自己携带的两个旅行包,摸了摸上衣的四个和裤子的三个口袋。一切都健在无恙。

车开了。经过了短暂的混乱之后,人们又已经各得其所,各就其位。各人说着各人的闲话,各人打着各人的瞌睡,各人嗑着各人的瓜子，各人抽着各人的烟。"小山羊"又响起来了，仍然是《小鸟，你回来了》《五月的轮转舞》和《第一株烟草花》。她仍然在学着德语，仍然低声地歌唱着欣梅尔——天空，福格尔——鸟儿，和布鲁米——花朵。

　　她是谁？她年轻吗？抱着的是她的孩子吗？她在哪里工作？她是搞科学技术的吗？是夜大学的新学员吗？是"老三届"的毕业生吗？她为什么学德语学得这样起劲？她在追赶那失去了的时间吗？她作到了一分钟也不耽搁了吗？她有机会见到德国朋友或者到德国去或者已经到德国去过了吗？她是北京人还是本地人呢？她常常坐火车吗？有许多个问题想问啊。

　　"您听音乐吧。"她说。好像是在对他说。是的，三支歌曲以后，她没有揿键钮。在《第一株烟草花》后面，是约翰·斯特劳斯的《春之声圆舞曲》，闷罐子车正随着这春天的旋律而轻轻地摇摆着，熏熏地陶醉着，袅袅地前行着。

　　车到了岳之峰的家乡。小站，停车一分钟。响过了到站的铃，又立刻响起了发车的铃。岳之峰提着两个旅行包下了车。小站没有站台，闷罐子车又没有阶梯。每节车厢放着一个普通木梯，临时支上。岳之峰从这个简陋的木梯上终于下得地来，他长出了一口气。他向那位女同志道了再见。那位女同志也回答了他的再见。他有点依依不舍。他刚下车，还没等着验票出站，列车就开动了。他看到闷罐子车的破烂寒伧的外表：有的地方已经掉了漆，灯光下显得白一块、花一块的。但是，下车以后他才注意到，火车头是蛮好的，火车头是崭新的、清洁的、轻便的内燃机车。内燃机车绿而显蓝，瓦特时代毕竟没有内燃机车。内燃机车拖着一长列闷罐子车向前奔驰。天上升起了月亮。车站四周是薄薄的一层白雪。天与雪都泛着连成一片的青光。可以看到远处墓地上的黑黑的、永远长不大的松树。有一点风。他走在了坑坑洼洼的故乡土地上。他转过头，想再多看一眼那一节装有小鸟、五月、烟草花和约翰·斯特劳斯的神妙的春之声的临时代用的闷罐子车。他好像从来还没有听过这么动人的歌。他觉得如今每个角落的生活都在出现转机，都是有趣的，有希望的和永远不应该忘怀的。春天的旋律，生活的密码，这是非常珍贵的。

坚硬的稀粥

　　我们家的正式成员包括爷爷、奶奶、父亲、母亲、叔叔、婶婶、我、妻子、堂妹、妹夫,和我那个最可爱的瘦高挑儿子。他们的年龄分别是 88 岁、84 岁、63 岁、64 岁、61 岁、57 岁、40 岁……16 岁。梯形结构合乎理想。另外,我们有一位比正式成员还要正式的不可须臾离之的非正式成员——徐姐。她今年 59 岁,在我们家操持家务已经 40 年,她离不开我们,我们离不开她,而且,她是我们大家的"姐",从爷爷到我儿子,在徐姐面前天赋人权,自然平等,一律称她为"姐"。

　　我们一直生活得很平稳,很团结。包括是否认为今夏天气过热,喝茶是喝八块钱一两的龙井还是四毛钱一两的青茶,用香皂是用白兰还是紫罗兰还是金盾,大家一律听爷爷的。从来没有过意见分歧,没有过论证争鸣相持不下,没有过纵横捭阖,明争暗斗。连头发我们也是留的一个式样,当然各分男女。

　　几十年来,我们每天早晨六点十分起床,六点三十五分,徐姐给我们准备好了早餐:烤馒头片、大米稀饭、腌大头菜。

七点十分,各自出发上班上学。爷爷退休以后,也要在这个时间出去到街道委员会值勤。中午十二时,回来,吃徐姐准备好的炸酱面,小憩一会儿,中午一时三十分,再次各自出发上班上学。爷爷则午睡至三时半,起来再次洗脸漱口,坐在躺椅上喝茶读报。到五点左右,爷爷奶奶与徐姐研究当晚的饭。研究是每天都要研究的,而且不论爷爷、奶奶还是徐姐,对这一课题兴致勃勃。但得出的结论大致不差:今晚上么,就吃米饭吧。菜吗,一荤、一半荤半素、两素吧。汤呢,就不做了吧。就做一回吧。研究完了,徐姐进厨房,噼里啪啦响上三十分钟以后,总要再走出来,再问爷爷奶奶:"瞧我糊涂的,我忘了问您老二位了,咱们那个半荤半素的菜,是切肉片还是肉丝呢?"这个这个,这确实是一个重大的问题。爷爷和奶奶互瞟了一眼,做了个眼色,然后说:"就吃肉片吧。"或者说:"就吃肉丝吧。"然后,意图得到了完满的贯彻。

大家满意。首先是爷爷满意。爷爷年轻时候受过许多苦。他常常说:"顿顿吃饱饭,穿囫囵衣裳,家里有一切该有的东西,而又子孙团聚,身体健康,这是过去财主东家也不敢想的日子。你们哪,可别太狂妄了啊,你们哪里知道挨饿是啥滋味?"然后爸爸妈妈叔叔婶婶都声明说,他们没忘记挨饿的滋味。饿起来腹腔胸腔一抽一抽的,脑袋一坠一坠的,腿肚子一沉一沉的,据他们说饿极了正像吃得过多了一样,哇哇地想呕吐。我们全家,以爷爷奶奶为首,都是知足常乐哲学的身体力行者与现今体制的忠实支持者。

这几年情况突然发生了变化。新风新潮不断涌来。短短几年,家里突然有了彩电、冰箱、洗衣机。而且儿子说话里常常出现英文词儿,爷爷很开明开放,每天下午午睡后从报纸上、晚饭后从广播和电视里吸收新名词新概念。他常征询大家的意见:"看咱们家的生活有什么需要改革改善的没有?"

大家都说没有,徐姐更是说,但愿这样的日子一代一代传下去,天天如此,年年如此,世世代代,永远如此。我儿子于是提了一个建议,提议以前挤了半天眼睛,好像眼睛里爬进了毛毛虫。他建议,买个收录机。爷爷从善如流,批准了。家里又增添了红灯牌立体声收录机。刚买时很高兴,你讲一段话,他唱一段戏,你学个猫叫,她念一段报纸,录下来然后放出音来,自己与家人共同欣赏欢呼鼓掌,认为收录机真是个好东西,认为爷爷的父辈祖辈不知收录机为何物,实在令人叹息。两天以后就降了温。买几个"盒儿带"来,唱的还不如收音机电视机里放送的好。于是,收录机放在一边接土蒙尘。大家便认识到,新技术新器物毕竟作用极为局限,远远不如家庭的和谐与秩序更重要。不如老传统更耐用——

还是"话匣子"好哇!

那一年决定取消午睡,中午只休息 40 分钟—1 小时,很使全家骚动了一阵子。先说是各单位免费供应午餐,令我们既喜且忧。喜的是白吃饭,忧的是不习惯。果然,吃了两天就纷纷反映上火，拉不出屎来，没有几天宣布免费供应的午餐取消，叫人迷惑。这可怎么办呢？爷爷教育我们处处要带头按政府指的道儿走，于是又买饭盒又带饭，闹腾了一阵子。徐姐也害得失眠、牙疼、长针眼、心律不齐。不久，各机关自动把午休时间延长了。有的虽不明令延长却也自动推后了下午上班时间，但没有推后下班时间。我们家又恢复了中午的炸酱面。徐姐的眼睛不再起包儿，牙齿不再上火，睡觉按时始终，心脏每分钟 70—80 次有规律地跳。

新风日劲、新潮日猛，万物动观皆自得，人间正道是沧桑。在兹四面反思含悲厌旧，八方涌起怀梦维新之际，连过去把我们树成标兵模范样板的亲朋好友也启发我们要变动变动，似乎是在广州要不干脆是在香港乃至美国出现了新的样板。于是爷爷首先提出，由元首制改行内阁制度，由他提名，家庭全体会议（包括徐姐，也是有发言权的列席代表）通过，由正式成员们轮流执政。除徐姐外都赞成，于是首先委托爸爸主持家政，并议决由他来进行膳食维新。

爸爸一辈子在家内是吃现成饭、做现成活（即分派给他的活）。这回由他负责主持做饭大业，他很不好意思也很为难。遇到买什么样的茶叶做不做汤吃肉片还是肉丝这样的大事，一概去问爷爷。他不论说什么话做什么事，都习惯于打出爷爷的旗号。"老爷子说了，蚊香要买防虫菊牌的"，"老爷子说了，洗碗不要用洗涤剂了，那化学的玩意儿兴许有毒。还是温水加碱面，又节省，又干净。"

这样一来就增加了麻烦。徐姐遇事问爸爸，爸爸不做主，再去问爷爷，问完爷爷再一口一个老爷子说的向徐姐传话，还不如直接去问爷爷便当。直接去问爷爷吧，又怕爸爸挑眼而爷爷嫌烦，爷爷嫌烦也是真的，几次对爸爸说："这些事你做主嘛，不要再来问我了。"于是爸爸告诉徐姐："老爷子说了，让我做主，老爷子说了，不让我再问他。"

叔叔和婶婶有些窃窃私语。说了些什么，不知道。但很可能是既不满于爸爸的无能，又怀疑爸爸是不是拉大旗、假传圣旨，也不满于爷爷的不放手，同样不满于徐姐的啰嗦，乃至不满于大家为何同意了实行内阁制与通过了爸爸这样的内阁人选。

爷爷有所觉察，好好地开导了一次爸爸，说明下放权力是大趋势。爸爸无奈，答应不再动辄以爷爷的名义行事。爸爸也来了一个下放权力，明确做不做汤与肉片肉丝之间的选择权全由徐姐决定。

徐姐不答应。我怎么做得了主啊，她垂泪垂涕辞谢，惶恐得少吃了一顿饭。但大家都鼓励她："你在我们家做了这么多年了，你应该有职有权嘛！你管起来吧，我们支持你！你想买什么就买什么，你想做什么就做什么，你给什么我们就吃什么，我们信任你！"

徐姐终于破涕为笑，感谢家人对她的抬举，一切照旧，但人们实际上都渐渐挑剔起来。都知道这饭是徐姐一手操办的，没有尚方宝剑为来历为依据，从下意识的不敬开始演变出上意识的不满意。首先是我的儿子，接着是堂妹堂妹夫，然后是我妻子和我，开始散播一些讽刺话。"我们的饭是40年一贯制，快成了文物啦！""因循守旧，墨守成规，凝固僵化，不思进取！我们家的生活是落后于时代的典型！""徐姐的局限性太大嘛，文化素质太低嘛！人倒是好，就是水平太低！想不到我们家80年代过着徐姐水平的生活！"

徐姐浑然不觉，反倒露出了些踌躇志满的苗头。她开始按照她的意思进行某些变革了。首先把早饭里的两碟腌大头菜改为一碟分两碟装，把卤菜上点香油变成无油，把中午的炸酱由小碗肉丁干炸改为水炸，把平均两天喝一次汤改为七天才喝一次汤，把蛋花汤改为酱油葱花做的最简陋的"高汤"。她省下了伙食钱，买了些人参蜂王精送到爷爷屋里，勒我们的裤带向爷爷效忠，令我们敢怒而不敢言。尤其可恶的是，儿子汇报说，做完高汤，她经常自己先盛出一碗葱花最多最鲜最香的来，在大家用饭以前先饮为快。还有一次，她一面切菜一面在厨房里嗑瓜子吃，儿子说，她一定是贪污了伙食费。"权力就是腐蚀，一分权力就是一分腐蚀，百分之百的权力就是百分之百的腐蚀。"儿子振振有词地宣讲着他的新观念。

父亲以下的人未表示态度。儿子受到这种沉默鼓舞，便在一次徐姐又先喝高汤的时刻向徐姐发起了猛攻："够了，你这套低水平的饭！自己还先挑葱花儿！从明天起我管，我要让大家过现代化的生活！"

虽然徐姐哭哭闹闹，众人却没说什么。大家觉得让儿子管管也好，他年轻，有干劲，有想法，又脱颖而出，符合成才规律。当然，包括我在内，还是多方抚慰了徐姐："你在我们家做饭40年，成绩是主要的，谁想抹杀也抹杀不了的！"

儿子非常激昂地讲了一套理论："咱们家吃饭是40年一贯制，不但毫无新意，而且有一条根本性的缺陷，碳水化合物过多而蛋白质不足。缺少蛋白，就会影响生长发育，而且妨碍白血球抗体的再生与活力。其结果，也就造成国民体质的羸弱与素质的低下。在各发达国家，人均日摄取的蛋白质是我国人均日摄取量的七倍，其中动物蛋白，是我们的14倍。如此下去，个儿没人家高，体型没人家好，力气没有人家大，精神没有人家足。人家一天睡一次，四五个小时最多六个小时就够用了，从早到晚，精气神十足。我们呢，加上午觉仍然是无精打采。或者你们会说，我们不应与发达国家比。那么，我要说的是，我们汉族的食品结构还比不上北方兄弟民族——总不能说兄弟民族的经济发展水准高于我们啊！我们的蛋白质摄入量，与蒙古、维吾尔、哈萨克、朝鲜以及西南地区的藏族比，也是不能望其项背！这样的食品结构，不变行吗？以早餐为例，早晨吃馒头片稀粥咸菜……我的天啊！这难道是20世纪80年代的中华大城市具有中上收入的现代人的早餐？太

可怕了！太愚昧了！稀粥咸菜本身就是东亚病夫的象征！就
是慢性自杀！就是无知！就是炎黄子孙的耻辱！就是华夏文
明衰落的根源！就是黄河文明式微的兆征！如果我们历来早
晨不吃稀粥咸菜而吃黄油面包,1840年的鸦片战争,英国能
够得胜吗？1900年的八国联军,西太后至于跑到承德吗？
1931年日本关东军敢于发动'九一八'事变吗？1937年小鬼
子敢发动卢沟桥事变吗？日本军队打过来,一看,中国人人一
嘴的白脱——奶油,他们能不吓得整团整师地休克吗？如果
1949年以后我们的领导及早下决心消灭稀粥咸菜,全国都吃
黄油面包外加火腿腊肠鸡蛋酸奶干酪外加果酱蜂蜜朱古力,
我国国力、科技、艺术、体育、住房、教育、小汽车人均拥有量不
是早就达到世界前列吗？说到底,稀粥咸菜是我们民族不幸
的根源,是我们的封建社会超稳定欠发展无进步的根源！彻
底消灭稀粥咸菜！稀粥咸菜不消灭中国就没有希望！"

　　言者为之动火,听者为之动容。我一则以惊,一则以喜,
一则以惧。惊喜的是不知不觉之中儿子不但不再穿开裆裤不
再叫我去给他擦屁股而且积累了这么多学问,更新了这么大
的观念,提出了这么犀利的见解,抓住了这么关键的要害真是
天若有情天亦老,人间正道是儿强！真是身在稀粥咸菜,胸怀
黄油火腿,吞吐现代化之八方风云,覆盖世界性之四维空间,
着实是后生可畏,世界归根结底是他们的。惧的是小子两片
嘴皮子一沾就把积弊时弊抨击了个落花流水,赵括谈兵,马谡

守亭,言过其实,大而无当,清谈误家,终无实用。积我近半个世纪之经验,凡把严重的大问题说得小葱拌豆腐一青二白千军万马中取敌将首级如探囊取物易如掌都不用翻者,早晚会在亢奋劲儿过去以后患阳痿症的! 只此一大耳儿,为传宗接代计,实痿不得也!

果然,堂妹鼻子眼里哼了一声,嘟囔道:"说得倒便利! 要是那么多黄油面包,我看现代化也就完成了!""啊?"儿子正在气盛之时,大叫,"好家伙! 60年代尼·谢·赫鲁晓夫提倡土豆烧牛肉的共产主义,80年代,姑姑搞面包加黄油的现代化! 何其相似乃尔! 现代化意味着工业的自动化、农业的集约化科学的超前化、国防的综合化、思维的任意化、名词的难解化、艺术的变态化、争论的无边化、学者的清谈化、观念的莫名化和人的硬气功化即特异功能化。化海无涯,黄油为楫。乐土无路,面包成桥! 当然,黄油面包不可能像炸弹一样地由假想敌投掷过来,这我还不知道么? 我非弱智,岂无常识? 但我们总要提出问题提出目标,国之无目标犹人之无头,未知其可也!"

"好嘛好嘛,大方向还是一致的嘛,不要吵了。"爷爷说,大家便不再吵。

吾儿动情图治,第二天,果然,黄油面包摊生鸡蛋牛奶咖啡。徐姐与奶奶不吃咖啡牛奶,叔叔给她们出主意用葱花炝锅,加花椒、桂皮、茴香、生姜皮、胡椒、紫菜、干辣椒,加热冒烟后放广东老抽——虾子酱油，然后用这些浠子加到牛奶咖啡里，压服牛奶咖啡的洋气腥气。我尝了一口，果然易于承受接受多了。我也想加浠子，看到儿子的杀人犯似的眼神，才为子牺牲口味，硬灌洋腥热饮。唉，"四二一"综合征下的中国小皇帝呀！他们会把我国带到哪里去？

　　三天之后，全家震荡。徐姐患急性中毒性肠胃炎，住院并疑有并发肠胃癌症。奶奶患非甲非乙型神经性肝硬化。爷爷白吃西餐后便秘，爸爸与叔叔两位孝子轮流侍候，用竹筷子粉碎捅导，收效甚微。堂妹患肠梗阻，腹痛如绞，紧急外科手术。堂妹夫牙疼烂嘴角。我妻每饭后必呕吐，把西餐吐光后回娘家偷偷补充稀粥咸菜，不敢让儿子知道。尤为可怕的是，三天便花掉了过去一个月的伙食费。儿子声称，不加经费再供应稀粥咸菜亦属不可能矣！事已至此，需要我出面，我找了爸爸叔叔，提出应立即解除儿子的权柄，恢复家庭生活的正常化！

　　爸爸和叔叔只有去找爷爷，爷爷只有去找徐姐。而徐姐住院，并且声明她出院以后也不再做饭了，如果人们感到她没用，可以赶走她。爷爷只得千声明万表态，绝无此意，而且重申了自己的人生原则。人生在世，情义为重，徐姐在我家，情义俱全，比爷爷的嫡亲还要亲，比爷爷的骨肉还要近。徐姐在我们这里一天，我们就与徐姐同甘共苦一天。哪怕家里只剩了一个馒头，一定有徐姐的一瓣。哪怕家里只剩了一碗凉水，一定有徐姐的三勺。发了财有徐姐的好处。受了穷有徐姐的安置。岂有用完了人家又把人蹬掉之理哉！爷爷说得激动，慷慨陈词，热泪横流。徐姐听得仔细，肝胆俱暖，涕泪交织，最后被医护人员认定他们的接触不利于病人康复，便劝说爷爷含泪退去。

爷爷回家召集了全体会议，声明自己年迈力衰，对于吃什么怎么吃及其他有关事宜并无成见，更无意独揽大权，但你们一定要找我，我只有去找徐姐。徐姐又因你们的怨言而寒了心，因吃重孙子的西餐而寒了肠胃，我也就无法再管了，谁爱吃什么吃什么吧，"我自己没的吃，饿死也好。"爷爷说。

大家面面相觑，纷纷表态。都说还是爷爷管得好，半个世纪了，老小平安，四代和睦。堂妹妹表示她准备每天给爷爷做饭吃。就是说，她、妹夫、爷爷、奶奶、徐姐是一组，吃他们自身的饭。爸爸声明，他可以与妈妈一组，但不管我和妻。因为我和妻有一个新潮的儿子，不可能与他们吃到一块儿。我也声明只和妻一搭。然后叔叔婶婶一搭。然后儿子单奔儿。堂妹见状，似乎相当满意，发挥了一句："各吃各的吧，这样才更现代些！四世同堂一起吃饭，太像红楼梦时候的事了。再说，太多的人围着一个桌，又挤，又容易传染肝炎哟！"堂妹反问："在美国，有这样大的家庭吗？有这么好几代人克服掉'代沟'一起吃饭的吗？"爷爷的表情似乎有些凄然。

分开吃了两天就吃不下去了。十一点多，堂妹这一组点着火做饭，由于挟爷爷之资格威重，别人只能望火兴叹。然后爸爸、然后叔叔。然后我能做饭时已经下午二时，只好不做先去上班，然后晚饭同样是望灶兴叹。然后讨论计议论证各置一灶的问题。煤气罐不可能，上次为解决全家共用的一个煤气罐，跑人情14人次，请客7次，送画2张，送烟5条，送酒8瓶，历时十三个月零十三天，用尽了吃奶拉屎之力。买蜂窝煤火炉也须手续，无证买不到煤。有证买到煤了也没有地方搁。如果按照现代意识设四个灶，首先要扩张厨房面积30平方米，当然最好是设立四个厨房，比最好更好是再增加五套房子，人的消费要求真如脱缰野马，怪道报报谈消费过热，愈谈愈热。于是恍然不盖房子而谈现代意识观念更新隐私权云云全他妈的是站着说话不腰痛的扯淡！

分灶软科学没有研究出子丑寅卯，一罐子煤气九天用完了。自从今年液化石油气限量，一年只有十几个票，只有一罐气用25天以上才能保证全家用熟食，饮开水。九天用完，一年的票四个月用完了，另外八个月找谁去？不但破坏了自己的生活程序，更是破坏了国家的安排！

众人惊惶，唉声叹气，牢骚满腹，闲言四起。有的说煤气用完以后改吃生面糊糊。有的说可以限制每组做饭时间17分钟。有的说现在就分灶吃饭是生产关系超越了生产力的发展水平。有的说越改越糟还不如爷爷掌管徐姐当政。有的抨击美国，说美国人如禽兽，不讲孝悌忠信，当然没有大家庭。我们有优秀的家庭道德传统，为什么要学美国呢？大家不好意思也不忍再去打搅爷爷，便不约而同地去找堂妹夫。

堂妹夫是全家唯一喝过洋水之人，近年来做西服两套，买领带三条，赴美进修六个月，赴日参观十天，赴联邦德国转悠过七个城市。见多识广，雍容有度，会用九种语言道："谢谢"与"请原谅"，是我家有真才实学之人。只因属于外姓，深知自己的身份，一贯不争不论不骄不躁，知白守墨，随遇而安。故而深受敬重。

这次见我们虔诚急切，而且确实一家陷入困难的怪圈，他便掏出心窝子，亮出了真货色，他说：

"依我之见，咱家的根本问题还是体制。吃不吃烤馒头片，其实是小问题。问题是，由谁来决定，以怎样的程序决定吃的内容？封建家长制吗？论资排辈吗？无政府主义吗？随机性即谁想做什么就吃什么吗？按照书本上的食谱吃吗？必然性即先验性吗？要害问题在于民主，缺少了民主吃了好的也不觉得好。缺乏民主吃得一塌糊涂却没有人挺身而出负责任。没有民主就只能稀里糊涂地吃，吃白糖而不知其甜，吃苦瓜而不知其苦，甜与苦都与你自己的选择不相干嘛！没有民主就会忽而麻木不仁，丧失吃饭的主体意识，使吃饭主体异化为造粪机器。忽而一团混乱，各行其是，轻举妄动，急功近利，短期行为，以邻为壑，使吃饭主体膨胀成有胃无头的妖魔！没有民主就没有选择，没有选择就失落了自我！"

大家听了，都觉如醍醐灌顶，点头称是不止。

堂妹夫受到了鼓舞，继续说道："论资排辈，在一个停滞的农业社会里，不失为一种秩序，这种秩序特别适合文盲与白痴。即使先天弱智者也可以理解、可以接受这样一种呆板与平静的，我要说是僵死的秩序。然而，它扼杀了竞争，扼杀了人的主动性创造性变异性，而没有变异就没有人类，没有变异我们就都还是猴子。而且，论资排辈压制了新生力量。一个人精力最旺盛、思想最活跃、追求最热烈的时期，应该是40岁以前。然而，这个时候他们只能被压在最下层……"

我的儿子叹道："太对了！"他激动地流出了眼泪。

我向儿子悄悄摆了摆手。他的西式早餐化纲领失败之后，在家里的形象不佳，多少有点冒险家、清谈家、成事不足败事有余甚至造反派的色彩。包括堂妹与堂妹夫，对吾儿也颇看着不顺眼。他跳高了，只能给堂妹夫帮倒忙。

我问："你说的都对。但我们到底怎么办呢？"

堂妹夫说："发扬民主，选举！民主选举，这就是关键，这就是穴位，这就是牛鼻子，这就是中心一环！大家来竞选嘛！每个人都谈谈，好比都来投标，你收多少钱，需要大家尽多少义务，准备给大家提供什么样的食品，你个人需要什么样的待遇报酬，一律公开化、透明化、规范化、条文化、法律化、程序化、科学化、制度化，最后，一切靠选票靠选民公决，少数服从多数。少数服从多数，这本身就是新观念新精神新秩序，既抵制僵化，也抵制无政府主义随心所欲……"

爸爸认真思考了一大会,脸上的皱纹因思考而变得更加深刻。最后,他表态说:"行,我赞成。不过这里有两道关口。一个是老爷子是不是赞成,一个是徐姐……"

堂妹说:"爷爷那儿没事。爷爷思想最新了,管伙食,他也早嫌烦了。麻烦的是徐姐……"

我儿子急了,他喊道:"徐姐算是哪一家的人五人六?她根本不是咱们家的成员,他没有选举权与被选举权。"

妈妈不高兴地说:"妈妈的孙儿呀,你少插话好不好!别看徐姐不姓咱们的姓,别看徐姐不算咱们族人,你说什么来着?说她没有选举和被选举权是不!可咱们做什么事情不跟她说通了你就甭想办去!我来这个家一辈子了,我不知道吗?你们知道个啥?"

堂妹和妹夫也分化了,争论开了。妹夫认为,承认徐姐的特殊地位就是不承认民主,承认民主就不能承认徐姐的特殊地位,这是一个根本性的原则问题,没有调和余地。堂妹认为,敢情站着说话不腰疼,脱离了实际的空话高调有什么用?轻视徐姐就是不尊重传统,不尊重传统也就站不住脚,站不住脚一切变革的方案便都成了云端的幻想。而云端的改革也就是拒不改革。堂妹对自己的丈夫说话不客气,她干脆指出:"别以为你出过几趟国会说几句外国话就有什么了不起,其实你在我们家,还没有徐姐要紧呢!"

堂妹夫听罢变色,冷笑一分半钟,拂袖而去。

过了些日子,是叔叔出来说话,指出两个关口其实是一个关口。徐姐虽然顽固,但她事事都听爷爷的,爷爷通了她也就通了,根本不需要人为地制造民主进程与徐姐之间的激烈斗争,更不要激化这种人为制造出来的斗争。

大家一听,言之有理,恍然大悟。种种烦恼,原是庸人自扰,矛盾云云,你说它大就大,说它小就小,说它有就有,说它无就无。寻找各种不同意见的契合点,形成宽松融洽亲密无间,这才是真功夫!一时充满信心,连堂妹夫与我儿子也都乐得合不拢嘴。

公推爸爸叔叔二人去谈,果然一谈便通。徐姐对选举十分反感,说:"做这些花式子干啥嘛,"但她又表示,她此次生病住院出院后,对一切事概不介入,概不反对。"你们大家吃苍蝇我也跟着吃苍蝇,你们愿意吃蚊子我就跟着吃蚊子,什么事不用问我。"她对自己有无选举权也既不关心,又无意见,她明确表示,不参加我们的任何家事讨论。

看来,徐姐已经自动退出了历史舞台,大家公推由堂妹夫主持选举。选举日的临近给全家带来了节日气氛。又是扫除,又是擦玻璃,又挂字画,又摆花瓶和插入新产品塑料绢花。民主带来新气象,信然。终于到了这一天,堂妹夫穿上访问欧美时穿过的瓦灰色西服,戴上黑领结,像个交响乐队的指挥,主持这一盛事。他首先要求参加竞选的人以"我怎样主持家政"为题做一演说。

无人响应。一派沉寂。听得见厨房里的苍蝇声。

堂妹惊奇道："怎么？没有人愿意竞选吗？不是都有见解有意见有看法吗？"

我说："妹夫，你先演说好不好，你做个样子嘛！现在大家还没有民主习惯，怪不好意思的。"

堂妹马上打断了我的话："别让他说话，又不是他的事！"

堂妹夫态度平和，富有绅士派头地解释说："我不参加竞选。我提出来搞民主的意思可不是为个人争权。如果你们选了我，就只能是为民主抹黑了！再说，我现在正办自费留学，已经与北美洲大洋洲几个大学联系好了，只等在黑市上换够了美元，我就与各位告辞了。各位如果有愿意帮我垫借一些钱的，我十分欢迎，现在借的时候是人民币，将来保证还外币！这个……"

面面相觑，全都泄了气。而且不约而同地心中暗想：竞选主持家政，不是吃饱了撑的吗？自己吹一通，卖狗皮膏药，目无长上而又伤害左邻右舍，这样的圈套，我们才不钻呢？真让你主持？你能让人人满意吗？有现成饭不吃去竞选，不是吃错了药是什么？便又想，搞啥子民主选举哟：几十年没有民主选举我们也照旧吃稀饭、卤菜、炸酱面！几十年没有民主选举我们也没有饿死，没有撑死，没有吃砖头喝狗屎，也没有把面条吃到鼻子眼屁股眼里！吃饱了撑的闹他爷爷的民主，最后闹他个拉稀的拉稀，饿肚的饿肚完事！中国人就是这样，不折腾浮肿了绝不踏实。

但既然说了民主就总要民主一下。既然说了选举就总要选举一下。既然凑齐了而且爷爷也来了就总要行礼如仪。而且，谁又能说民主选举一定不好呢？万一选好了，从此吃得又有营养又合口味，又滋阴又壮阳，又益血又补气，既增强体质又无损线条与潇洒，既有色又有香又有味，既省菜钱又节约能源，既合乎卫生标准又不多费手续，既无油烟又无噪声，既人人有权过问又个个不伤脑筋，既有专人负责又不独断专行，既不吃剩菜剩饭又绝不浪费粮食，既吃蛤子又不得肝炎，既吃鱼虾又不腥气……如此等等，民主选举的结果如果能这等好，看哪个天杀的不赞成民主选举。

于是开始选举。填写选票，投票，监票计票。发出票十一张，收回票十一张，本次投票有效。白票四张，即未写任何候选人。一张票上写着：谁都行，相当于白票，计白票五张。选徐姐的，两票。爷爷三票。我儿子，一票。

怎么办？爷爷得票最多，但不是半数，也不足三分之一。算不算当选？事先没说，便请教堂妹夫。堂妹夫说世上有两种"法"，一种是成文法一种是不成文法。不成文法从法学的意义上严格说来，不是法。例如美国总统的连任期，宪法并无明确规定。实际上又是法，因为大家如此做。民主的基本概念是少数服从多数。何谓多数？相对多数？简单多数（即二分之一以上)？绝对多数（即三分之二以上)？这要看传统，也要看观念，至于我们这次的选举，由于是初次试行，又都是至亲骨肉父子兄弟自己人，那就大家怎么说怎么好。

堂妹说既然爷爷得票最多自然是爷爷当选，这已经不是也绝对不可能是封建家长意识而是现代民主意识。堂妹进一步发挥说，在我们家，封建家长意识的问题其实并不存在，更不是主要危险，主要矛盾。需要警惕的倒是在反封建的幌子下的无政府主义、自由主义、自我中心、唯我主义、超前消费主义、享乐主义、美国的月亮比中国的圆主义、洋教条主义。

我的儿子突然激动起来，他严正地宣布，他所获得的一票，并非自己投了自己的。他说到这里，我只觉得四周目光向我集中，似乎是我选了儿子，我搞了选人唯亲的不正之风。我的脸刷地红起来，并想谁会这样想？他为什么这样想？他知不知道我并没有选儿子，而且即使选了儿子也不是什么不正之风，因为不选儿子我也只能选父亲选叔叔选母亲选妻子选堂妹，而按照时髦的弗洛伊德学说，堂妹又何尝会比儿子生分，儿子说不定还有杀父娶母的俄狄浦斯情结呢，他们知道吗？为什么儿子一说话他们都琢磨我呢？

我的儿子喊起来了。他说他得了一票说明人心未死火种未绝烈火终将熊熊燃烧。他说他之所以要关心我家的膳食改革完全出自一种无私的奉献精神，出自对传统的人文主义的珍视和对每一个人的泛爱。说到爱他眼角里沁出了黄豆大的泪珠。他说我们家虽然有秩序但是缺乏爱。而无爱的秩序正如无爱的婚姻，其实是不道德的。他说其实他早就可以脱离摆脱我家膳食系统的羁绊，他可以走自己的路改吃蜗牛吃干酪吃芦笋金枪鱼吃龙虾吃小牛肉吃肯德基烤鸡三明治麦当劳与苹果排桂皮冰淇淋布丁。他说他非常爱自己的姑姑但是他不能接受姑姑的观点虽然姑姑的观点听起来很让人舒服顺耳。

这时叔叔插话说（注意，是插话而不是插嘴，插嘴是不礼貌的，插话却是一种亲切、智慧、民主，干脆说是一种抬举。）堂妹关于当前应警惕的主要矛盾与主要危险的提法，与正式的提法不符。恐怕最好不要过分强调某一面的问题是主要危险。因为半个世纪行医的经验已经证明，如果你指出便秘是主要危险，就会引起普遍拉稀，并导致止泻药的脱销与对医生的逆反心理。反之，如果你指出泻肚是主要危险就会引起普遍的直肠干燥，并导致痔疮的诱发乃至因为上火而寻衅打架。火气火气，气由火生，火需水克。五行协调，方能无病。所以既要防便秘也要防拉稀。便秘不好拉稀也不比便秘好。便秘了就治便秘拉稀了就治拉稀。最好是既不便秘也不拉稀。他讲得这样好，恍惚获得了几许掌声。

鼓完了掌才发现问题并没有解决，而由于热烈的讨论，五行生克与新陈代谢的进程似乎受到了促进，人人都饿了。便说既然爷爷得票多还是爷爷管吧。

爷爷却不赞成。他说做饭的问题其实是一个技术问题而不是思想问题、观念问题、辈分(级别)问题、职务问题、权力问题、地位问题与待遇问题。因此,我们不应该选举什么领导人,而是要评选最佳的炊事员,一切看做饭烧火炒菜的技术。

我儿子表示欢呼,大家也感觉确实有了新的思路,新的突破口。别人则表示今天已经没有时间,肚子已经饿了。尽管由谁来管理吃饭做饭的问题还是处在研讨论证的过程中,到了钟点,饭却仍然是照吃不误,讨论得有结果要吃饭,讨论得没有结果也还是要吃饭,拥护讨论的结果要吃饭,反对讨论的结果也还是要吃饭。让吃饭,要吃饭,不让吃饭也还是要吃饭。于是……纷纷自行吃饭去了。

为了评比炊事技术,设计了许多程序,包括：每人要蒸馒头一屉,焖米饭一锅,炒鸡蛋两个,切咸菜丝一盘,煮稀饭一碗,做红烧肘子一盘,等等。为了设计这一程序,我们全家进行了 30 个白天 30 个夜晚的研讨。有争论、行动、吵架、落泪也有和好。最后累得气也喘不出,尿也尿不出,走路也走不动。既伤了和气,又增长了团结,交流了思想感情。既累了精神,又引起了极大的兴趣。说起要炒两个鸡蛋的时候,人们笑得前仰后合,好像受到了某种神秘的暗示性的鼓舞。说到切咸菜的时候,人们忧虑得阴阴沉沉,好像一下子衰老了许多。终于最后归根结底,炊事技术评出来了。评的结果十分顺利,谁也没有话说。

评的结果名次是：一等一级，爷爷、奶奶。一等二级，父亲、母亲、叔叔、婶婶。二等一级，我、妻、堂妹、堂妹夫，三等一级，我那瘦高挑的儿子。大家又怕儿子受到打击，便一致同意儿子虽是三等，却要颁发给他"希望之星特别荣誉奖"。虽然他又有特别荣誉又成了"希望之星"，但他仍然是三等。总之，理论名称方法常新，而秩序，是永恒的。

许多时日过去了。人们模模糊糊地意识到，既然秩序守恒，理论名称方法的研讨与实验便会自己降温。做饭与吃饭问题已不再引起分歧的意见与激动的情绪。做饭与吃饭究竟是技术问题体制问题还是文化观念问题还是什么其他别样的过去想也没有想过的问题，也不再困扰我们的心。看来这些问题不讨论也照样可以吃饭。徐姐平安地去世了，无疾而终。她睡了一个午觉，一直睡到下午四点还不醒，去看她，她已停止呼吸。全家人都怀念她尊敬她追悼她。儿子到中外合资企业工作去了，他可能已经实现了天天吃黄油面包和一大堆动物性蛋白质的理想。节假日回家，当我们征询他对于吃什么的意见的时候，他说各种好的都吃过了，现在想吃的只有稀饭与腌大头菜，还有高汤与炸酱面。说完了，他自我解嘲说：观念易改，口味难移呀！叔叔与婶婶分到了新落成的单元楼房，搬走了。他们有设有管道煤气与抽风换气扇孔的厨房，在全新的厨房里做饭，做过红烧肘子也做过炒鸡蛋，但他们说更经常地仍然是吃稀饭、烤馒头片、腌大头菜、高汤、炸酱面。堂妹夫终于出国"深造"，一面留学一面就业了，他后来接走了堂妹，并来信说："在国外，我们最常吃的就是稀饭咸菜，一吃稀饭咸菜就充满了亲切怀念之情，就不再因为身在异乡异国而苦闷，就如同回到了咱们的亲切朴质的家。有什么办法呢，也许我们的细胞里已经有了稀饭咸菜的遗传基因了吧！"

我、爸爸和爷爷幸福地生活在一起。我们吃的鸡鸭鱼肉蛋奶糖油都在增加，我们都胖了。我们饭桌上摆的菜肴愈来愈丰富多彩和高档化了。有过炒肉片也有过葱烧海参。有过油炸花生米也有过奶油炸糕。有过凉拌粉皮也有过蟹肉沙拉甚至还吃过一次鲍鱼鲜贝。鲍鱼来了又去了，海参上了又下了，沙拉吃了又忘了。只有稀饭咸菜永存。即使在一顿盛筵上吃过山珍海味，这以后也还要加吃稀饭咸菜，然后口腔食道胃肠肝脾胰腺才能稳定正常地运转。如果忘记了加稀饭咸菜，马上就会肚子胀肚子痛。也许还会长癌。我们至今未患肠胃癌，这都是稀饭咸菜的功劳啊！稀饭和咸菜是我们的食品的不可改变的纲。其他只是搭配——陪衬，或者叫作"目"。

徐姐去世以后，做饭的重任落到了妈妈头上。每顿饭以前，妈妈照例要去问问爷爷奶奶。"汤呢，就做了吧，就不做了吧。肉呢？切成肉片还是肉丝？"古老的提问既忠诚又感伤。是一种程序更是一种道德情绪。在这种表面平淡乃至空洞的问答中寄托了对徐姐的怀念，大家感觉到徐姐虽死犹生。风范常存。爷爷屡次表示只要有稀饭、咸菜、烤馒头片与炸酱面，做不做汤的问题，肉片与肉丝的问题以及加什么高级山珍海味的问题，他不准备过问，也希望妈妈不要用这种愈来愈难以拍板的问题去打搅他。妈妈唯唯。但不问总觉得心里不踏实。饭做熟了，唤了大家来吃，却要东张西望如坐针毡，揣摩大家特别是爷爷的脸色。爷爷咳嗽一声，妈妈就要小声嘟囔，是不是稀饭里有了沙子呢！是不是咸菜不够咸或者过于咸了呢？小声嘟囔却又不敢直截了当地征求意见。虽然，即使问过爷爷也不能保证稀饭里不掺沙子。

于是，每一天，妈妈还是要在黄昏将临的时候忠顺地、由于自觉啰嗦而分外诚惶诚恐地去问爷爷——肉片还是肉丝？问话的声调委婉动人。而爷爷答话的声调呢？叫作慈祥苍劲。即使是回答："不要问我"，也总算有了回答。妈妈就会心安理得地去完成她的炊事。

一位英国朋友——爸爸40年代的老友来华旅行，在我们家住了一个星期。最初，我们专门请了一位上海来的西餐厨师给他做面包蛋糕起司牛排。英国朋友直率地说："我不是为了吃西餐或者名为西餐实际上四不像的东西而来的，把你们的具有古老传统和独特魅力的饭给我弄一点吃吧，求求你们了，行不行？"怎么办呢？只好很不好意思地招待他吃稀饭和咸菜。

"多么朴素！多么温柔！多么舒服！多么文雅……只有古老的东方才有这样的神秘的膳食。"英国博士赞叹着。我把他的称赞稀饭咸菜的标准牛津味的英语录到了"盒儿带"上，放给瘦高挑儿子听。

到底有没有好文章

"天机不可泄露"

《优雅的汉语：影响了我的五十篇美文》是一个非常个人化的选本，它反映的是我阅读的经验，反映了我的童年、少年与青年时代，反映了我的偏爱，甚至也反映了我阅读上的诸种偶然：先入为主，读时的心情正佳，读书的特殊背景等等。我无意为大众编一本以古典散文为主的选本，那应该是另一种编法，照顾到历史的定论，照顾到读者的需要，不能太个人趣味了。而我这次所做的是向大众介绍，有一个王某人曾经读过一些、更正确地说是遭遇过并喜爱过一些什么样的散文。

例如《史记》中我选了《范雎蔡泽列传》，这是因为我对故事的偏爱，我特别喜欢"别来无恙"的说法和"赠绨袍"的戏剧性情节，感动于范雎的苦情经历，这样就反而舍弃了众所周知的名篇。

古代散文里的某些观念，也许令人觉得经不住推敲。但是重温起来，仍然让人相信它们写得精纯宏博，微言大义，叫做高屋建瓴，势如破竹。古人侃侃而谈，硬是把既缺少实证，又没有经过严密逻辑推理的观点，讲得头头是道，雍容华贵。我在这里更看重它们的审美价值。例如老子讲，"治大国如烹小鲜"，绝了。怎么个烹小鲜即熬小鱼法，若专家们解释起来我们的脑袋就大了。如果"好读书不求甚解"呢，则只感觉到此言的语出惊人，举重若轻，气概非凡，胸有成竹，神机妙算，深不见底。我相信老子写上这句话的时候一定哈哈大笑，面有得色，多少学问悟性，多少阅历思考，尽在其中。而又无法作出进一步的解释，叫做"天机不可泄露"。

"精神贵族感"

再如《孝经》，似乎没有什么人把它当做好散文读，但是我小时候背诵过。如果你从第一章看起，就会觉得它同样非常善于表达：用最生活、最浅近的语言、道理，解说（当然了，是一厢情愿的解说）重大的命题。例如"始于事亲，中于事君，终于立身"这十二个字，把事亲（服务双亲）倏地一下子提升到了从政和做人即人生观价值观的高度，是递进的修辞手段，是古已有之的"无限上纲"（这里作为文体来说，绝无贬义）的魅力与魄力，合辙押韵。这也是一种立言、写文章的境界。

骈体这种文体，华丽至极，尤其是它天然地适合展示辩证互补、互相比照的思维。著名的《滕王阁序》，在辞藻上形式上达到了极致，"襟三江而带五湖，控蛮荆而引瓯越。物华天宝，龙光射牛斗之墟，人杰地灵，徐孺下陈藩之榻。雄州雾列，俊采星驰……"读起来大补元气,振奋精神,你相信王勃确实已经穷尽了遣词造句的可能性,为文做赋的可能性喽。

从总体来看,人类社会是从金字塔型向网络型过渡,从等级森严型向民主型过渡的。无疑,我们说这是一种历史的进步。不过我们也不妨想一想,文化的(我们这里主要涉及的是文学的)民主化,在解放了那么多的精神能力的同时,也是付出了代价的:众说纷纭,众声喧哗,黄钟淹没,瓦釜轰鸣,对不起,与民主在一起的常常伴有鄙俗庸俗起哄造势;加上网络文学、传媒文学、商业炒作、广告风格、市场导向再加权力操控和大亨操控还有海外强势文化包括硬通货的磁力场,如此这般,如今这个年月,到底好文章在哪里? 到底还有没有好文章? 尤其是有没有公认的好文章?

语言的多种可能

在这种情势下回顾一下我国古代的精英文人的佳篇妙句,从容布局,炼字炼意,别出心裁,慢工细活,咬文嚼字,吟咏把玩……我们会发出会心的微笑,我们会带几分羡慕地去揣摩他们的明窗净几,沐浴洒扫,书童研墨,红袖添香……他们的手稿或小楷或行书或狂草,只一过目便能满足审美的需要。一种自荐与炫耀的冲动,一种虽然不乏功利考虑,一旦写起来就进入了为写作而写作的纯净,一种注重写作的形式美的自我享受心情,一种贵族化的优雅的教养,所有这些,不是不一定就那么完全过时的吗?

　　我选的文字大多精短,适合背诵,这也是汉字的特点。同样的内容,一般用中文表述,篇幅是用西文的三分之二,是日文的二分之一。特别是唐宋名篇,许多是我学生时代反复阅读过的。古文的东西需要背诵,这个道理与学习外语的背诵相近(此论最早我是听诗词专家叶嘉莹教授讲的):古文是另一套语言符号系统,只有熟之又熟才能进得去,才能品尝出味道来,下笔时也才能与中华文化这株大树相匹配,写出东西来有根基,有源远流长的背景,有超乎文本的生命力的依托。像李白的《……夜宴桃李园序》中的"阳春召我以烟景,大块假我以文章","天地者万物之逆旅,人生者百代之过客"。像刘禹锡的《陋室铭》中的"山不在高,有仙则名,水不在深,有龙则灵",像欧阳修的《醉翁亭记》中的"醉翁之意不在酒",像王勃的《滕王阁序》中的"物华天宝,人杰地灵","落霞与孤鹜齐飞,秋水共长天一色",则已成为经典、成语,心理模式与修辞模式了。

　　有些年轻的朋友对这些老掉牙的文字不怎么熟悉,他们更愿意从生活中时尚中网络中传媒中大众偶像的言谈与商业广告的夸张与咋呼中寻找词语的变通与新鲜用法。不妨一试,这同样也可以炒红炒热。问题在于怎么样要求自己的文字了。我并不一般地咒骂时尚,时尚自有它的道理,但时尚是多变的,来得快也走得快,时尚里常常包含着对于语词语法的悖谬与歪曲,时尚里往往有一些庸俗乃至低下的糟粕。时尚所以是时尚,恰恰在于人们的趋之若鹜,这样也就多了些滥俗感,少了些个性和创意。这是不能不看到的。

绝对不是洗衣粉洗的

从个人的爱好来说,除了喜欢相对短一点的文字外,我还喜欢写景的(如所选柳宗元的游记,苏东坡的前、后《赤壁赋》),哲理的(如所选庄子的、纪伯伦的、达·芬奇的文字),写内心世界的(如冰心的《笑》)与政治的(如"大同篇"还有诸葛亮、秋瑾、孙中山、毛泽东的文章)散文。

古人写景,都包含着言志、抒怀、凭吊、兴发,通过写景写自己的遭际与心曲。苏东坡的前、后《赤壁赋》中表达的那种豁达中的悲凉,潇洒中的妩媚,自由中的平安以及对万物——山、石、水、月、风、舟、鱼、箫、声、息……的兴味与细心体察,当称千古绝唱。"驾一叶之扁舟,举匏樽以相属。寄蜉蝣于天地,渺沧海之一粟。哀吾生之须臾,羡长江之无穷。挟飞仙以遨游,抱明月而长终……"做一个中国人,不懂苏东坡,不体会苏东坡的精神世界,那是太遗憾了。真是白做了一回华人哪!柳宗元的写景文字呢,其纯净令你认定他的文章刚刚用幽谷寒泉(而绝对不是洗衣粉)洗涤过。

我选了冰心的《笑》,并且不揣冒昧地,带几分"十三点"地选了自己的《凝思》,是因为我觉得目前这种潜气内转(这是朱彝尊评论李商隐诗的用语)的散文太少了。长期以来,我们习惯于写景物、写往事、写见闻,然后从思想上感受上提那么一下子,叫做画龙点睛的散文写作法,以至于早在二十多年前已经有人公然兜售散文速成写作法了。据说当时有人按这种速成法写过文章,获得了"成功"。而写内心世界呢,不能不回头看看冰心和屠格涅夫了。屠格涅夫的《蔚蓝的王国》一文,与冰心文有异曲同工之妙。值得放在一起读。

我有一两滴眼泪含在眼眶里

今人作品我还选了张抗抗的一篇《牡丹的拒绝》。我请求那些同样写过许多好散文的同行、朋友、散文大家们原谅我,我不能再多选了,但是我一定要选这一篇,这是一篇天成的文字,这个题材,这个味道,这个含义,过了这个村就没有这个店,写一辈子读一辈子,您再也碰不到这种妙文了。

我选了一些政治家包括革命烈士的文字。这是因为我始终相信正像文学可能、可以忘记政治、超脱政治乃至回避政治一样,同样文学有权利、有可能、完全可以关注政治、投入政治、拥抱政治。原因就在于政治是我们的生活的一部分,有时候是、曾经是我们的生活的最重要的一部分。胸中有政,哀民生之多艰,悲社稷之不宁,叱咤而风云变色,喑呜令山岳崩颓,这种胸怀气势使散文显得大气,显得沉甸甸,而比时下消费性的嘀嘀咕咕、酸不溜丢、顾影自怜、足底按摩式的"散文"强多了。问题在于真性情，无情未必真豪杰，怜子如何不丈夫，政治家革命家同样能写出杰出的散文。

需要特别提到的是法捷耶夫的一篇文章。不管法捷耶夫跟随斯大林犯过什么样的罪过，他是浪漫的深情的一代革命作家的代表。至少也许至多对于我来说，他的革命理想的魅力永存，浪漫主义的风姿永存，痛苦与情怀永存。只是当我想到，而今而后，多半不再会有哪个中国作家乃至俄国作家，中国读者乃至俄国读者再注意到革了一辈子命，忠了一辈子斯大林，最后自杀而死的法捷耶夫啦，我有一两滴眼泪，含在我的眼眶里，不得流出来。

文学： 失却轰动效应以后

　　大概我们可以用记忆犹新四个字来回忆一九七七年《班主任》发表，一九七八年《神圣的使命》发表——为此《人民日报》还发表过一篇署名本报评论员的文章呢——一九七九年《乔厂长上任记》发表时的盛况。争相传诵啦，纷纷给作家写信啦，刊物销量大增啦什么的。就连当时对这几篇作品持严峻的批评态度的人，"批"的劲头儿也是热烘烘的。

　　五十、六十年代，同样不乏这样的盛事。一九六〇年困难时期，《红岩》出版，新华书店前排的队绝不比糕点铺前的队短。《青春之歌》《林海雪原》《红旗谱》《创业史》以及一些引起过争议的作品都曾掀起热浪，连这些作者得了多少稿费也被一些人津津乐道。

　　记忆犹新而又恍如隔世。现在呢，作家们写什么，怎么写，似乎已经很难出现那种轰动的效应。一九八四年，出现了《百年孤独》热，并由此而出现了王安忆、郑万隆等人的一批作品；一九八五年出现了寻根热与新方法论热，并相应地出现了韩少功、冯骥才、郑义等人的一批作品；一九八六年，又出现了文化热，出现了许多"文化发展战略"和诸如"现代主义与东方审美传统的结合"之类的命题，据说现代派已经穿上了中国道袍，羽扇纶巾，扇子上画着八卦，阿城的小说便是代表。所有这些热，已经大体是文人、文学爱好者圈内的事了，很少涉及圈外人。于是有人干脆提倡起画圈子来了。

到了一九八七年，连圈内的热也不大出现了。不论您在小说里写到了某种人人都有的器官或大多数人不知所云的"耗散结构"，不论您的小说是充满了开拓型的救世主意识还是充满了市井小痞子的脏话，不论您写得比洋人还洋或是比沈从文还"沈"，您掀不起几个浪头来了。不是么？

是不是作家与作品产生了退步现象呢？很难这么说。比较一下本文开始时提到的一些"热"过的作品（这些作品也是从大量平庸的一般的作品中筛选出来的）与当今的一些代表性的作品，还是当今的一些作品写得更活泼、更富有艺术个性因而从总体上更给人以多样与开放的感觉。但同样的事实是，八十年代中期以后，突出的好作品似乎是逐年减少。到了一九八七年，值得称道的好作品就更少。富有激情和感染力的作品似乎确不如前。从外部条件找原因未必是符合实际情况的，因为写作周期要比外部条件发生的周期长得多。愈是好作品就愈不是某种条件或气候的产物。条件愈好，厚积薄发的作品就愈容易比"薄积多发"的作品少。

怎么回事？试析如下：

首先，社会的安定化正常化及其对读者心态的影响。起码从二十世纪三十年代起，革命、抗战、胜利、解放、改造、运动、动乱、反帝反修、"一举粉碎"、拨乱反正、改革开放……中国的这一段历史是充满了政治激动性的。本文开始时涉及的一些文学热浪，无不与政治热浪有关，无不体现出一种理想主义色彩相当浓重的政治激情。全民的热点是为中国找出路，为一次又一次找到了金光大道而激动，为不能走另一条和又一条路而激动，为从今走向繁荣富强走上金光大道通向天堂而激动，为一次又一次地"非昨而是今"而激动。

当然，这样的激情这样的理想如今也有，也许更深刻了。但毕竟今天的情况是空前的安定、稳定。现在的热点是改革，没有错。但改革的热点是经济，人们对改革的看法要务实得多，思想准备要长得多。一九四九年全国都唱"解放区的天是明朗的天"，一九五八年全国都唱"社会主义好"，一九六六年都唱"大海航行靠舵手"，现在却不会也不必要吸引组织大家唱"改革了的体制放红光"或者"改革就是好，敌人反不了"。如果说现在整个的社会都更加稳定，人们的心态，相对来说更缓和与宁静一些了。我们只能额手称庆。中国是个古老的大国，近百年由于屈辱困苦而变得相当易于冲动……不是么？

人们变得日益务实以后，一个社会日益把注意力集中在经济建设、经济活动上而不是集中在政治动荡、政治变革和寻找新的救国救民的意识形态上的时候，对文学的热度会降温。

这很遗憾，但似乎事实如此，不知道这算不算什么"规律"。五十年代或者更早，青年人希望通过文学作品来确立自己的人生道路、价值观与政治方向。有不少人看完了一本书就离家出走，就冲破婚姻罗网、背叛剥削阶级家庭投入革命队伍。七十年代后期人们通过"得风气之先"的作品来体察社会的新的萌动。例如，远在中央做出正式决定以前，《于无声处》就上演了，能不轰动吗？以后还能常常是这样或者有必要这样吗？现在呢，未必有太多的人希望通过文学作品来帮助他们理解或者解决最关心的物价、劳动工资、职务提升与职称评定、购买商品房或者考"托福"出国的问题。包括"翻两番"与赶上中等发达国家的大目标也未必需要文学的诠释或"吹风"。

不能笼统地慨叹世风日下，人心不古，不能笼统地埋怨读者的素质低下——不看自己的巨著却去看通俗武侠言情小说，甚至也不能笼统地责备作家没有去写改革写聘任制写横向联合写合营旅馆写中纪委正在处理的大案要案。现在写更大得多的贪污案也难以收到一九七七年的轰动效应，即使写得更深刻精彩。这里，笔者想冒昧地说一句，如果一个社会动辄可以被一篇小说一篇特写一个文学口号所激动所"煽动"起来，只能说明这个社会的运行机制特别是言论与决策状况不大健全、不大顺畅，说明这个社会的人心不稳，思想不稳，处于动荡之中或动荡前夕。反过来说，如果一个社会的许多成员只是为了解闷儿而读文学作品，冷落了一些救世型的思想家与惊世玩世型的艺术家的巨作，也并非完全可悲。要求增加工资的人去找人事科财务处，要求民主参与的人去找市长区长政协委员人民代表，要求惩治坏人的人去找律师检察院，要求打发时间的人干脆去看《卞卡》，他们都没有必要一定去找作家找文学作品。

当然，这不是说作家与文学将会失业。文学的功能是各种社会机构所无法代替的，难以因非文学的"形势"而获得轰动式的成功，只能要求严肃的作家拿出更加有独特的艺术成果与经得起历史考验的真实货色（包括思想的、政治的、经验的、学识的、技巧的）的作品来。这也必然会使本来就不严肃的作家去搞些噱头性的东西，他们也许会变得更不那么严肃。界限渐趋分明，也好。

其次，开放的结果会使人们见怪不怪。封闭的结果当然是少见多怪，大惊小怪。开放环境中的人比封闭环境中的人更不易激动，不知道这是不是也是"规律"。例如看惯了人体画的人不会因看画而产生邪念，而男女授受不亲的结果，谁碰谁一下都能令人联想到性关系。回想七十年代末八十年代初，朦胧诗与所谓意识流小说居然能引起不小的波澜，能就"看得懂还是看不懂"而论辩一番。此后的一些年，一些文学作品如马原、残雪的作品，在形式的怪异乃至内容的晦涩方面走得远多了，相比之下看得懂与看不懂、赞赏与斥责的声浪却低得多。当今文坛上，走爆冷门的捷径去争取一鸣惊人、一举成名天下知的效果是愈来愈困难了。禁区愈少，闯禁区的诱惑力便愈降低。途径愈多样，走捷径的方便就愈减少。当然，这也不是坏事。

前些年出现了许多热，从蛤蟆镜热到寻根热，从邓丽君热到琼瑶热，从萨特热到拉美文学热，从办公司热到自费留学热。有的热得有理，有的热得没劲。易热的结果必然是易冷，而易热易冷反映了一种"初级"心态。

这说明我们的开放才刚刚开始，还不那么成熟那么善于消化选择，还不那么清醒稳重。降点温以后，会不会更好一些呢？当然，开放的幼稚性只有靠进一步开放来解决，靠边开放边消化选择来解决，而不是靠停止开放来解决。

在谈到"凉"的问题的时候，第三，我们还得考虑一下作家本身的状况。有相当一批中青年作家，这几年写得很快很多，要说的话说了不少。他们需要的是某种新的调整、充实、积累、酝酿、蜕变。作家正像油井，不可能总是喷涌。即使有的作家如王蒙、刘绍棠每年仍是新作不已、持续旺盛，但也有一种实际上的危机或者"颓势"在等待着他们——他们的新作有可能只是旧作的平面上的延伸与篇数字数的递增，而平面延伸与字数递增并不值得任何作者与读者羡慕。

另外还有一批比较年轻的作家，有的是出手不凡，有的是迭出佳作，文坛上评评论论还是相当红火的，但也陆续露出了后劲不支的样子。在这方面，王安忆讲得最为诚实。最近她在香港说："我在农村插队落户时，常有多种遭遇，因而产生各种心情；回城后当刊物编辑时，也有各种际遇，时有所感。写作的要求都是在这种场合产生的。现在则经常坐在家中写稿，既无谋生要求，又无当初各种苦闷的心情……"她又说："不幸的是我过早成为专业作家。文学本来应该是人生的副产品……不料我先成为作家，生活倒成为我的次要东西了。因此，我感到困惑。"（见一九八八年一月三日《文汇报》第三版）说得何等好啊，王安忆！你说出了我国"优越"的专业作家照拿工资制度的弊病。你有勇气说出真相，可敬！你有没有勇气甩掉这个"专业作家"的空架子、去追求实实在在的人生、追求从而出现副产品呢？

再如阿城，"三王"写罢，海峡两岸一片喝彩。但他早在两年前的《遍地风流》里，已经重复《棋王》里"喝得满屋喉咙响"之类的受到激赏的句子了，这不是吉兆。如果他相当长一个时期拿不出新的好作品来，对于他，完全不应苛求或者责备，倒是一些喝彩者值得想一想，文坛固然需要当场起立的叫好者，不也需要一慢二看三想过的评论家吗？

近年又有新作者涌现，某些作品向怪向粗野等方面发展。有的还自称什么第五代（?）作家。成绩如何？还需要再看看。这里要说的是，不论什么新观念新手法新流派新句式，都不妨试验，拿裤衩当手套当领带当裹脚布，都可以试，但都不能代替真货色。真货色是作家的真才实学、真情实感，是作家的全部才能学识、经历经验、灵魂人格。如果您和您的读者确是吃得过饱，当然也可以写出一些撑出来的作品。如果您和您的读者确实是太闲，当然也会写一些闲出来的作品。如果您和您的读者确实是才思如流星飞瀑如钱塘江潮，当然也会写出一些大破条框的作品。怕的是您刚够卡路里就超前打饱嗝，刚旷了一天工就炫耀无聊，二等才华不具备头等的疯狂和痛苦。

文学当然会有新的高峰和新的突破，只是得来不会如此廉价。年轻人会成长起来，走过自己的坎坷的路。长者的减少他们的曲折和坎坷的愿望是可以理解的，该说的话总归该说，回避文坛现状的矛盾是不可以的。但谁也无法代替他们前进、代替他们突破或咋咋呼呼地自称突破，也不能代替他们跌跤和碰壁。

文学热确实在降温，无须着急也无须生气。我们的国家正在发生巨大的、历史的变化。社会心态也在变，这种变必然会反映到文学领域。从不同角度出发怀旧，不喜欢目前的种种文学现象是可以的，但谁也无法不让它变化。也许凉一凉以后会进入新的阶段、新的境界，出现新的人才或老人才焕发出新的活力。也许凉一凉以后才会出现真正的杰作。但愿如此。但也许这种相对疲软的局面会延续乃至加重，谁能说准呢？连副食品供应都那么难预测，何况虚无缥缈得多的文学？当然，从长远来说，前景仍然是乐观的。能不能预测一下今后一些年代文学发展的趋势呢？更难。但不妨试一试：

一、文学的进一步分化。尽管把通俗小说与严肃小说结合起来，做到雅俗共赏、曲高合众是诱人的理想，但这二者的进一步分化、文学的双向发展与作者读者在这二者之间的摇摆恐怕是难以避免的事实。类似的双向发展还有洋与土，纪实与幻想，巨型与微型，道德与非道德，极端与中和，高尚与俗鄙，艰深与浅白等。包括一些长年以来没怎么发展起来的形式，如推理小说、自传小说、历史小说等，都会得到长足的发展。

二、深沉化，这是最重要的。一方面表现为思考的更加理性、更加深邃、更加全面和多侧面；一方面表现为对人的灵魂的进一步关注。在描写重大历史事件和典型人物的时候，不论是写战争、土改、大跃进、"文化大革命"还是写今天的改革，不论是写什么样身份的人物——红卫兵也好、老干部也好，资本家也好、佃农也好，将愈来愈突破简单化程式化与脸谱化的模式，将不再是某个口号或理念的图解，而日益反映出我们的民族已经在变革与建设的道路上走了一大段路的成熟性与更深刻、更宽阔的概括力。另一方面，深沉在于写出人的灵魂，叫做"触及灵魂"，当然不是用"大批判"的方法。文学将更深入生动地描写人的喜怒哀乐，描写人们的（当代的、现代的、古代的、特定的与普遍的、特定历史时期与永恒的）困扰与激动，写人的内心需要，写人的内心的痛苦与追求。这些，当然具有社会的与历史的内容,但这种社会的与历史的内容是通过或往往结合着人性的内容、生命的内容来展现的。这里要说的一句话是,无神论者也需要拯救(包括安慰、净化、超脱、激励)自己的灵魂,当人们寄希望于文学家的时候,一篇又一篇小说不能仅仅用一些粗鄙的脏话或者梦呓式的咕哝来搪塞读者。也许一个时期以来作家努力显得比读者高明比读者先知先觉未必总是对的,但也不可能走上在作品中显示作者比读者更白痴或者更提不起来乃至更流里流气的路子。从长远来说,在实现"全民皆小说家"之前,读者需要的仍然是亲切的、诚实的、精神上更多而不是更少有力量的作家。我们的文学界内外已经饱尝假大空的超级口号之苦,人们厌烦了洋洋洒洒的空论,这是可以理解的。但反过来以为堂堂中华文学要走犬儒主义、玩世不恭的无理想无追求无道德的道路,也是荒谬的。这种赶时髦也很可笑可悲。

三、民族性与时代性的结合。经过一段初级开放的多方引进多方寻根以后,在一大堆洋玩意古玩意土玩意都不再新奇了以后,在创作上那种急于甩出去、争当第一个或者见到新玩意就痛心疾首义愤填膺的心态渐趋平稳以后,有可能出现新的更加民族也更加时代的作品。在一大批涌潮又退潮的作品沉淀下去以后,也许从这几年不那么活跃的老人或者这几年尚未露头的新人之中会出现几部真正能留在文学史上的巨著?谁知道呢?文学与生活一样,人们当然寄希望于未来。

文学的黄金时代确实是来了，黄金一样的作品却不会因时代的黄金而自动涌现。《红楼梦》的出现恰恰不是时代黄金的结果。我们需要观察，我们需要思考，我们需要探讨，我们更需要潜心全面努力。

伟大的混沌

文学性质的混沌

一般我们称《红楼梦》是部现实主义的著作大致是不差的。因为《红楼梦》的现实主义突破了中国小说的这里姑且称之为"古典主义"吧,尽管大家对这个名词的看法不见得一致。《红楼梦》以前的小说大体遵循着教化的模式,人有善恶邪正,事有前因后果,善有善报,恶有恶报,带有教化的模式化色彩。这在小说里常见,诗歌里不明显。这样的小说中的许多人物和事件是被提纯了的。比如说一个人性格豪爽讲义气,人物一出来就是豪爽讲义气的,不管是李逵还是张飞。《红楼梦》中的大量描写给人以纪实的感觉,使人感到曹雪芹确实是在写实,感到他确实有着实在的生活的经验,甚至带着自传的色彩。吃饭、穿衣、看病、饮酒、行令都是实在的生活。也有描写看来没有摆脱传统话本的模式,如写贾雨村与甄士隐手下的丫鬟娇杏,娇杏慧眼识风尘,对贾雨村一笑,贾雨村发达以后娶她为妻。还有一些描写显然有作者虚构的成分,说成写实则是不可能的。例如红楼二尤虚构成分比较多,戏剧性比较强。

《红楼梦》尽管脍炙人口,但被改编成戏的并不多,改编了的也不甚成功,远不如三国戏、水浒戏、西游戏。水浒戏中大家知道的有《野猪林》《林冲夜奔》《火并王伦》;三国戏就更多了,《群英会》《借东风》《甘露寺》《火烧连营寨》,多得不得了。红楼二尤被编成了戏,它的戏剧性较强,虚构的色彩浓,有不少细节描写失真。如尤二姐吞金自尽,许多科学家认为吞金不会坠破肠胃而死,而且死得那样快是不可能的,甚至于不会死。吃一块金子,如果能咽得下去,它就会排泄出来,不会死的。我们中国人有金不能吞的概念,当然金也不是食品啦,所以写了尤二姐吞金。另外尤二姐的性格也不太可能。尤二姐在宁国府的时候是很厉害也很泼辣很风骚的一个女人,贾蓉过来开玩笑,尤二姐把一口槟榔喷吐到贾蓉的脸上,这是很不符合行为规范的。当别人讲到王熙凤如何厉害的时候,她说,我倒要会会她,看她是不是三头六臂。这说明尤二姐有一定的社会经验,对王熙凤并不怵,话里含有一种搏杀意识,有一股与人奋斗其乐无穷的劲头。但后来见到王熙凤呢,变成一个面团了,人家说什么就是什么,连哼一声都不敢,这变化是戏剧性的。

尤三姐的戏剧性就更强,原是一个浪荡的疯丫头,她和贾蓉、贾珍一起吃饭的时候把他们搞得那么狼狈,贾蓉贾珍就是不要脸嘛,厚颜,可在某种意义上说尤三姐脸皮比他们还厚,把他俩给"涮"了。然后尤三姐要嫁给柳湘莲,一瞬之间变成了《女儿经》所要求的那样一个淑女,不苟言笑,行不摇裙笑不露齿,各个方面都达到了最高标准,这不符合人物的实际。尤其是她的自杀,柳湘莲把鸳鸯雌雄剑赠给她作为定情之物,后来柳湘莲悔婚退婚,尤三姐一激动,说我把剑给你,顺势往脖子上一抹,立即倒地,死了。让人看了觉得不太可能,因为自杀也是不容易的。"文革"中有人割断了气管自杀,原先我以为人割断气管会死,其实人死不了,而是在脖子上冒泡儿,三天都不会死。医生有时为了抢救病人还要通过割开气管直接往里输氧。割断动脉人才会死,人的动脉在什么地方?如果没有学过解剖学的话,一刀拉下去,手再一软,人不会立刻就能死,一小时之内死不了。柳湘莲很有武功,他援助薛蟠大战土匪获胜。尤三姐自杀时,湘莲、贾琏两个男性在旁边,他们看着竟连个鱼跃扑救的动作都没有,描写死前挣扎的话一句也没有,宰一只鸡也不能这么容易。再说柳湘莲把剑作为结婚的礼物送给尤三姐,磨得那样锋利,不是作为装饰性的如练武的太极剑那样,而是到了吹毛断玉削铁如泥的程度,这不可思议。这好比我们的一位战斗英雄把盒子枪送给了未婚妻,而且把十二发子弹压进去,再把保险打开,怎么可能呢?但这些都没有关系,作为小说来说是允许的,任何作家都不能对他的每一点描写统统体验一番,曹雪芹不能为写尤二姐吞金自尽而自己吞块金子试试,他也不敢。这是第二类描写。

第三类更重要的是曹雪芹在整个比较客观的描写当中又有一些充满主观色彩的描写。这种充满主观色彩的描写套用现在的说法就是比较浪漫的描写。作者通过贾宝玉表达了对女孩子比较美好的感情，对年轻的女孩子都流露一种特别的爱怜，哪怕被他爱怜的这个人在道德上有许多可指摘之处，也让你觉得她不丑恶。比如说秦可卿，以封建道德的观念她是非常邪恶的，小说运用曲笔，如太真呀飞燕呀暗示了这一点。通过王熙凤、贾宝玉、尤氏等人口把秦可卿写得如花似玉，多么善良。这显然不是一个生活的实录，而是高于生活的实在的。又如小说写了王熙凤的残酷阴险毒辣，但她给读者留下的印象也不完全是反面的。她聪明、美丽、明快、办事能力极强。如果王熙凤要在一个好的环境下，她的组织能力领导能力行政能力都会十分出色。她善解人意，有些话粗但有分寸。话粗才能使贾母高兴啊。

作者对众多的女孩子的描写是把她们作为青春的载体、美的载体来写的，从而表达了作者对生活的肯定、对青春的肯定、对美的肯定。对整个大观园环境的描写也充满了一种向往美化留恋的情绪，带有一种理想化的色彩。我们不能说中国的园林中造不出这样一座大观园，但这样一座理想化了的园林，特别是在园林中住的除贾宝玉外是一群十分可爱的女孩子，使它变成了一个理想国。这是相当浪漫的。

这种情绪还表现在对宝玉与黛玉的爱情描写上，对女孩子们的聪明才智的描写上。贾宝玉其实是很聪明的,在大观园快落成的时候贾政带着一些清客,把宝玉也找了来,用现在的话说就是给大观园的各个风景点命名,贾宝玉表现十分聪明,言谈话语挥洒自如。那些清客固然是要拍贾政的马屁,同时也确实是对贾宝玉才思的敏捷感到佩服。但贾宝玉和黛玉、宝钗,甚至和宝琴在一起的时候,他的才情却又往下降了一节,档次低了。要评职称的话贾宝玉算一级,而林黛玉是特级。这样写作者是很有意味的,不但肯定了她们的青春她们的美丽,而且特别肯定了她们的才华。这才华多少有点超常,我们无法用现代人的智力去衡量她们,现代人要学的东西很多,数学、物理、化学、英语,还要读报等,不能像过去的女孩子那样专心读诗文。以她们开始作诗文的年龄看,林黛玉不过八九岁,薛宝钗十一岁,她们的诗文写得那么好! 从这里可以看出浪漫主义,积极的浪漫主义,对人的青春、美貌、智慧、才华、善良的肯定,赞美人的灵秀。另外它也有消极浪漫主义的一面,写了好景不长青春难驻,一切皆出无奈。

对那些非常讲究非常排场一般人不能体验的大户之家的生活,曹雪芹是以炫耀的笔调来写的,工艺品纺织品如何之精美,以致一盘茄子是怎么做出来的都详详细细地告诉刘姥姥,其实据烹饪专家讲如法炮制出的茄子并不好吃。《红楼梦》毕竟不是食谱,雪芹有炫耀之意。以上这些描写都充满了作者主观的色彩、感情的色彩、浪漫的色彩。

此外可以说是第四种笔墨则还有一些完全是幻化的东西,最主要的就是石头。一上来就讲书的来历,宝玉的来历。这个故事实在是太绝了,亦庄亦谐,亦喜亦悲。女娲炼石剩了一块,怎么剩下来的又说不清楚,但注定要剩一块。剩下来是因为这块石头有缺点?还是命该轮到它了?这块石头通了灵气,静极思动要下凡,且是从大荒山青埂峰无稽崖而来,没有线索可以追寻。使你觉得这个故事又荒唐又可笑又可悲。这块石头原来的任务是补天,还是很有伟大使命的,但又被丢剩下来不可能去补天了,使你觉得有点悲哀,有点中国知识分子自古以来常有的那种怀才不遇、怨嗟自己的命不好的情绪。自嗟自叹之余它还要下凡,还要经历一番温柔富贵之乡豪华的生活,爱情的生活。

此外还有一个还泪的故事,神瑛侍者给绛珠仙草浇水,因此绛珠仙草下凡以后要成为他的情人,把一生的眼泪都还给他,使你同样觉得荒唐可笑,又十分感人、悲哀,"说到辛酸处,荒唐愈可悲",愈荒唐愈可悲。

尽管这样的一些篇幅在书中并不多,但有与没有是不一样的,引起的遐想是不一样的。当然百分之百的现实主义也能引起人的遐想,但总不会像现在的效果这样,除了一个真实的人间的喜怒哀乐悲欢离合的世界以外,让人感到还有一个缥缈的世界,还有一个非常虚空非常荒唐、非人力所能够把握的世界。老子讲万物生于有,有生于无。这些故事都是从大荒山青埂峰无稽崖那个虚空的世界产生出来的，最后又回到那儿去，这里确实包含着一些作者对人生的探索。当然可以说这是消沉的灰色的不可取的，但是这也得慢慢分析，不好笼统地说。

中国的老庄思想主张虚无，但它包含了一面就是叫人们不要去做没有用的事情。在写法上既有写实的现实主义又有虚构的小说家言，既有积极的浪漫主义又有消极的浪漫主义色彩，还有纯然的虚幻，表达了作者的遐思，也引起了读者的感慨。

在作品的调子上它是一个悲剧，作者写得很认真。若是看"脂批"的话，那就更厉害，说写到这儿大哭一场，写到这儿又大哭一场，还说曹雪芹写了多少多少年，一边写一边哭，最后泪尽而逝。曹雪芹也成林黛玉了。但显然它有游戏笔墨，而且作者还十分强调游戏的笔墨，说所写的故事是供人们茶余饭后消愁解闷用的。有些非常严肃非常沉重的事到了他的笔下变得不那么沉重了。比如秦钟之死吧，有点莫名其妙，死因是身体虚弱？还是不讲卫生？写他死的时候两个小鬼带他的魂儿走，他和两个小鬼讲价钱，后来提到了贾宝玉的名字，两个小鬼吓坏了，最后还是死了。

又如晴雯之死，本是非常惨痛的事，令人肝肠寸断，所以贾宝玉写了芙蓉诔来祭祀悼念。晴雯死后变成了花神，专管芙蓉，这是一个小丫头信口胡言，而贾宝玉信以为真。这段描写都是建筑在小丫头的信口胡言上。正在宝玉念叨着祭祀的时候，后边出来一个人，长得和晴雯一样，原来是黛玉，然后就跟她讨论哪个字写得不好，用哪个字更好一些。贾宝玉显得有些不好意思，说自己的诔文写得不好，姑娘见笑了。接着两人切磋起文字来。把令人肝肠寸断饱和着愤怒和悲哀的事化解成了宝玉黛玉之间有说有笑的关于文字的切磋。

这样的情况在书中还很多，很严肃的事到头来变成了一场戏一个玩笑，甚至于人死也变成一个玩笑。金钏跳井自杀是很残酷很可怕的，宝玉想通过对金钏的妹妹玉钏的好感来弥补自己的内疚，因为金钏的死是由于他和金钏开玩笑，金钏挨了王夫人的耳光而发生的。写到宝玉逗着玉钏去吃莲子羹的时候，我们看到的是一个小男孩和一个小女孩在逗着玩，是一对小男女之间的恬恬淡淡嬉嬉笑笑活泼可爱的模样。要是遇到比较认真的读者，看惯了希腊悲剧再看这样的描写甚至会产生反感。

这样一部非常严肃非常沉重的悲剧性的书又常常流露出游戏的色彩，然而我们不能说这些游戏的笔墨削弱了这部书的悲剧性。这好比我们看一个人，如果这个人从早到晚一直在哭的话，这固然是悲剧性的人物；如果我们接触的这个人哭哭笑笑，一会儿哭一会儿笑，一会儿悲伤欲绝，一会儿又满不在乎，这也十分不幸。这样看来这部书就呈现出一种我所说的伟大的混沌状态，是现实主义又不是现实主义，是浪漫主义又不是浪漫主义，是幻化的又不是幻化的，是正剧又不是正剧，是游戏又不是游戏，什么成分都有。

曹雪芹那个时候文艺理论并不发达，他也不知道现在的这么多名词儿，这主义那主义，现实主义、现代主义、表现主义、象征主义、达达主义、新潮派、新小说派，他没有受到这些分类学的分割，只是把他自己对人生、对世界的感受浑然一体地表现出来，想怎么写就怎么写，想怎么表现就怎么表现，这恰恰是作者的优越处。

题材的混沌

《红楼梦》写了贾府，写了宝玉、黛玉、宝钗的三角关系，写了贾府主主奴奴的许多人物事件，但对它的解释仍然是很不相同的。比如说毛主席就十分强调《红楼梦》是一部政治小说，一部阶级斗争的小说，前四回就出了多少条人命，小沙弥讲护官符，讲贾史王薛四大家族，也巧，我们讲国民党有蒋宋孔陈四大家族，正好也是四个。冷子兴讲贾府大有大的难处，也是有重要内容的政治论断，20 世纪 60 年代我听中央领导同志作报告，引用这话说美苏两个超级大国"大有大的难处"，它们越大越是背的包袱多，内部矛盾也就越大。"东风压倒西风"这句话最早也是林黛玉讲的，薛蟠娶了老婆夏金桂以后两人经常吵架，把香菱也裹在里边，一直吵到薛姨妈、薛宝钗那里，林黛玉听了以后居然对家庭生活发表了这样一种非常入世的、非常煞风景的总结。这不大像是林黛玉讲的,林黛玉本是一个只知作诗谈情的。然而书上确实是这样写的,说大凡家庭之事不是东风压倒西风就是西风压倒东风,意思似乎是不是"气管炎(妻管严)"就是"大男子主义"。解放以后这些话都被赋予了非常重要的政治内容。"文革"初期我在新疆,我们新疆文艺界的一位老领导喜欢读古书,他因说了"东风压倒西风"是林黛玉说的而被斗得一塌糊涂,说他贬低毛泽东思想。其实这没什么贬低的,只说明毛主席读《红楼梦》独具慧眼,能赋予它丰富的政治内容。毛主席讲《红楼梦》是写贾史王薛四大家族的兴衰史,虽然四大家族看不太全(重点写贾家),"兴"也看不太全(兴应写荣国公、宁国公的事,《红楼梦》中有"兴"的印象的只有焦大一人),主要写的是"衰"。贾母自称是老废物,吃口子,玩会子罢了。贾政很认真很正派,但贾政玩不转,没有一件事他能管得了。贾珍、贾琏、贾蓉就是一批偷鸡摸狗、腐化堕落分子。管事的就是王熙凤,确实有能力管事,但她以权谋私,搞私房钱,草菅人命,弄权铁槛寺,玩权弄权,又很狭隘,报复心强。贾宝玉对家庭也没有责任感,也不管事,也是吃喝玩乐而已。连林黛玉都看出来了,或许是女人心细吧,她说我们要这样过下去,寅吃卯粮,入不敷出,早晚有一天这个大户之家就运转不了了。宝玉怎么回答呢?管它呢! 不管什么时候没有别人的,也得有咱们俩的。他认为饭来张口、衣来伸手的生活是可以千年万年保持下去的,所以他连想都不想。贾宝玉对贾家来说其实没什么用，我们说他好是从道德的角度来说的，对女孩子比较真诚，不是玩弄式的态度，这要比贾琏他们好一点，但对家庭来说他没有一点积极作用。

另外，读完《红楼梦》以后我不知道贾家是如何运转的，搞不清楚它的运作机制。比如说贾府与货币和商品的关系我就搞不明白，书中没有一处写主子们是如何去买东西的，如林黛玉要上街去买一双袜子，这绝对没有，主子们从来是不去买东西的。那么他们是不是供给制呢？不是，因为他们要搞一点活动是要交钱的。如搞诗社事先要商量好每人出多少钱，为薛宝钗过生日，王熙凤找贾琏商量拿多少钱。王熙凤过生日也是如此，大家出钱，不是拿来就用。这说明不是供给制，是通过货币和商品来运转的，货币的意义就是商品交换的中介嘛。贾家的财产分为官中的东西，即公共财物，和私房。王熙凤有王熙凤自己的钱，贾母也一样有她自己的东西，王熙凤曾通过鸳鸯借过贾母的东西。

还有一段使我不明白的是司棋带一帮人去砸厨房。司棋要吃鸡蛋羹，厨房叫苦，说鸡蛋不够用，连鸡蛋都不够用说明已十分紧张了。厨房不给做，司棋一火来了个打砸抢，带着几个小丫头到厨房噼里啪啦一砸。我无论如何也搞不明白，要鸡蛋羹吃是超标准了？如果真是超标准了，那么司棋怎么敢带人去砸呢？司棋也不过是一个奴才，她带人砸完以后厨房里的人怎么没人敢出声？没人敢去告状、没人敢去汇报呢？完全没有监察系统。要都这么砸怎么得了？司棋能砸，那宝玉屋里的丫头袭人、麝月、晴雯、秋纹要红火得多，就更可以砸了，黛玉、宝钗的丫头也都来砸那怎么得了？

厨房的工作是个肥缺，这从柳家的与秦显家的争夺可以看出来。柳五儿的妈妈原来是管厨房的，柳五儿涉嫌偷玫瑰露、茯苓霜，五儿被审查，她妈妈柳家的也被从厨房里赶出来了，换了秦显家的。秦显家的一到厨房就查出来许多亏空，她一面揭露她的前任如何有经济问题，一面给管事的人送礼。刚送完礼，凤姐采纳了平儿的建议：多一事不如少一事，这点事不值得一提，比这种玫瑰露、茯苓霜大得多的事儿在贾府不知有多少，只不过你不了解罢了，不如大事化小，小事化了，这才是兴旺景象。凤姐宣布大赦，草草了事。柳家的又没事儿了，秦显家的猫咬猪尿泡空欢喜一场，批柳家的没有批倒，夺权一下午。这场戏的描写非常之生动。

有人说社会生活中的事都能从《红楼梦》中找到它们的影子，能有所比附，当然事情不可能完全一样。"文化大革命"中看造反派夺权，常使我想到秦显家的夺权这一段，抢图章啊，分汽车啊，自己任命自己为主任、副主任啊，没两天一军管又把他们都否掉了。现在作家跟企业家要钱，搞与企业家联姻，又使我想起冷子兴与贾雨村之间的交情，冷子兴是一个皮货商，有钱，经商很有手腕，所以贾雨村很佩服，但冷子兴文墨上差一点儿。贾雨村人很庸俗,但他懂音律、懂平仄、会作诗、会作文,尽管诗也是二流的,于是他们两人就结合起来了。探春她们成立诗社,拉王熙凤参加,王熙凤说你们拉着我干什么?无非是看见我还有几个钱。这也很像现在拉赞助的办法,某文学刊物的评奖委员会主任是某工厂的厂长。我说这话不是不赞成赞助,不赞助就更穷了。

《红楼梦》中的有关贾家的管理、制度、运转的程序、运作的机制我实际上没有弄清楚,但确实能看出问题来——人个敷出,无人负责,主子与主子之间、奴才与奴才之间、主子与奴才之间矛盾重重。

"大有大的难处"在《红楼梦》中也能得到验证,最突出的例子是元春省亲。皇帝格外开恩,允许元春回娘家探望父母。元春回家探望父母不是以女儿的身份,而是以贵妃的身份。贾政对女儿讲话不能直呼"大丫头",而是说"臣政"如何如何,全是公文的套子。于是贾府为元春省亲修了大观园、省亲别墅,采购了大量物品,采购了文艺工作者小戏子,还采购了小尼姑妙玉,搞得轰轰烈烈,使经济上已经十分亏空的贾家又承担了一次它无法承担的任务。连元春也说他们搞得太奢侈、太靡费了,下不为例。平心而论这是一个矛盾,元春身上体现着君恩,不这样你得罪的不是"大丫头",而是皇帝老子。只有隆重才能显出气派和威严,但财力上又确实不足。

贾氏家族到底是如何运行如何垮的我们仍然不清楚。对家道的衰微《红楼梦》只给了一些宿命的、哲学的解释，如水满则溢，月满则亏，登高跌重，万物都是盛极而衰等等。秦可卿死时给王熙凤托梦也讲这个，这等于无解释。尽管作者一再声明《红楼梦》与时事无关，与朝政无涉，但人们仍然能从中悟出一些社会历史的政治的启示。

《红楼梦》最吸引人的、最给人深刻印象的、最集中的是贾宝玉的爱情，这又分几个层次，首先当然是与林黛玉的关系，其次是与薛宝钗的关系，另外宝玉还有泛爱的一面。有人提出爱情主线说：认为贯穿《红楼梦》的主线是宝玉的爱情，有人认为这种说法把《红楼梦》看低了。另有人认为《红楼梦》没有什么主线，是平淡无奇的自然主义小说，写衣食住行、喜怒哀乐等日常生活中的小事。但它毕竟不是现代的"生活流"小说，写兴衰、写爱怨、写聚散、写生死、写由喜到悲的悲剧过程，还是很有一番迹象可循的。

从表面看《红楼梦》的题材并不重大，比不上《三国演义》《水浒》。《三国演义》写三国鼎立时期的政治军事斗争，写了帝王将相诸多的大人物。《水浒》写农民起义，一直写到朝廷。《红楼梦》则局限在贾府、大观园里，重点是写一些年轻人的生活。

《红楼梦》在题材上呈现出一种整体性，是一种全景式的立体的描写。尽管它写得淡，时间空间的范围不是很宽，但它写得深刻，写了好几百人，写了他们之间错综复杂的关系，包括衣食住行、内心生活、情爱、趣味、各种节目、各种礼仪、婚丧嫁娶等等。《红楼梦》从整体性上反映社会生活要丰富得多，深刻得多，复杂得多，这也造成了对它的题材认识上的众说纷纭。这也是一种混沌。

思想的混沌

说《红楼梦》是一部反封建主义的小说不无道理，如书中描写了在婚姻上没有自由选择，造成了宝黛爱情的悲剧。鸳鸯、司棋、晴雯等奴婢的悲惨命运，无疑也是对封建主义的控诉。还反映出一种要求男女平等的意识，焦大酒后骂贾府的主子们"扒灰的扒灰，养小叔子的养小叔子"，柳湘莲说除了门前的两个石狮子外贾府上下没有一处是干净的。他们的话几乎把作为封建社会缩影的贾家的丑闻公之于众。但我觉得与其说反封建，还不如说作者忠实于生活，把封建社会生活中的事真实艺术地概括了出来，使我们感知到这种社会制度的腐朽。若简单地把《红楼梦》说成是反封建的小说，那么会有许多地方不好解释，如贾府里奴婢们最怕的就是被赶走，被开除"奴籍"，而主子们对奴婢的最大处罚也是"拉出去配小子"。她们难道不是在爱封建、保封建的吗？这也有可以理解的一面，奴婢们在这里生活至少没有衣食之虞。反封建的思想主要反映在贾宝玉身上，他不接受封建正统观念，看不起"文死谏、武死战"的信条，说文死谏等于说皇帝是昏君；武死战，人在战斗中都要死了，还能守住疆土吗？这当然有点诡辩，是以超极左反极左。另一方面宝玉也从不想解放奴婢，他随袭人到花家去，看到一个漂亮的女孩，就想把人家带回贾府做丫鬟。连袭人对此都很反感，我一人为奴还不够吗？还想让我们花家的人都成为你们的奴才？宝玉与女孩子们在一起的时候显得很纯情可爱百无禁忌，但他也有崇敬君权的一面，他见北静王时是怎样的受宠若惊啊！这是一个矛盾，他既然崇敬君权，又不能按君王的要求使自己成为封建朝廷的栋梁之材。作者写贾雨村是一个势利小人，原来千方百计削尖了脑袋往贾府里钻，拼命拉关系，后来贾府衰微，他又生怕被沾上。这些写法我们感到作者并没有摆脱儒家的一些观念，正统的观念，修齐治平的观念。《红楼梦》中还有佛禅老庄的思想，色空观念，色即是空，空即是色；一切都是虚无，"陋室空堂，当年笏满床"。

我们确实很难给《红楼梦》的思想归一个类。道家的思想？佛家的思想？存在主义？阶级斗争？民主主义或民主主义的萌芽？我们很难下一个简单明确的结论。因为这部书并不着重表达一种思想、一种价值观念，它着重表达的是一种人生的经验，是一种社会生活、家庭生活、个人生活、感情生活的体验和对这样的经验和体验的种种慨叹。具体地说每一件事都能说得清清楚楚，晴雯是怎么死的，袭人是怎么上来的，黛玉与宝玉的爱情为什么没有成功，都能说清楚。具体地说一个又一个的人物也还明白。贾宝玉是既可爱又没有多大出息，贾政很正统但实际上不起任何作用，王熙凤既聪明美丽又心黑手辣，这些具体的人也能说清楚。但是作者总体上是个什么态度、什么思想，说不清楚，恐怕作者自己也说不清楚。是批判贾府？批判封建社会？是封建社会的一曲挽歌？悼词？说是一种怀念大概是不错的，却又不是单纯的怀念，怀念中有一声声的叹惜，叹惜中又有一天下着大雪，一边赏雪，一边吃鹿肉喝酒，可以说是大观园诗歌节，大观园美食节，大观园雪花节。寿怡红宴群芳也充满着青春的欢乐。认为大观园里一天到晚只是哭哭啼啼、你宰我我宰你那是不可能的。但《红楼梦》里死人死得非常方便是事实，这一方面反映了当时医疗保健不发达，另一方面反映了当时对人的生命看得不重，对生命不爱护。所以从总体上来分析《红楼梦》的思想是不清楚的。

结构的混沌

从结构上看《红楼梦》没有结尾，后四十回这桩公案一直争论至今，比较公认的一点是后四十回不是曹雪芹写的。有的说曹雪芹没有写完，有的说写完后佚散丢掉了，有的说是高鹗的续作，有的说是程伟元的续作，也有人说是高鹗在原稿基础上的续作。在美国有人通过电脑对《红楼梦》进行检索，考证后四十回与前八十回的关系。更有考证家们指出后四十回不符合作者在前八十回已经透露的发展走向,前边说"一片白茫茫大地真干净",后边却来了个"兰桂齐芳""家道复初"。前边说王熙凤"一从二令三人木","人木"即"休"字,暗示王熙凤最后的结局是被休掉,开除"妻籍",后边没有这样反映出来而是病死了。前边说探春远嫁,后边写的是远嫁后又回来了。这方面的学问我知之甚少,不做更多的列举了,总之前八十回与后四十回比较,后四十回不如前八十回精彩这是事实。

《红楼梦》的结构一反中国古典小说的传统。古典小说重视因果关系,注重时间的顺序,事物与事物之间的关系,人与人之间的关系都能理得很清楚,是一种线性的结构。拿《水浒传》来说,一百零八好汉怎么上的梁山,每个人都有每个人的情况,都能说得很清楚,有的是陷在某一官司里,有的是受朋友的牵连,有的是受赃官豪门的迫害,最后都上了梁山。善恶报应,奖善惩恶的因果关系就更清楚。比如在《三国演义》中写一个贵族、军阀失败,必然要写清楚他失败的原因,要么刚愎自用,要么不讲政策,打击面过宽,不善于用贤人,听信逸言。写打了胜仗,因为他的指挥高人一筹,采取了敌人意想不到的军事手段,偷袭、诈降、火攻,等等,我们都能讲出这一个情节与那一个情节的关系。但《红楼梦》很难说。如刘姥姥逛大观园,你讲不出许多关系,没有它《红楼梦》仍然存在,当然有与无效果是不一样的。刘姥姥是很有社会经验的一个农民老太太,她获得了一次殊荣,逛了一趟大观园,也出了一通洋相，发表了许多感受，更体现出大观园非凡的景象。一位著名学者、教授认为刘姥姥进大观园能过上一至二日豪华的生活，受到优厚的款待是不可能的，无论如何大观园是不能如此接待这样一个穷老婆子的。我个人感觉这个情节确实像虚构的，带有偶然性、戏剧性，也可从全书中独立出来而不影响全局，然而没有它也会带来一些欠缺。

《红楼梦》许多地方都可独立成章，它可以被切割，这有点像黄金的性质，具有可切割性。《红楼梦》的某些地方也给人以重复之感，吃完了又吃，喝完了又喝，吵完一次架又吵一次架。它的这种似松又紧，既独立又连贯的结构使它呈现出许多与其他小说不同的现象。书中许多人物作者喜欢捉对来写，不是单纯地写一个人。贾宝玉有一块玉，薛宝钗立即有一个金锁，宝玉对金锁。贾宝玉的宝玉是叼在嘴里生而有之，薛宝钗的金锁是癞头和尚送的。史湘云有个麒麟，张道士那儿又有个麒麟。有了薛宝钗还有薛宝琴，有了贾宝玉还有甄宝玉，甄宝玉写得并不怎么样，但它反映了作者的一种心思。宝钗与薛蟠，兄妹俩是那样的不同，宝钗是那么聪明、贤惠、含蓄，而薛蟠却粗鲁、下作，是呆霸王，但他总比贾珍、贾蓉那些人要好一点儿，人呆了容易被别人原谅，傻坏傻坏就稍微可爱一点儿了，又精又坏更令人厌恶。黛玉与宝钗是一个对照，黛玉与晴雯也是。

旧红学中有影子说，晴雯是黛玉的影子，袭人是宝钗的影子。她们的性格类型大致差不多。袭人是比较讨厌的,她自己和宝玉乱七八糟,却跑到王夫人那里去汇报:要注意了!要警惕了!宝玉越来越大,整天和女孩子们混在一起很危险!比较讨厌。至于宝钗是不是像有些同志分析的那么坏,我还没有完全看出来。薛宝钗很会保护自己,不露声色,心眼很多,她是不是有意这么做的呢?现在有一种说法,薛宝钗进贾府,不可能一来就能做二奶奶,因此她就要搞公关,拉选票,取得上边的支持,一步步去达到她的目的,这从书上并没有能看出来,看不出来就更厉害!她对贾宝玉很严肃,最后她对宝二奶奶的位置稳操胜券。

这样,《红楼梦》的人物之间就呈现出一种非常有趣的、也是模模糊糊的不清不楚的映比关系。这方面的例子可以举出很多,贾政和他的哥几个的关系,宝玉的几个姐妹元春、迎春、探春、惜春性格各异,泾渭分明。宝玉的几个丫头也如是,袭人、麝月、五儿、芳官也成一种映比的关系。芳官更带有孩子气,给贾宝玉过完生日之后几个人喝得酩酊大醉,她躺在宝玉的身上就睡着了。芳官是演员,唱戏的,所以又给她起了一个男人的名字——耶律雄奴,还给她起了一个法国名字——金星玻璃,一身三任:芳官,女,演员;耶律雄奴,男,少数民族;金星玻璃,法国人。这也反映了女孩子们生活的寂寞,她们当中不能有个小子裹在里面,而人类生活在世界的任何地方都需要两性,不能光是男的,也不能全是女的,就由芳官充当一下男性好了,让她穿上男人的服装,穿上少数民族的服装,这从心理学上可以解释的。这是人物之间的对比。故事之间也有对比,同样吟诗,有吟海棠的诗,有吟螃蟹的诗,有吟梅花的诗。《红楼梦》的这些特点增加了它的魅力,包括后四十回的疑案不仅没有丝毫减少,而是愈发增添了它的魅力,就像大自然的魅力、生命的魅力一样,知其发生、发展,尚不知结束。甚至作者曹雪芹本人也是一个谜。

以上所说的《红楼梦》在各方面呈现出的混沌现象说明了什么? 我认为这是一个伟大的小说家在他的人生经验里在他的艺术世界里的迷失。因为他的经验太丰富了,他的体会太丰富了,他写了那么多人,那么多事,他走失在自己的人生经验里,走失在自己的艺术世界里。他的艺术世界就像一个海一样,就像一个森林一样,谁走进去都要迷失。

古今中外有许多伟大作家,有些作家著作要比曹雪芹多得多,比如说托尔斯泰、巴尔扎克,托尔斯泰的笔调显得非常亲切非常细致,一次舞会就可以写好几章,人物的肖像写得十分细腻,但最后事情本身总是很清楚的,没有太多的迷失感;巴尔扎克写的人物也很多,要从头到尾看一遍也是十分疲劳的,他的笔像外科医生的解剖刀一样解剖每一个人的心灵,解剖每一个人与其他人的利害关系。曹雪芹其实没有那么细腻地去写每一个人,比如说林黛玉长得什么样? 也就那么几句话；他经常用四字一句的熟语套语，简练地写了许多人和事，既有实际经验也有虚构。

读者阅读《红楼梦》的时候也常常有一种迷失感，迷失在它的艺术世界里。迷失以后做出的每一个判断都可能是正确的，但有些个解释又是永远不能得到满足的。曹雪芹自己说他的小说大体旨在谈情，但无伤风败俗之意，也无干预时政犯忌的地方。说它是一部爱情小说，说它是生活的百科全书，说它是生活小说，说它的"色空"观念都不能说错。蔡元培先生坚信《红楼梦》是反满的，字里行间充满着反满。这种迷失现象是其他作品所没有的，我们可以同意也可以不同意这些说法，不管是同意还是不同意，这些说法都是可以理解的。所以我们说《红楼梦》是一部伟大的书，因为它十分丰富；又是一部混沌的书，因为作者迷失在他的人生经验里，迷失在他的艺术世界里。

雨在义山

读义山诗，发现"雨"是其诗作中出现频率很高的一个字。不论从人们常讲的"意境""氛围""形象"意义上，还是从稍稍拗口一点的"语象""诗境"的角度上看，"雨"是构成李商隐的诗的一个重要因子。其重要性，当不在义山喜用的"金""玉""蝴蝶""柳""草""烛""书""梦"等等之下。

翻阅人民文学出版社1985年版的《李商隐诗集疏注》①所收李商隐的诗五百七十余首，其中以"雨"为标题的十二首，包括《夜雨寄北》《风雨》《七月二十八日夜与王郑二秀才听雨后梦作》《雨》《春雨》《细雨》二首《雨中长乐水馆送赵十五滂不及》《微雨》《滞雨》《细雨成咏献尚书河东公》《回中牡丹为雨所败二首》等；诗中有"雨"字出现的，则更有五十二首，其中比较著名的有《重过圣女祠》《无题》（飒飒东风细雨来……）《临发崇让宅紫薇》《月夜吹笙》《燕台四首》（有三）等，从数量上看是

---

① 《李商隐诗集疏注》，人民文学出版社1985年版，叶葱奇疏注。疏注者称：原文是以朱鹤龄本为底本，参酌北宋本、南宋本（清·陆敕先校本）、清钱谦益校本及其他版本编成的。

很多的。

"雨"是气象,是自然现象,带有明显的季节与地域特点,这些都无须解释。那么,作为义山诗中的雨的自然特征,也就是他的"雨"的最表层的特点,是一些什么呢?

第一是细。"飒飒东风细雨来"(《无题》)是细雨;"帷飘白玉堂,簟卷碧牙床"(《细雨》),是轻柔如丝织的细雨;"萧洒傍回汀,依微过短亭……稍促高高燕,微疏的的萤……"(《细雨》),是娇嫩而又灵稚的细雨;"洒砌听来响,卷帘看已迷"(《细雨成咏献尚书河东公》)、"小幌风烟入,高窗雾雨通"(《寓目》)、"一春梦雨常飘瓦,尽日灵风不满旗"(《重过圣女祠》)、"秋庭暮雨类轻埃"(《临发崇让宅紫薇》)、"珠箔飘灯独自归"(《春雨》)、"夜来烟雨满池塘"(《韦蟾》)等句,描摹雨之细、迷、轻、飘,如雾如烟,体物传神,刻画人微,而又温文纤雅。

有一些写雨的句子比上述这些显得气势开阔洒脱一些,如"雨满空城蕙叶凋"(《利州江潭作》)、"凭栏明日意,池阔雨萧萧"(《明日》)、"封来江渺渺,信去雨冥冥"(《酬令狐郎中见寄》)、"逡巡又过潇湘雨,雨打湘灵五十弦"(《七月二十八日夜与王郑二秀才听雨后梦作》)、"沧江白石樵鱼路,日暮归来雨满衣"(《访隐者不遇》)等。虽如此,但也绝对不是大雨、豪雨、暴雨。其所以这样,当然不可能是李商隐只见过细雨小雨,而是说明,李商隐的创作主体,他内心的诗弦,选择了的是细雨,接受了的是细雨。

第二是冷。"觉来正是平阶雨,独背寒灯枕手眠"(《七月二十八日夜与王郑二秀才听雨后梦作》)、"楚女当时意,萧萧发彩凉"(《细雨》)、"红楼隔雨相望冷"(《春雨》)、"秋池不自冷,风叶共成暄"(《雨》)、"气凉先动竹,点细未开萍"(《细雨》)、"初随林霭动,稍共夜凉分"(《微雨》)、"水庭暮雨寒犹在,罗荐春香暖不知"(《回中牡丹为雨所败·其一》)等写雨带来的凉意,丝丝入扣,触动读者的每一根神经末梢。特别是"稍共夜凉分"句,把雨之凉与夜之凉区别开来写,体物精细,令人感到诗人对于细雨带来的凉意的体会,堪称切肤连心。

第三是晚,即喜写暮雨、夜雨。"君问归期未有期,巴山夜雨涨秋池。何当共剪西窗烛,却话巴山夜雨时。"一首七绝《夜雨寄北》,两番"巴山夜雨"——加题目此诗出现"夜雨"字样凡三次。"更作风檐夜雨声"(《二月二日》)、"暮雨自归山悄悄,秋河不动夜厌厌"(《水天闲话旧事》)、"远路应悲春畹晚,残宵犹得梦依稀"(《春雨》)、"积雨晚骚骚,相思正郁陶"(《迎寄韩鲁州瞻同年》)、"却忆短亭回首处,夜来烟雨满池塘"(《韦蟾》)、"楚天长短黄昏雨"(《楚吟》)、"虹收青嶂雨,鸟没夕阳天"(《河清与赵氏昆季宴集得拟杜工部》)、"滞雨长安夜,残灯独客愁"(《滞雨》)以及前面已经引用过的"日暮归来雨满衣""觉来正是平阶雨,独背寒灯枕手眠""珠箔飘灯独自归"等都写日暮天晚或夜间的淅淅沥沥的雨。有些诗并未明确写暮、夜或白天,但也常用"昏""蜡烛"等词渲染出一种暮雨、晚雨、夜雨的景境,如"楼昏雨带容"(《垂柳》)、"必拟和残漏,宁无晦暝鼙"(《细雨成咏献尚书河东公》)、"玉盘进泪伤心数,锦瑟惊弦破梦频"(《回中牡丹为雨所败》)、"风车雨马不持去,蜡烛啼红怨天曙"(《燕台四首·冬》)等。雨细、雨冷、雨暮、雨夜,气氛就更加沉晦了。

细雨、冷雨、晚雨,大致是"雨"在义山诗中的属性。李商隐的诗中当然没有毛泽东的"大雨落幽燕,白浪滔天"与"热风吹雨洒江天",也没有清新愉悦的王维的"渭城朝雨浥轻尘,客舍青青柳色新";没有自然的普润众人的"清明时节雨纷纷,路上行人欲断魂",也没有满足万物的渴望的"好雨知时节,当春乃发生"。李商隐对这种细雨、冷雨、晚雨以及这一类的雨的偏爱,当不是偶然的。

那么,我们的探讨从而进入了第二个层次即李商隐对于雨的主观感受。

首先,雨对于李商隐,带来了一种漂泊感,一种乡愁。"凄凉宝剑篇,羁泊欲穷年。黄叶仍风雨,青楼自管弦"(《风雨》),《夜雨寄北》的名句,"滞雨长安夜,残灯独客愁"的抒写,都与诗人的"薄宦梗犹泛"(《蝉》)的浪迹天涯的心情相契合。可能是"雨"这种自然现象使诗人更加感受到天地空间,增加了距离感:"楚天长短黄昏雨",可能是雨声雨凉使诗人更加感受到失眠思乡的痛苦:"曾省惊眠为雨过,不知迷路为花开"(《中元作》),也可能是风雨飘摇的不利于旅行、游乐生活的气象现象,使诗人更加感受到自己的艰难、孤独、未有归宿:"珠箔飘灯独自归"(《春雨》)、"上清论谪得归迟"(《重过圣女祠》)。反正在李商隐的诗中,别情如雨,雨情含恨,他的许多诗中(主要指抒情诗)有着雨的无边无沿而又渗透细密的愁绪。

阻隔,是李商隐对于雨的另一层感受。在他写雨(其实不仅写雨)的诗句中,常常有一种阻隔的感受,雨是被阻隔着体验的:"雨过河源隔座看"(《碧城》)、"隔树渐渐雨"(《肠》)、"虹收青嶂雨"等等便是如是。另一方面,雨本身也成为一种阻隔,那就是"红楼隔雨相望冷"了。这里,"阻隔"既是李商隐的性格、心态的一大特点,也是他的诗作的一个风格。

第三是迷离。"细"的客观属性带来"迷离"的主观感受,这本来是很自然的。"渺渺""冥冥""梦雨""烟雨""雾雨""轻埃"等等词字,特别是通篇的氛围,使一首又一首诗笼罩在一种如烟似雾的梦一般的蒙蒙细雨之中。"沧海月明珠有泪,蓝田日暖玉生烟",诗人的审美追求特别敏感于宇宙、人生、身世、情感的这种扑朔迷离、可以意会而不可言传的美。那么,本身就具有迷离的特征的雨,受到诗人的青睐,被经常用到自己的诗句中,也就是必然的了。

第四是忧伤,或者用我们老祖宗爱用的词即"愁"字。但这里用略带洋味的"忧伤"一词,似乎更能传义山的幽雅蕴藉的愁苦之神。"飒飒东风细雨来,芙蓉塘外有轻雷"的开端,引出了"春心莫共花争发,一寸相思一寸灰"的结语,这在义山诗中已属有血有泪够刺激的了。更多的则是"怅卧新春白袷衣,白门寥落意多违"(《春雨》)、"阶下青苔与红树,雨中寥落月中愁"(《端居》)。也有时候诗人直抒胸臆,把雨与自己的身世直接联系起来,如"高楼风雨感斯文"(《杜司勋》)、"茂陵秋雨病相如"(《寄令狐郎中》)等。表达李商隐的雨中忧伤,"寥落"确实是一个合适的词。

第三个层次,我们要探讨的是,细雨冷雨晚雨也好,漂泊阻隔迷离忧伤也好,到了李商隐这里,确实是大大地文雅了,升华了,婉转了,缜密了,大大地艺术化了,成为一种非义山难以达到的美的境界。

美是一种体验。冷雨本身无所谓美,忧伤本身也无所谓美,但是一颗追求美、向往美并能时时共鸣于沉醉于美的体验的心灵,却可以将天象人事,将冷雨忧伤作为美的心灵的对象来体察、体贴、体味。"红楼隔雨相望冷,珠箔飘灯独自归",此情此景此结构此对仗此词此语经过了诗心的加工,美极了。这里,不但红楼、雨、冷、珠箔般的雨点的飘洒、灯成为审美的对象,"隔雨""相望"的距离感,"独自归"的寂寞感,也变成美的对象。当诗人写诗的时候,一方面可以说与红楼、雨、飘洒、灯、冷以及阻隔而又寂寞的心情亲密无间,体贴入微,同时另一方面却又以一种审美主体的身份君临于这些对象之上,自问自答,自怜自爱,自思自感,美的体验成为美的陶醉,美的享受,成为诗的灵魂,诗的魅力,诗的色彩。

美是一种表达的过程。一种刻骨铭心的对于细雨冷雨暮雨夜雨的飘飘摇摇、迷迷离离、寥寥落落的体验,是无法赤裸裸地原封不动地表达出来的。体验需要表达,所以才写诗,哪怕写出诗来秘而不宣,仍然是表达给自己。就是说,即使是自言自语也仍然是表达,是用语言符号来表达。写诗的过程也是一种自我审视的过程,为了审视必须提供审视的对象,为了形成这样的对象必须有所表达。诗是这样的表达。诗的形象诗的意境诗的象征便是这样的表达的寄托。在雨成为这样的诗情的寄托的时候,雨也就更加诗化了。这就是说,雨的对象因为诗人的诗化表达,而成为了美的对象。诗心诗作将美的特质赋予了雨。《夜雨寄北》之所以脍炙人口,就在于诗人的乡情寄托在"巴山夜雨"上。未有归期而思归,"何当共剪西窗烛,却话巴山夜雨时"。巴山夜雨是实有的,实有的巴山夜雨与虚的未有的归期联系在一起,又与未来的或有的实的共剪西窗烛联系起来,成为或有的实的共剪中的虚的回忆,现时的巴山夜雨,成为未来时的共剪烛中的过去时的回忆,这样的一唱三叹一波三折的表达,当然极大地美化了思乡的"一般性"愁绪。

"一春梦雨常飘瓦,尽日灵风不满旗",咏雨的此联,完全可以与"红楼隔雨……"句比美。这里,作者的寂寞、漂泊、寥落的身世感不仅寄托在雨上,尤其寄托在圣女像上。这里,雨是梦的,风是灵的,自然的雨风被赋予了超自然的神灵与心灵的品格。按道理，雨是不大可能飘的，除非雨下得很小，很巧又有一阵阵的风，吹得雨丝飘来飘去。但风也很小，尽日也吹不起一面旗子来。东风无力，细雨飘飘这超自然的神灵与心灵的力量又是何等地柔弱，何等地无济于事，最终只能无可奈何罢了！而这是"无可奈何"之美！晏殊的名句不正是"无可奈何花落去，似曾相识燕归来"吗？

这些诗句当然不无颓唐，但是诗人的颓唐毕竟与例如酒鬼的颓唐不同，诗艺为哪怕是颓唐的情绪寻找寄托、结构、语言、音韵，制造——或者说是创造情感的节制或者铺陈、寄托的高雅或者亲切、意境的深远或者明白、语言的准确或者弹性，这一切都是美的历程，审美的过程。"一春梦雨"与"尽日灵风"的对偶是美的，但已经不是一种原生的情绪本身的美而是表达的结构与形象的美。"常飘瓦"与"未满旗"的既柔弱又执著的动态是美的，这既是体验的美也是炼字炼句的美。珠箔飘灯，梦雨飘瓦，李商隐用这个"飘"字的时候是充满情感，充满对自己的"羁泊"的身世的慨叹的，因而绝无李白的"霓裳曳广带，飘拂升天行"（《古风五十九首·第十九》）或"一朝去金马，飘落成飞蓬"（《东武吟》）中的"飘"字的洒脱与力度。而二李的飘都是美的，因为它们都经过了诗人的编织与创造。至于"留得枯荷听雨声"（《宿骆氏亭寄怀崔雍崔衮》）这一名句之美雅，全在于寄托角度即表达角度的独具风雅，"相思迢递隔重城"（同上诗）的辗转，表现为夜来听遍雨打枯荷的声响，而诗人用留荷听雨的风雅掩盖了却也从而婉转地表达了相思迢递，夜不能寐的忧伤。

那么，最后，我们可以说美是一种形式了。当李商隐把雨情情雨以至他的一切感受情志表现为格律严格的韵文，表现为用词绮丽而又典雅、深挚而又蕴藉、工整而又贴切的语言——文字的时候，美的境界完成了。这里，孔夫子时代已经奠定的中国式的"乐而不淫，怨而不怒，哀而不伤"的诗艺、诗美、诗教确实是一种理想的力量，美善的力量，健康的因素。寻找形式的过程，特别是李商隐寻找他的精致幽深、讲究的诗的形式的过程，吟哦的过程，炼字炼句炼意（这三者也是不可分的）的过程，修改的过程，也是一个审美的过程，调节的过程，安慰和欣悦的过程，说得夸张而又入时一点，这几乎是一个心理治疗的过程。不论情绪多么消沉，把消极的情绪诗化的努力仍然是有为的与带有积极因素的艺术实践。不论自叹身世多么畸零，诗的形式（例如七律的种种讲究）的完整与和谐却似乎哪怕是虚拟地实践了诗人对完整与和谐的生命、人生、生活的向往。李商隐的诗特别是抒情诗常常是忧伤的，但读他的诗获得的绝对不仅仅是消沉和颓唐的丧气。在读者为他的忧伤而喟然叹息的同时，你不能不同时感到一种钦佩、赞赏、欣悦乃至兴奋，你会不无惊喜地发现，即使是畸零不幸的身世，也能带来那么深幽的美的体验，带来那么感人的诗情诗心诗作，带来那令人激动的读者与诗人的温馨的心灵交会。

诗是巨大的补偿，义山的未尽之才，在诗里其实是尽了——他还有许多或者更多比较不是那么十分出色的诗，他的真正堪称精彩的诗，窃以为不超过百首，只占六分之一，能不能说明义山吟诗略尽才呢？他的未酬之志，在诗里其实已经酬了，至今他还牵动着中外许多读者的心！他的未竟之业，在诗里其实已经完成了，又有几个诗人能具有堪与义山伦比的艺术事业的辉煌呢？

笔者曾经有一个讲法：真正的艺术（有时还包括学术）是具备一种"免疫力"的，它带来忧愁也带来安慰与超脱，它带来热烈也带来清明与矜持，它带来冷峻也带来宽解与慈和，它带来牢骚也带来微笑，带来悲苦也带来信念，带来热闹也带来孤独，带来柔弱也带来坚韧，带来误解、歪曲、诽谤也带来永远的关注与共鸣，有诗应去病，得韵自怡神！也许李商隐的感情与意志是柔弱的，但当这些柔弱化为千锤百炼的诗篇以后，这些诗便是很强很强的了——套用斯大林时代一首苏联歌曲的歌词，叫做（这些诗）"在火里不会燃烧，在水里也不会下沉！"

最后，让我们从比较义山的"雨诗"与其他诗人的"雨诗"（词）出发，探讨一下李商隐的性格以及他的身世的性格根源吧。杜甫有句"文章憎命达"（《天末怀李白》），义山有句"古来才命两相妨"（《有感》），其实综观义山一生，并未遇到类似屈原、司马迁、李白、杜甫、韩愈、柳宗元乃至王安石、苏轼那样的政治挫折、政治危难、政治的险情，除了在派别斗争中他的某些行为"表现"为时尚所不容以外，他没有获过罪，入过狱，遭过正式贬谪。但他的诗文要比上述诸人哀婉消沉得多。尽管他的咏史诗表达了许多清醒的见解，表明他不无政治判断力、政治智慧，但他显然缺少政治家的意志与决心，尤其缺少封建政治家的认同精神，即他未能对时代、对朝廷、对皇帝、对同僚，也不能对社会各阶层与广大百姓认同，又不能像道家或儒家的另一面那样与天地、与自然、与宇宙万物认同。杜甫的"好雨知时节"，是站在被滋润的万物万生的立场上写的，其心甚"仁"，因而"晓看红湿处，花重锦官城"，他对雨充满希望，对明日的"晓看"充满希望，他替万物承载了"春夜喜雨"的湿润与重量，他代万物立言。李商隐咏雨之作中有"雨气燕先觉，叶荫蝉遽知"（《送丰都李尉》）句，体会了一下燕、蝉、身外的生命的感受，"先觉""遽知"则仍然是且疑且惊，无定无力："先觉"固然觉了，仍然吉凶难卜，更不知"先"以后的事会发生些什么；"遽知"叶荫则更含有一种夏将尽晴日将尽的触目惊心的颤抖。"隔树浙浙雨，通池点点荷"句也不算悲凉，但是这里的树与荷对于雨来说，是不相通的，它们之间的相互关系是陌生的、漠然的。"留得枯荷听雨声"亦如是，"枯荷"与"雨声"之间的关系仍然是被动的，无相求相知相悦之情，这就与锦官城里的红花对喜雨的欣然迎接与接受全然不同了。这些句子，在李商隐的咏雨之作中还是比较明快的，其他，就更加顾影自怜，心事重重：义山多寂寞，浑若不胜雨！"秋应为黄叶，雨不厌青苔。离情堪底寄,唯有冷于灰。"(《寄裴衡》)秋、黄叶、青苔与雨浑然一个凄凄迷迷的世界,这世界似乎只余下了一个"冷于灰"的诗人了。

韩昌黎诗云:"天街小雨润如酥,草色遥看近却无。最是一年春好处,绝胜烟柳满皇都。"虽是小雨,视野开阔,感受和悦,春好处虽言绝胜,烟柳皇都未必不佳,诗人对世界对季节换转的眷眷之意溢于言表,空间时间,都牵连着韩愈的济世之心,诗人是用自己的眼睛,自己的心灵来表现为之喜悦的春雨中的世界的。李义山则不同,"花时随酒远,雨后背窗休"(《灯》),雨与随雨而来的时令迁移的暗示引发的是一种渐远渐休的失落感。"帷飘白玉堂,簟卷碧牙床,楚女当时意,萧萧发彩凉"中的细雨,本身就显得有些孤独与寂寞,雨自细自飘自卷自凉,而与世界不得交流。"一春梦雨常飘瓦",雨飘于瓦,本为陌路,与蝉鸣于树相通。"一树碧无情",美丽的"一树碧"却是无情的,何况比碧树更晦暗也更无生意的瓦片?陌路相逢,终难依靠,飘曳而过,雨自萧条,瓦自沉寂而已。"红楼隔雨""珠箔飘灯",以我望雨,雨中我归,从我到雨,从雨到我,李义山的许多诗不管用多少典故,多少迷人的境象,最终仍然是从我到我,以我写我,雨也罢,瑟也罢,蝴蝶也罢,终归是我的凄迷婉转、自恋自怜之情的寄托罢了。

让我们再举一些其他人写雨的诗词的例子。后主词"帘外雨潺潺,春意阑珊",自是名句,"罗衾不耐五更寒。梦里不知身是客，一晌贪欢！"多情别恨，贯通如注，不像义山诗作那样曲绕麻烦。"独自莫凭栏，无限江山。别时容易见时难，流水落花春去也，天上人间。"愁也愁得晓畅，悲也悲得痛快，天上人间，无限江山，春已去也，"别时容易"（而不是"相见时难别亦难"），再见了，过往的美好时代！后主毕竟是对现实的萧瑟，也还能从怀旧的回忆中得到某些感情的缓解与排遣——他梦里还能"一晌贪欢"呢！李商隐能吗？"梦为远别啼难唤""独背寒灯枕手眠"，梦里也没有欢乐的回忆呀！

再看一首作者常常与义山并提、艺术风格上有某些接近之处的温庭筠《咸阳值雨》，诗曰："咸阳桥上雨如悬，万点空蒙隔钓船。还似洞庭春水色，晓云将入岳阳天。"视野阔大，联想纵横，吞吐自如，远远不像义山那样执著凄迷。温庭筠词中有"海棠花谢也，雨霏霏"句，丽句却无多少可咀嚼处，相形之下，何义山诗境之层次深叠也！

王驾《雨晴》诗曰："雨前初见花间蕊，雨后全无叶底花，蜂蝶纷纷过墙去，却疑春色在邻家。"构思别致，清新明丽，花事有始终，蜂蝶迁移，不无逝者如斯之叹，万物静观，倏忽消长，应生超然自得之怡。"却疑"，云云，从高处看，是一种宽容的可以理解的幽默；从"蜂蝶"本身来想，毕竟希望在人间，有几分浪漫的"非消极"了。李商隐的《回中牡丹为雨所败》，题材相近，其一曰："……无蝶殷勤收落蕊，有人惆怅卧遥帷。章台街里芳菲伴，且问宫腰损几枝。"其二曰："浪笑榴花不及春，先期零落更愁人。玉盘迸泪伤心数,锦瑟惊弦破梦频。万里重阴非旧圃,一年生意属流尘。前溪舞罢君回顾,并觉今朝粉态新。"仍然是寄托身世的感慨,蕴藉含蓄,层次深遥,"惆怅""伤心",不但牡丹先期"零落""章台芳菲"即"章台柳"的命运亦是风雨飘摇,委实寥落已极。但又自我欣赏,自我咀嚼,虽"惊""破""属流尘""落蕊"而"粉态"犹"新",自恋未曾稍退。

至于苏轼写雨,不论是"水光潋滟晴方好,山色空濛雨亦奇。欲把西湖比西子,淡妆浓抹总相宜"(《饮湖上初晴后雨》),还是"山下兰芽短浸溪,松间沙落净无泥。萧萧暮雨子规啼。谁道人生无再少,门前流水尚能西!休将白发唱黄鸡",都把雨作为大自然的一种净化的、涤洗俗尘的因子来写。后面那首《浣溪沙》写的是"萧萧暮雨",写了人生无再少之叹(虽然用了休将、谁道的否定语气),却有几分豁达。而这种豁达,来自苏轼对"天",对大自然的认同。李白诗中亦不乏这种认同,如同对于"五岳""名山"的向往。而李商隐却做不到这种认同,"碧云东去雨云西,苑路高高驿路低"(《雨中长乐水馆送赵十五滂不及》),碧云和雨云,苑路与驿路,东西高低相互是疏离的。这还是一首比较愉快的诗,乃至有的注者以为诗含戏谑。其他众多的诗里,如前所述,雨带来的是更加无端无解的忧伤情愫了。

当然也有一些唐代诗人,写雨的情调与义山相近。如韦应物的《赋得暮雨送李曹》:"楚江微雨里,建业暮钟时。漠漠帆来重,冥冥鸟去迟。海门深不见,浦树远含滋。相送情无限,沾襟比散丝。"又是微雨,又是暮雨,又是漠漠,又是冥冥,又是鸟去迟,又是深不见,语言、迷离氛围,像义山了,而"相送情无限"句,直言情无限,有友谊的温暖了,有感情的直露了,"沾襟比散丝",再凿实一步;结果冥冥漠漠的氛围衬托的是明确无误的离情友谊。前述李义山送行诗的结句"秋水绿芜终尽分,夫君太聘锦障泥"的感情色彩则含而不露得多,失落感要更加弥漫得多。

更近义山雨诗的是谭用之的《秋宿湘江遇雨》:"湘上阴云锁梦魂,江边深夜舞刘琨。秋风万里芙蓉国,暮雨千家薜荔村。乡思不堪悲橘柚,旅游谁肯重王孙?渔人相见不相问,长笛一声归岛门。"湘江遇雨,锁梦,暮雨,乡思,橘柚与王孙之叹特别是诗人的仕途困踬怀才不遇的不平之气,颇近义山,唯"江边深夜舞刘琨"的豪气为义山所少有。秋风万里、暮雨千家,芙蓉国、薜荔村联也比义山诗境开阔。结句"渔人相见不相问"用渔人问屈原典,诗人的遭遇不如屈平,连相识相问的渔人都没有,语极悲怆。但紧接着一转而为潇洒豁达飘然之语:"长笛一声归岛门",自我感觉良好地回到大自然中去了。相形之下,义山的"永忆江湖归白发,欲回天地入扁舟"则要更加压抑怨嗟得多。至于商隐写到潇湘雨的那首诗《七月二十八日夜与王郑二秀才听雨后梦作》,是古体,是梦境,当然难与谭用之此诗比较,结尾两句"觉来正是平阶雨,独背寒灯枕手眠"，更显寥落怅惘。唐人诗古体、七律、五律即较有篇幅的诗篇，往往在写罢困厄牢骚之后于结尾处书豁达排解之语，给自己的情感以出路。李白的《行路难》写罢"欲渡黄河冰塞川，将登太行雪暗天"的"行路难"之后，结尾却是"长风破浪会有时，直挂云帆济沧海"。杜甫的《不见》，写过李白的"佯狂真可哀""世人皆欲杀"以后，结束于"匡山读书处，头白好归来"（当然，杜甫诗中有大量结尾是沉重的）。白居易的一首非常沉郁的诗《自河南经乱，关内阻饥，兄弟离散，各在一处。望月有感，聊书所怀，寄上浮梁大兄，于潜七兄，乌江十五兄，兼示符离下邽弟妹》："时难年荒世业空，弟兄羁旅各西东。田园寥落干戈后，骨肉流离道路中。吊影分为千里雁，辞根散作九秋蓬"，写到这里，可谓步步紧逼，沉重得要塌下来、压下来了，结尾两句却是："共看明月应垂泪，一夜乡心五处同。"虽然不得相聚，却能通过明月而互相交流，"一夜乡心五处同"，于无可奈何之中得到了与明月认同并使乡心互相认同的安慰。而义山呢，常常在怅惘寥落无限之后，于结尾两句再下血泪辣手，再给人的心灵以惨痛的一击："刘郎已恨蓬山远，更隔蓬山一万重！""春心莫共花争发，一寸相思一寸灰。"或者是余音袅袅，使有限的伤感弥漫于无限的时空，如"此情可待成追忆，只是当时已惘然"（《锦瑟》）与"玉郎会此通仙籍，忆向天阶问紫芝"（《重过圣女祠》），寓悲凉于无迹无形。

　　从以上的比较分析不难看出，作为一个诗人，李商隐常常深入地钻入自己的内心世界,对于自己的身世与情感的"寥落""惆怅"境况十分敏感,又十分沉溺于去咀嚼体味自己的"无端"的"寥落"与"惆怅"。他似乎有一种自恋的情结,有一种并非分明可触的难言之隐,使他生活在自我的忧伤心绪里,从而与天与人都呈现不同程度的疏离。他的"独自归""独背寒灯"使他难于和外界相通,他的难于相通使他更加常常感到孤独。这样一种孤独感和陌生感使他对自己的境遇和不幸更加自怨自怜。自怨自怜的结果当然会使一个敏感、多情、聪明而又抑郁的诗人更加失群寡欢。他的诗中绝少畅快淋漓,哪怕是佯狂癫放。他很少洒脱超拔,哪怕是自欺自慰。他更少踌躇意满,哪怕是扮演一个求仁得仁的悲剧式的英雄。他经常好像是什么都没有得到,甚至什么都无法再寄予期望。这样,大自然的细雨冷雨暮雨夜雨,就常常成为他的细密、执著、无端无了、无孔不入的温柔繁复而又迷离凄婉的忧伤的物化与外观了。

而他的才华、他的修养、他的钟情与他的节制,使他用自己的忧伤自己的身世不如意,也用雨用瑟用蝴蝶柳枝用书信梦境用金玉摆设又用各种动人的典故为自己构筑了一个城池叠嶂、路径曲折、形象缛丽、寄寓深遥的艺术世界。城池叠嶂而互相交通又互为阻隔,路径曲折而易于走失又突然获得,形象缛丽而信息充溢美不胜解,寄寓深遥而或指或非体味无尽。可以想象这样一个精致而又独到,虽不阔大却是十分幽远的艺术世界将会怎样地吸引着诗人自身！诗人一生用了多少时间、多少情感智慧来构筑、来徘徊、来品味他的诗的艺术世界：这样一个世界的缔造者注定了要成为它的沉醉者、漫游者、牺牲者，他又怎么样去过正常人的生活、仕宦的生活！这样的世界令当时乃至几千年来的读者咀嚼不已，流连不已，赏悦激动不已！这样一个诗的世界当是出色的、奇妙的。但这样的世界本身不是也可能成为李商隐与他的社会生活、仕途生涯的一个阻隔吗？如果说诗的艺术可以成为一种健康的因素调节的因素"免疫"的因素，那么，从世俗生活特别是仕宦生活的观点来看，那种深度的返视，那种精致的忧伤，那种曲奥的内心，那种讲究的典雅，这一切不也同时可能是一种疾患、一种纠缠、一种自我封闭乃至自我噬啮吗？

呜呼义山！你的性格成就了你的独特的诗风，你成为一个着实吸引古今中外的读者的诗人，而你的作品的阐释的困难又带来了那么多歧义以及与歧义一样多或者更多的兴趣。同样，你的生平经历也招引了不同的解释与评价。你的生平就像你的诗一样，在顿挫、抑郁的外表下面包含着莫名的神秘。难道一切不幸就出自牛李党争，出自你娶了王茂元的女儿为妻从而"站错了队"了吗？这唯一的解释能那么充分和令人满意吗？似乎不难推测，李商隐的性格偏于软弱内向，缺少"男子汉""大丈夫"的杀伐决断，咏史诗写得再好只能说明尚有见地与热情罢了。这离社会对于一个济世的实行家的要求还差得很远很远。他能联合和依靠一切可以联合与依靠的力量去实现他的济世安邦的理想吗？他能分析形势、不失时机地做出必要的选择与表现吗？"烦君最相警，我亦举家清"（《蝉》）的李商隐，当然也不会、不肯夤缘时会，见风使舵，左右逢源，更不可能与宦小们同流合污、蝇营狗苟了。谈到他的身世的悲剧性，除了社会历史、派别斗争的原因以外，是否也可以从他的性格特点上找到一点根由呢？

浮光掠影而自有玄机,东摭西拾更悠游潇洒,信手拈来却皆成珠玑,随心说去如高峰迭起。呜呼庄子,轻松神奇;异哉庄子,文若天启。庄也文无敌,飘然思不群;笔落息风雨,文成戏鬼神!(杜甫原句曰"白也诗无敌,飘然思不群";又有句曰"笔落惊风雨,诗成泣鬼神"。)

寓言、重言、卮言，天成《庄子》文体

寓言十九，重言十七，卮言日出，和以天倪。寓言十九，藉外论之。亲父不为其子媒。亲父誉之，不若非其父者也；非吾罪也，人之罪也。与己同则应，不与己同则反；同于己为是之，异于己为非之。重言十七，所以已言也，是为耆艾。年先矣，而无经纬本末以期年者者，是非先也。人而无以先人，无人道也；人而无人道，是之谓

我们的谈话十分之九是寓言，而引用前辈圣哲的已有言论则占十分之七。即兴提起、随机而出的话语时有显现，行云流水，自有这些言说的章法与结构，如有天意、天的端倪在那儿安排。寓言占到了十分之九，是因为借助于外界的第三人称的人物故事来说话，比较好接受。就像当爹的一般不必自己出面给自己的儿子说媒。说起媒来，亲爹一味地夸儿子，总不如让别人说效果更好。（人家不接受你的见解）倒不一定是讲述者某某人有什么过错，是人们普遍的心态造成了接受的障碍。人们的心态是：与自己的看法相同就响应，与自己的看法不同就反对；与自己的看法一致就称是，与自

陈人。卮言日出，和以天倪，因以曼衍，所以穷年。不言则齐，齐与言不齐，言与齐不齐也，故曰无言。言无言，终身言，未尝言；终身不言，未尝不言。有自也而可，有自也而不可；有自也而然，有自也而不然。恶乎然？然于然。恶乎不然？不然于不然。恶乎可？可于可。恶乎不可？不可于不可。物固有所然，物固有所可，无物不然，无物不可。非卮言日出，和以天倪，孰得其久！万物皆种也，以不同形相禅，始卒若环，莫得其伦，是谓天均。天均者天

己的看法不一致就认为是别人错了。所以，与其去直抒己见，不如讲讲寓言。十之七引述前辈的已有言论，以加重自己观点的分量，也是表达对这些德高望重的长者的敬意。年龄比别人大，却没有一套判断万事的经纬本末的门道与条理，就不能充实与达到人们对长者的期望，这样的人也就算不上是德高望重的长者了。一个人如果没有什么领先于他人的经验与见解，也就不会被称道（或也没有一套自己的做人、人伦之道）；一个人如果不被称道或不具有自己的人伦之道，再高龄也是过时的陈旧之人。即兴提起、随机而出的话语时有显现，并有着自己天生的章法与结构，生发铺陈，可以长久地存在下去。人常常是这样，不说话，万物平等齐一，不产生矛盾。你想去统一一切说法，你说话了，反而无法统一了。或者你想去说说这个齐一，想以你的言论去掺和这种齐一，也就反而不能统一了。所以说，最好是

倪也。

不说话。专说那种无言之言,叫做"言不言"。言不言的人,即使说上一辈子,也不见得算是说过话;反过来说,即使他一辈子不吭声,也不算是没有说话。各有一套缘由,才会认同某个说法,也是各有一套缘由,才会反对某个说法。人们是各有一套缘由,对某种说法点头称是,也是各有一套缘由,对一些说法不以为然。为什么要称是呢?称是有称是的缘由,称不是有称不是的缘由。为什么会认同呢?认同有认同的缘由,不认同有不认同的缘由。任何事物,既然是这样,自有其是这样而不是别样的缘由,既然存在,自有其存在的缘由。所以说,存在的就是合理的,没有任何东西不可以存在,不可以是它自身的那个样子。如果不是随机显现,听任天然的章法与结构的言说,请问什么又能够是天长日久的呢?万物各有自己的物种,以不同的形态互相变化与更替,其开始与终结好像在一个圆环上一样地连续在一

> 起，你找不到它的次序与结构。这就
> 叫天然的章法与安排，这就叫天然的
> 端绪与头尾。

　　这一段很丰富也很完整，或谓是在讲本书的文体，但也可以作更宽泛的解读。古文中常常省略主语，反而奥妙，也灵活得很。可以指本书，可以指庄周的言谈习惯，可以指彼时许多学问家著作家的立论方式，还可以认定为是泛讲万物存在的合理性与自然性。

　　自己滔滔不绝地正面直露地宣扬自己的见解，很好，但不是最好，这就好比亲爹给自己的儿子说媒，会陷入老王卖瓜自卖自夸的牛皮气场。讲寓言则是变自我叫卖为转述他人故事，只讲过程，不作结论，客观叙述，不将结论强加于人，形象大于思想，分析全凭接受者个人，这表达了对于听者的尊重，给予了受众思考分析的充分空间，调动了受众的智力与想象力。歪打可以正着，指东可以打西，郢书燕说也不全是可笑，甚至可能是一段有创造性的佳话。再说寓言的娓娓道来引人入胜，比直奔主题更有可读性或可聆听性。

　　寓言占了十分之九，这倒是《庄子》其书的特点与亮点之一。再有就是重言。重言既可以读"chóng"，当重复的言（即他人已经讲过的言）或假托为他人讲过的言讲；也可以读"zhòng"，当重要讲话、有分量的言论来讲。尤其是引用一些德高望重的长者的言论,就像今天的人写书引用马克思、毛泽东、歌德、尼采、海德格尔、福柯等人的话一样,可以加重自己论文的分量。但《庄子》没有忘记找补一句,长者之所以受尊敬,是由于他们的经纬本末之辨,他们的头脑掰扯得开,有条理,有先后,有主次,有清晰的格局,有过人之处,而不是一脑瓜子糨糊却老资格。如果老而糊涂,老而昏聩,您只能因过时而被开除学(界之)籍。

卮言,即随机应变的即兴讲话,其起承转合、连接呼应、比衬摇荡,全凭天然形成。没有说这样的随机谈话占多大比例,可能通篇都是这样形成的。先秦诸子的文章不少是这种语录体,那时还不时兴写论文,不时兴写主旨与纲要写导语并在文后附上大量的注解。从阅读的角度来说,这样的东西比较亲切、真实、生动、活泼,如闻其声,如在现场,不足处是往往谈得不够精准深入,也不够完整全面。它的生命力在于它的活劲儿。如凤凰卫视的"锵锵三人行"栏目,它靠的是"天倪",靠的是行云流水式的节奏与随口说出的可信性,还有即兴感、现场感、活泼性。

我不知道这与什么后现代是不是有一点关系,意大利的美声在声乐艺术上达到了极致,而人们也想听一点不那么科学、不那么天才、不那么完美,也不那么规范因而增加了可变增加了不确定因素的通俗发声和原生态发声等。用作曲家兼小说家刘索拉的话,就是世上应该有会咳嗽的人都会唱的歌。

这样，可以更生活化、个性化、大众化、开放化。十九世纪的批判现实主义达到了文学的高峰，但有的人还是想浏览打工仔打工妹们的博客。

《庄子》说，这样的随意谈话有更长的寿命，也有较强的延伸空间，可以曼衍，可以穷年。曼衍好理解，聊大天嘛，由 A 说到 B，由 B 说到 C，再说到 X，再说到 A′B′C′X′……穷年，后边还说到它的"得其久"，含意何在？一、这样的谈话，没结没完，容易延续下去。二、这样的谈话，不是针对一时一事，无目的作某项特定的宣扬公告，存活期长久。三、甚至于带着几分《歪批三国》的意味来探讨：是不是说一个人能够随意而谈才能尽其天年呢？是不是说一个说什么都是精益求精、千锤百炼、字斟句酌、无懈可击的人更容易死于非命呢？一笑。

最后一点有它的特色：什么是学问？关在书斋里，殚精竭虑、自成体系、反复推敲、旷日持久地惨淡经营，搞出一大套严丝合缝的精品高级品奢侈品天才杰作理论见解主张来是一种；侃侃而谈，灵活机动，合情合理，深入浅出，老少咸宜，居家外出，人人必备，则是另一种。可惜的是（也许可喜的是），在中国古代，后一种多，前一种少。

盗跖猛批孔子

孔子与柳下季为友，柳下季之弟，名曰盗跖。盗跖从卒九千人，横行天下，侵暴诸侯。穴室枢户，驱人牛马，取人妇女，贪得忘亲，不顾父母兄弟，不祭先祖。所过之邑，大国守城，小国入保，万民苦之。

孔子谓柳下季曰："夫为人父者，必能诏其子；为人兄者，必能教其弟。若父不能诏子，兄不能教其弟，则无贵父子兄

孔子与柳下季（即我们熟知的柳下惠）是好友（事实上不可能，从史料上看二人年龄相差近百年），柳下季的弟弟是大盗，被称为盗跖。这个盗跖带着九千名卒子横行天下，侵犯诸侯领地，在住家墙上穿洞，毁坏门窗枢纽，掠夺居民的牛马，强占良家妇女，贪得无厌，六亲不认，从不照顾父母兄弟，也不祭祀祖宗先人。他所到的地方，大国紧闭城门，小国躲进堡垒，民众深受其害。

孔子对柳下季说："当爸爸的人应该能够督导他的儿子，当哥哥的人应该能够教育他的兄弟。如果父兄对于子弟不能有什么教导，这样的父子兄弟的亲密关系也就不那么宝贵了。如

弟之亲矣。今先生，世之才士也，弟为盗跖，为天下害，而弗能教也，丘窃为先生羞之。丘请为先生往说之。"

柳下季曰："先生言为人父者必能诏其子，为人兄者必能教其弟，若子不听父之诏，弟不受兄之教，虽今先生之辩，将奈之何哉！且跖之为人也，心如涌泉，意如飘风，强足以距敌，辩足以饰非，顺其心则喜，逆其心则怒，易辱人以言。先生必无往。"

今有先生你，是举世有名的贤才之士，而你的弟弟却是世间的一个祸害，连我也替你感到难为情，我要为了你的缘故（或以你的名义）去说服教育你的弟弟。"

柳下季说："先生你说，当爸爸的人一定要能够督导自己的儿子，当哥哥的人一定要能够教育自己的弟弟。要是当儿子的不听他爸爸的督导，当弟弟的不听他哥哥的教育，虽然像你这样有辩才，讲得再好，又有什么办法呢？再说我这个弟弟盗跖呀，心思像泉水喷涌，一会儿一个念头，意念像大风劲吹，飘忽不定，他的强劲可以抵挡住对立面，他的辩才又可以为自己文过饰非。而且他的特点是谁顺从他的心意他就高兴，谁违逆他的心思他就大怒，而且他出口伤人，伶牙俐齿，请先生务必不要去答理他。"

在《庄子》一书中，这算是一个篇幅比较长的故事。盗跖恰恰是"坐怀不乱"的柳下惠的弟弟，孔子长得又像作奸犯科的阳货，以致被人认为是阳货而被包围，这些情节颇像古典小说或戏剧。越是古代人越是喜爱大喜大悲、大奸大忠的戏剧化思路，而今人越益散文化、杂文化、博客化了，呜呼，惨淡也夫！

孔子认定父能训子、兄能教弟，这未免太简单了。也许孔子是为了强调人际的社会责任性，子不教，父之过，弟不敬，兄之错。国家兴亡，匹夫有责；坏人横行，其三亲六友都难逃罪责。每个人都对另外的人负着大大小小的责任，这种观念中有现代或后现代的意思。

比较妙的是对于盗跖的描写，它的文学性很强，在中国泛道德论的统领下能对恶人有这样的描写，殊为不易。"心如涌泉"，其实应该译作其灵感如泉涌一般；"意如飘风"，其意念瞬息万变，运算速度超过当今最先进的计算机。这是天才，是精神病患者，是疯子，也是魔鬼，也未必不可能是圣徒。希特勒、墨索里尼就是这样的人，黑手党党魁多半也是这样的人。中国的无数恶人猛人暴人也有类似的性格与特色。但同时某些好人某些艺术家也会如此。我甚至从柳下季的言语中感受到他自愧弗如的潜台词。不知道这算不算恶搞，如今不是没有人认为柳下惠的事迹说明了他的冷淡与委顿，也许他早就做到了呆若木鸡的境界了？也许他的智商与情商就是远远赶不上他的弟弟大盗曰跖？

我还要说一句石破天惊的话，不知道前贤说过没有，如果没有,我坚决要登记我的知识专利。"心如涌泉,意如飘风",不仅是智商与心理素质,尤其是一种迷人的极其性感的风格、内在的美,还是一种所谓"东方意识流"的心理现实主义与心理浪漫主义的文学方法。够得上这个"格"的肯定还有一个人,就是庄周本人。再说一句"老年无虑便猖狂"(本人二〇〇九年诗句)的话,也许勉强跟得上的,还有老王。当然,庄子等没有盗窃、掠夺、杀人、带匪卒作战的记录。正像儒家的仁义道德有可能变成中性,为各种不同的人所利用标榜一样(见外篇《胠箧》),"心如涌泉,意如飘风"也可能存在于大盗的身上。即使是在大盗身上,这样的品质也实在可爱。我还要说:加上后文,《庄子》塑造的盗跖形象非常生动与成功。

孔子不听,颜回为驭,子贡为右,往见盗跖。盗跖乃方休卒徒大山之阳,脍人肝而铺(bū)之。孔子下车而前,见谒者曰:"鲁人孔丘,闻将军高义,敬再拜谒者。"

谒者入通。盗跖闻之大怒,目如明星,

孔子不听柳下季的话,让颜回驾车,让子贡坐在右手(相当于副驾驶),与盗跖见面去了。盗跖率领部下刚好在泰山南面休整,正在吃人肝做成的菜肴。孔子下车,走向前去,对接待的人说:"鲁国人孔丘,听说将军讲义气、树高风,特地前来拜见。"

接待者进去向盗跖通报,盗跖一听就火了,眼放星光,怒发冲冠,说:"这不就是鲁国那个巧诈伪善的家伙发上指冠，曰："此夫鲁国之巧伪人孔丘非邪？为我告之：'尔作言造语，妄称文武，冠枝木之冠，带死牛之胁，多辞缪说，不耕而食，不织而衣，摇唇鼓舌，擅生是非，以迷天下之主，使天下学士不反其本，妄作孝弟而侥幸于封侯富贵者也。子之罪大极重，疾走归！不然，我将以子肝益昼铺之膳！'"

孔子复通曰："丘得幸于季，愿望履幕下。"谒者复通，盗跖曰："使来前！"

孔子趋而进，避席反走，再拜盗跖。盗跖大怒，两展其足，案剑瞋目，声如乳虎，

孔丘其人吗？去以我的名义告诉他：'你装腔作势，制造花言巧语，妄自议论文王武王诸事，戴着华丽的帽子，系着牛皮腰带，空话连篇，谬误百出，不种田却要吃香喝辣，不织布却要穿戴打扮，摇唇鼓舌，无事生非，混乱视听，迷惑主子，使得天下的读书人忘记了百姓自然生存的根本，而勉强地做作孝悌的姿态来骗取一官半职，乃至封侯晋爵，富贵荣华。你真够得上是罪大恶极！还不快点滚回去！再不走我就取了你的肝做午餐！'"

孔子仍然要求通报，说："我与将军的哥哥柳下季交谊很好，希望能进帐拜见。"接待者又进去向盗跖通报，盗跖说："让他进来。"

孔子连忙进入帐中，躲闪着坐席，以退避的步伐向盗跖行礼。盗跖大怒，伸直腿脚，手扶宝剑，二目圆睁，声音像小老虎一样，他说："孔丘，你过来！今天你说的让我顺心，我就放你不死；要是拂逆我的心思，我就要你的命！"

曰："丘来前！若所
言，顺吾意则生，逆吾
心则死。"

　　此段可与内篇《人间世》比照而读。《人间世》中讲述颜回
欲去卫国劝说卫君，被孔子劝阻，我命名这一故事为"理念 VS
威权"，想不到到了杂篇这里是孔子本人天真地用自己的理念
去 VS 另一种大盗的威权去了。反正，"有枪便是草头王"（样
板戏《沙家浜》唱词），胜者王侯败者贼，盗跖的威权与卫君的
威权未必有本质的差别。

　　说是盗跖吃人肝，这很可怕。但吃人肝与他的言语、思
路、观点、风格、智商等并无必然联系，这会不会是故意给盗跖
抹黑呢？也许其时盗跖的名声太臭了，不能不给他贴上十恶
不赦的标签。

　　而盗跖的批孔，成龙配套，高屋建瓴，不无道理；而且与整
个老庄的批孔思路一致，至少比上世纪七十年代"文革"中的
"批林批孔"的水平高得多。"作言造语，妄称文武"，这有点批
判知识分子的意味，批判"言语上的巨人、行动上的矮子"的意
味。"多辞缪说，不耕而食，不织而衣"，莫非盗跖已经有点农
民起义军与社会革命的思路？"文革"中批作家也用过类似的
话，说是作家们吃着农民种的粮食，穿着工人制造的衣服却不
去歌颂工农，是忘了本。"摇唇鼓舌，擅生是非，以迷天下之

主"，这话事出有因，谋士们宣扬的当然不是去谋偃旗息鼓、和谐联欢，而是去玩阴谋诡计、杀砍征服。"使天下学士不反其本，妄作孝弟而侥幸于封侯富贵者也"，显然也不是无来历的话，这也是"皆知美之为美，斯恶已"。以孝悌之名去谋封侯富贵就更卑劣，可惜这样卑劣的人自古多于许由之类的高士。

颇有道理的老庄之学的驳论，为何偏偏要由盗跖之口说出来呢？莫非庄子搞反儒统一战线搞到盗跖这儿来了？要不就是庄子喜欢立体思维、多元思维，让强盗也获得一次思想议论的机会。

孔子曰："丘闻之，凡天下有三德：生而长大，美好无双，少长贵贱见而皆说之，此上德也；知维天地，能辩诸物，此中德也；勇悍果敢，聚众率兵，此下德也。凡人有此一德者，足以南面称孤矣。今将军兼此三者，身长八尺二寸，面目有光，唇如激

孔子说："我听人家讲过，世界上有三种优越的资质：一种是身材高大、外形美好超群，不论年少者年长者高贵者还是卑贱者，人见人爱，这是上德，人的最高的优越处。第二种资质是智力发达，包罗天地，能认识与分辨万物万象，这是中德，即中等优越的资质。第三种资质是凶猛勇敢，号召大众，能带领士兵征战，这是下等优越的资质。一般人三种资质中占上一样就能够南面称王了，如今将军你三样占全了。你身高八尺二寸，面目光泽精

丹,齿如齐贝,音中黄钟,而名曰盗跖,丘窃为将军耻不取焉。将军有意听臣,臣请南使吴越,北使齐鲁,东使宋卫,西使晋楚,使为将军造大城数百里,立数十万户之邑,尊将军为诸侯,与天下更始,罢兵休卒,收养昆弟,共祭先祖。此圣人才士之行,而天下之愿也。"

盗跖大怒曰:"丘来前!夫可规以利而可谏以言者,皆愚陋恒民之谓耳。今长大美好,人见而悦之者,此吾父母之遗德也。丘虽不吾誉,吾独不自知邪?且吾闻之,好面誉人者,亦好背

神,嘴唇红润,牙齿洁白得像贝壳,而你说起话来声音共鸣响亮得如同铜钟,但你被称作盗跖,被称为强盗,我实在替将军羞耻得无地自容。如果将军听我的,我愿意担当你的使节,往南到吴越等国,往北到齐鲁等国,往东到宋卫等国,往西到晋楚等国,我要让这些国家在它们当中为你造一个长达几百里的大城墙,要有数十万户人家,拥戴你成为一方诸侯,建立天下的新秩序,不再打仗,休兵裁军,收养你的同胞,祭拜共同的祖先。这才是圣人才士的行迹,也是天下人的共同愿望啊!"

盗跖大怒,说:"孔丘你给我过来!那些个可以用利害来打动、可以用言语来规劝讥刺的人都是愚昧无知的小民傻瓜之类罢了。你说什么我长得高大漂亮,谁见谁爱,那是父母留给我的好处,用得着你的赞誉吗?你孔丘不赞誉我就不知道吗?早就有人说过:那些当面歌颂你的人,也最喜欢背后

而毁之。今丘告我以大城众民，是欲规我以利而恒民畜我也，安可久长也！城之大者，莫大乎天下矣。尧舜有天下，子孙无置锥之地；汤武立为天子，而后世绝灭；非以其利大故邪？

损害你的名声。你现在说什么给我修大城墙，让我管多少人口，那其实是用利益引诱我，用管人的名义来管我，这种事哪是长法子啊！城墙再大，大不过天下，唐尧虞舜都是天下的帝王，他们的子孙呢，现在连个放锥子尖的地盘也没有啦！商汤、周武王都贵为帝王，他们的子孙已经荡然无存，不就是因为他们得到过你用来说服我的那种大利益吗？

好一个盗跖，头上长角，身上长刺，逆向思维，一心砸烂，反叛有理，绝不信社会上公认的那一套体制、观念、价值认知。你当面说我好话，哈哈，背后一定就会说我坏话，这是一种超清醒的逻辑，这也是识人 ABC，可惜明白的人太少。你的善言愈多，我对你的恶评愈甚；你的许诺愈重，我认为你从我这里要夺去的就愈多；众人愈是这样认为，我愈是要找出与众人的认识相反的例证来。什么诸侯，什么恒民顺民良民模范百姓，什么尧舜汤武，我全不信全不嬲。告诉你，我就一句话，与北岛的诗一样："我不相信！"

这个故事中的所谓孔丘也有点怪，他算哪一家的朝廷全权特使？他有什么本钱让盗跖当诸侯？由他来招安盗跖，不是有点不伦不类吗？

"且吾闻之，古者禽兽多而人少，于是民皆巢居以避之，昼拾橡栗，暮栖木上，故命之曰有巢氏之民。古者民不知衣服，夏多积薪，冬则炀之，故命之曰知生之民。神农之世，卧则居居，起则于于，民知其母，不知其父，与麋鹿共处，耕而食，织而衣，无有相害之心，此至德之隆也。然而黄帝不能致德，与蚩尤战于涿鹿之野，流血百里。尧舜作，立群臣，汤放其主，武王杀纣。自是之后，以强凌弱，以众暴寡。汤武以来，

"再说我还知道，古代禽兽很多，人少，人生活于禽兽之中，于是人们在树上修建巢窝住进去以躲避禽兽，白天捡拾橡子栗子充饥，晚上进入巢窝休息，所以说他们是有巢氏的百姓。古代之人还不知道穿衣服，夏天多多地积累柴火，冬天烧火取暖，所以说他们是一心求活的百姓。到了神农的世道，老百姓睡觉的时候安安静静，起来了畅畅快快，百姓们只知道有母亲，不知道有父亲，根本没有什么私有观念，与麋鹿一起生活，耕田求食，织布求衣，相互间没有相为害的心思，这是最到位的大德鼎盛。然而黄帝做不到德行的要求，与蚩尤大战于涿鹿，方圆百里血流遍地。其后尧舜出世，设立了各种臣子官员，商汤赶走了自己的君主，武王则杀掉了商纣，从这以后，强大的干掉弱小的，人多势众的压倒人少势单的。从汤武以来，乱世开始，制

皆乱人之徒也。　｜造动乱的追随者们生生不息了。

　　庄子的人类学研究颇有趣味的。他歌颂原始上古局限于求生避害的生活质量，建巢避鸟兽，烧火避冻死，野果充饥，最多是以耕织维持生命，也是阿凡达式潘多拉星球式的桃花源。坏事是从黄帝那时开始的，不假，此前没有战争的记忆，靠战争取胜的时代当然是以强凌弱、以多欺少的时代，然后是帝王群臣，权力之花在人地上蔓延为祸，动乱之人代代相传，再没有上古的好日子啦！

　　向后看的乌托邦，也是对当时社会的批判之一种，可能渐成主流。孔子的批判是既梦见周公，又树立规范愿景，再批判现实人等的各种罪过。盗跖的批判（其实也正是庄子及其门徒的批判），则是恶化定则与上古乌托邦。

　　"今子修文武之道，掌天下之辩，以教后世，缝衣浅带，矫言伪行，以迷惑天下之主，而欲求富贵焉，盗莫大于子。天下何故不谓子为盗丘，而乃谓我为盗跖？

　　"如今你宣扬的是文王、武王的路线，穿着的是宽大的衣裳与松松地一系的衣带，用装腔作势的语言与矫饰做作的行为意图迷惑天下的君主，通过这样的方式以求得一己的富贵。如果讲强盗，你才是欺世盗名的大盗，谁也没有你要盗取的多，天底下的人为什么不说你是盗丘，偏偏说我是盗跖呢？

好厉害的盗跖,他指出:好听的名词,惑乱人心,没有操作性的规范,只不过是花言巧语;自成体系的一厢情愿的理论,只是大言欺世;不是把最简单的真理还给世界,而是把世间的一切烦琐化复杂化地说教与论辩,只能是折腾添乱……他们比杀人越货的江洋大盗还危险,他们盗掉的是世道人心,他们毁掉的是淳朴的大道。

谁是盗,谁是匪?站在正统的立场上,站在维护体制的立场上,盗跖是盗;而站在反叛有理的立场上,站在颠覆现有秩序的立场上,孔丘才是盗。盗丘云云,令人长叹。

《庄子》这方面的说法相当富有反叛性,包括此前此后说的"窃钩者诛,窃国者侯",还有"小盗者拘,大盗者为诸侯",还有儒者以诗礼之语指挥盗墓等,庄子还是有一点造反精神的。

"子以甘辞说子路而使从之,使子路去其危冠,解其长剑,而受教于子,天下皆曰孔丘能止暴禁非。其卒之也,子路欲杀卫君而事不成,身菹(zū)于卫东门之上,是子教之不至也。子

"你用一套甜美的说辞讲给子路,使得子路脱掉了他勇者的高冠,解除了他尚武的佩剑,而变成了你的学生弟子。天下人都说孔丘能够制止暴力,禁除不良行为。后来呢,子路要去杀不仁不义的卫王,没能成功,在卫国的东门落得了粉身碎骨的下场,这是你教育不成功的结果呀!你还自以为是什么有才之士和圣贤之人吗?你那

自谓才士圣人邪？则再逐于鲁，削迹于卫，穷于齐，围于陈蔡，不容身于天下。子教子路菹此患。上无以为身，下无以为人，子之道岂足贵邪？

么好，为什么一再地在鲁国被驱逐，在卫国销声匿迹，在齐国穷途末路，在陈蔡之间被围困，天下没有你立足容身的地方？正是你的教导使子路遭到了那样的灾难，既不能保住身家性命，也做不好人间的范例，你那一套有什么好的！

盗跖还要以实践效果作论据来将孔子的军呢，莫非他也倾向于实践是检验真理的唯一标准？一套啰里啰唆的儒家教训，导致的是子路粉身碎骨、孔子惶惶然如丧家之狗的效果，你还牛什么？

但盗跖的逻辑也很危险。照他说的，收效好的都就是好的？这岂不更严丝合缝地树立起机会主义的理论了吗？这不就树立起一面大旗曰"权力总是正确的，胜者王侯败者贼"了吗？理念之所以是理念，不恰恰是因为它不可能百分之百地成功、百分之百地成为事实、百分之百地兑现吗？如果你要求任何理念都必须能够百分之百地兑现，那么请问，理念兑现之后，人类还需要奋斗、思考、前进吗？历史就是这样终结的吧？凡是宣布历史终结的，怎么都令人感到有几分二百五的气味？

反过来说，盗跖也罢，庄周也罢，你们的理论、你们的追求、你们的逍遥以及与麋鹿同处的理念，你们的超越生死是非物我的理念,你们的与天地日月同一的理念,就能那么方便地百分之百地实现得了吗? 孔子的学说难以兑现,如果说这是其致命弱点,那么马克思、恩格斯、苏格拉底、柏拉图、耶稣基督、释迦牟尼,各大洲各大小国的思想家、政治家、爱国者、革命家的种种伟大理念,又有谁的是百分之百、哪怕是百分之八九十地兑现着的呢?

"世之所高,莫若黄帝,黄帝尚不能全德,而战涿鹿之野,流血百里。尧不慈,舜不孝,禹偏枯,汤放其主,武王伐纣,文王拘羑里。此六子者,世之所高也,孰论之,皆以利惑其真而强反其情性,其行乃甚可羞也。世之所谓贤士,莫若伯夷、叔齐。伯夷、叔齐辞孤竹之君而饿死于首阳之山,骨肉不葬。鲍焦饰行

"世人所谓高尚伟大的人物,谁也比不了黄帝,但黄帝也是有缺憾的。他在涿鹿的原野上进行战争,血流上百里,造成了何等的惨状! 唐尧够不上慈爱,虞舜够不上孝亲,夏禹忙碌过多患了偏瘫的疾病,商汤流放了他的君主夏桀,武王杀伐他的君主商纣,文王也被拘禁于羑里达二十年。这六位先生,是世人公认的最高明的人,现在评论起来,他们也难免是为了某种功利而迷失了真性真情,他们行为的后果其实是令人羞愧的。世上还有所谓的贤士伯夷、叔齐,这两位离开了孤竹,他们的遗体甚至得不到殡葬。周之贤臣鲍焦,很注意修饰打扮自己的

非世，抱木而死。申徒狄谏而不听，负石自投于河，为鱼鳖所食。介子推至忠也，自割其股以食文公，文公后背之，子推怒而去，抱木而燔死。尾生与女子期于梁下，女子不来，水至不去，抱梁柱而死。此六子者，无异于磔（zhé）犬流豕操瓢而乞者，皆离名轻死，不念本养寿命者也。世之所谓忠臣者，莫若王子比干、伍子胥。子胥沉江，比干剖心，此二子者，世谓忠臣也，然卒为天下笑。

行止，以之讥刺世道，最后本人受到讥讽，抱树而亡。申徒狄给君王进谏，不被接受，便系上石头，跳河自杀，喂了鱼鳖王八。介子推是最最忠心耿耿的一个贤臣，曾经割下自己大腿上的肉给晋文公吃，后来晋文公复国后，遍赏群臣，偏偏忘记了介子推。介子推十分愤懑，出走后抱着树木死于晋文公放的火。尾生与女子约会于梁下，女子没有到来，尾生不见不散，不肯走，后来水涨了，尾生死于大水。这六位先生，特立独行，哗众取宠，与什么撕裂狗崽、投猪入水、拿着葫芦瓢要饭之类的怪异行为没有什么两样。他们都是传播名声，轻忽生命，忘掉人需要颐养生命的根本要务了。世上所谓忠臣，没有谁能比得上比干与伍子胥，可伍子胥被投了江，比干被剖了心，都被天下人所耻笑。

又来了一次横扫千军，把世上公认的圣君高人贤士名人全否定了！庄子确是一个敢于说"不"的人，《庄子》确实是一部敢于说"不"的书。当然,仅仅会说"不"是不够的,但同时,没有人挑头站出来说"不"也是不行的。

"自上观之,至于子胥、比干,皆不足贵也。丘之所以说我者,若告我以鬼事,则我不能知也;若告我以人事者,不过此矣,皆吾所闻知也。今吾告子以人之情,目欲视色,耳欲听声,口欲察味,志气欲盈。人上寿百岁,中寿八十,下寿六十,除病瘦死丧忧患,其中开口而笑者,一月之中不过四五日而已矣。天与地无穷,人死者有时。操有时之具而托于无穷之间,忽然无异骐骥之驰过隙也。不能说其

"从以上所说的诸人诸事看来,一直到比干、子胥,都不值得夸赞。孔丘你想对我讲的,如果是鬼魅之事,我倒是无话可说;要是对我讲活人的事,那么不过如此罢了,我早就明白了。现在该轮到我给你讲讲人的天生性情吧:人这个东西,眼睛要观看颜色,耳朵要听取声响,口舌要体察味道,志与气鼓鼓胀胀地来劲。人这个东西,活的寿命长的达到百岁,中等的达到八十岁,下等的达到六十岁。人这一辈子,除了生病、自己的或亲友的丧事死亡,一个月当中能张嘴开怀大笑的日子也就那么四五天。天与地是永恒无穷的,而人的生命是有限的,带着有限的生命生活在无穷的天地之间,就像骑着宝马经过一道墙缝一样倏忽即逝。凡是不能使人愉悦心志、颐养寿命的,都是不能通达于大道的表现。

志意养其寿命者，皆非通道者也。丘之所言，皆吾之所弃也。亟去走归，无复言之！子之道，狂狂汲汲，诈巧虚伪事也，非可以全真也，奚足论哉！"

孔子再拜趋走，出门上车，执辔三失，目芒然无见，色若死灰，据轼低头，不能出气。归到鲁东门外，适遇柳下季。柳下季曰："今者阙然数日不见，车马有行色，得微往见跖邪？"孔子仰天而叹曰："然。"柳下季曰："跖得无逆汝意若前乎？"孔子曰："然。丘所谓无病而自灸也，疾走料虎头，编虎须，几不免虎口哉！"

孔丘你讲的这一套，都是我所抛弃在一边的破烂货，还不快快离开，不要再讲了！你讲的那一套，都是失去真性，而且是紧紧张张、捉襟见肘、花言巧语、虚伪欺诈的货色！它不可能使人保全自己的真性，根本不值一提，你就歇着吧！"

孔子行礼告辞，急忙走掉，出门上了马车，拿着缰绳之端，三次从手中滑落下来，目光茫然，好像看不见东西了，靠着车子的横木低下头来，连气都出不来了。回程来到鲁国的东门之外，正好遇到柳下季，柳下季说："这回好几天没见，你坐马车行色匆匆，是去见跖了吗？"孔子仰天长叹，说："是啊！"柳下季说："跖是不是还是像先前那样与你的心意对着干呢？"孔子说："可不是吗？我这样做就像没有生病却自行扎针灸烤一般，自找没趣，急急忙忙地跑去撩拨虎头，编弄虎须，差一点就被虎口吞掉啦！"

孔子意欲去教育盗跖，这符合他的知其不可为而为之的原则，世上总有一些比利害成败更高的理念。如果孔子因开罪了盗跖而被盗跖所杀，也许还能显出一些殉道者的伟大来；现在的问题是盗跖大气凛然，势如破竹，高屋建瓴，滔滔不绝，居然说得孔子尴尬狼狈。这是什么意思呢？是不是恶比善更通用，更符合世情？是不是道德虽然中听，其实并不中用？是不是任何道德说教都有自己的弱点，因为人性中本来就包含了这样那样的非道德的弱点？是不是孔子本来就是一厢情愿，面对盗跖这样的强人他本来就是一筹莫展？是不是《庄子》面对满口仁义道德的孔子与满口强梁霸道的盗跖也是毫无办法，干脆让盗跖来出孔子的洋相，结果也在一定程度上出了批孔者的洋相？

纯粹的思想者惠施

惠施多方,其书五车,其道舛(chuǎn)驳,其言也不中。历物之意,曰:"至大无外,谓之大一;至小无内,谓之小一,无厚,不可积也,其大千里。天与地卑,山与泽平。日方中方睨(nì),物方生方死。大同而与小同异,此之谓小同异;万物毕同毕异,此之谓大同异。南方无穷而有穷。今日适越而昔来。连环可解也。我知天之中央,

惠施从多方面广泛治学,他的(竹简)著作可以装满五车(学富五车),他的见解杂乱无章,言辞也不准确,常常讲不到点子上。他抠搜事物的道理与说法,钻牛角尖,说:"大到极点的不可能有外部存在,称为'太一';小到极点不可能再有内里的存在,称为'小一'。没有厚度的存在,不可累积,但能扩大到千里。天和地一样低,山和泽一样平。太阳刚刚正中的时候也就是开始偏移了,一物出生也就是开始走向死亡了。大同和小同会有区别,这叫'小同异';万物都是相同的,又都是相异的,这叫'大同异'。南方既没有穷尽也有穷尽,今天到越国去而昨天已来到。连环其实是可以解开的。我所知

燕之北、越之南是也。泛爱万物，天地一体也。"

道的天下中心，可以在北面的燕国之北，也可以在南面的越国之南。既然能广泛地爱万物，天地也就能合为一体。"

看来惠施是一个真正的思想者，他跳出了怎样治国平天下的窠臼，更喜爱纯粹的包括形式的与逻辑的思辨。他的思想靠近的是微积分、平面几何与立体几何学、逻辑学与语言学。"至大无外"，这是对的，至大是无限大，无限大是无限延伸的概念，谁能在无限大之外再搞一个比无限大还大的呢？至小是近于零，谁能在至小即通向零一样的量之内再找到一个更小呢？数学公理中有全量合量大于分量一说，如果至大有外，第一个至大变成了第二个至大的一部分，就小于第二个至大，就不是至大了。同理，如果至小还有内核，如同分子中还有电子、粒子等更小的可分割的可能，那么就是说至小中有更小，那么头一个至小就不是至小而最多是较小了。无限大即无穷大，它的大是不可穷尽的，所以无外。至小是差不多等于零之小，是无穷小，它的小是不可再发展下去的了。

"无厚，不可积也，其大千里。"这好像是在讲平面与立体的比较。平面当然可以大（数）千（平方公）里，直线还可以长千里，它们有面积，有长度；但对于立体来说，它的体积是零，所以不可积累。

"天与地卑，山与泽平"，关键在于立足点与参照物。从无穷大的宇宙来说，不存在谁比谁高的比较依据。从地表来说，那么当然，地比天低，而山比泽高。从经验的角度，二者间有高低上下之别，不讲这一点，是惠施也是后来的许多解人讲得不清楚不全面的地方。从理论的、想象的、超越形而下的角度看，那么万物，包括这个星系与那个星系之间，本没有高低上下的区别。从这个意义上说，上下高低的计较，流露着本身的狭小与卑微。

"方中方睨，方生方死"，其实《庄子》内篇的《齐物论》中已经讲过同样的话——"方生方死，方是方非"。生的开始也就是死的开始，这是常识内的认识，是不争之论。但婴幼儿一直到青年，是方生为主，方死则是较远的预后，所以我们认为一个林黛玉一个贾宝玉，没完没了地把个死字挂在嘴边，未免有病，心态不健康，你应该更多地考虑如何生的事。而一个正在接受临终关怀的耄耋之人，则更多的是"方死"。不区分而只讲方生方死，略显矫情。"方中方睨"也是一样，上午主要是方中，下午主要是方睨，死接着生，睨接着中。"方是方非"则是说肯定的开始多半也是否定的开始。（对此言的分析请读我的《庄子的享受》。）

"小同异"与"大同异"，这是讲概念、类属的大小。昨天的此苍蝇仍然是今天的此苍蝇，这是说个体与自身一致，同，小同；此苍蝇不是彼苍蝇，这是从个体的相异来说的，异，小异。

此苍蝇与彼苍蝇都是苍蝇,这比说昨天的此苍蝇与今天的此苍蝇的相同大了一点,但仍然是小同,是某类昆虫之间的同;苍蝇不是蚊子,这是相异,比说此苍蝇不是彼苍蝇大了一点的异,仍然是小异……如此这般,等你说到昆虫与昆虫的同以及与鱼类的异,说到动物的同以及与植物的异,说到生物之间的同以及它们与非生物之间的异,说到物质之间的同以及它们与精神之间的异,说到此岸的同以及与彼岸间的异,也就是从小的同异向大的同异、从小概念到大概念、从小类属到大类属发展了。

然后惠施讲的是时间与空间的相对性。一切经验的时间与空间,都是有穷的、具体的、有局限性的。大鹏鸟一展翅九万里,九万里算啥,它比十万里少一万里呢!测量一颗星星,两万光年,两万光年的距离算啥,它比两亿光年短了一亿九千九百九十八万光年呢!不仅往南,而且往上往下往东往西往北,一切个别地点都是有穷的。只有从理论上,从超验的角度,从想象中,必须是资质相当高超的人,才有可能想象到感受到沉浸于向往于激动人心的概念"无穷的南"(或上下左右东西南北)。今天到越国,其实昨天已经到了。有学者如胡适是从时区的差别上来分析的,认为惠施的时间论与现代按照经度来划分时区的观念相合。其实也可以从别的角度来谈。从思想观念的超前性来说,你今天到了越国,昨天你已经计划了到越国的一切,你今天实行了某种主张,其实早在昨天与昨天的昨天，你已经沉迷于你的某种纲领中了。效果是今天到，动机是昔日生。

连环可解的说法甚至使我想起一段相声，说是外国人闹不清元宵里的馅儿是如何包进去的，砸碎砸裂一个元宵，自然比做成一个浑圆的元宵方便得多。做成一个连环，当然也比解开一个连环麻烦。每一环与另一环相连续的地方也就是可以分解的地方。魔术师变一个巧解九连环，这是非常容易做的表演。天下大势，分久必合，合久必分，也是同样的道理。还有过所谓特异功能的表演：一个人一运气，把铁环捏软，再一拉，连环就打开了。从政治上来说，一个严丝合缝的王朝的颠覆，一个高层建筑的被袭击毁坏，一次金融海啸，一个自命不凡的学者或政治家的名誉扫地，都可以算做连环的解开，倒不一定非得从具体的解环技巧上做文章。

世界的中心在哪里？我们有过以为自己是中心的经验，惠此中国，以绥四方。惠施说，中心并不一定在东西南北的中心，而可能在北之北与南之南，那是因为世界是过大的，是没有边缘的，哪里都是中心。关键在于你是不是爱这个世界——爱这个世界，你就是中心，天与地都与你相合。

有的学者认为惠施的说法与地圆说一致。其实如果是地圆说，中心只能在地心而不可能在地表。恐怕对于惠施的理论，我们更应该从中华文化对于圆形的崇拜上做文章。

惠施以此为大，观于天下而晓辩者，天下之辩者相与乐之。卵有毛；鸡三足；郢有天下；犬可以为羊；马有卵；丁子有尾；火不热；山有口；轮不蹍地；目不见；指不至，至不绝；龟长于蛇；矩不方，规不可以为圆；凿不围枘；飞鸟之景未尝动也；镞矢之疾，而有不行、不止之时；狗非犬；黄马骊牛三；白狗黑；孤驹未尝有母；一尺之棰，日取其半，万世不竭。辩者以此与惠施相应，终身无穷。

惠施认为他的这一套才是高论宏议，可以炫耀天下而启迪辩士，天下的辩士也都爱好他的学说。什么鸡蛋里有毛；鸡有三只脚；郢城包括了天下；犬可以变为羊；马有卵；青蛙有尾巴；火不热；山有口；车轮旋转而并不着地；眼睛是看不见什么的；指事的概念不可能到位，也不能穷尽；龟比蛇长；矩不方，圆规画出来的图形不圆；凿孔围不住榫头；鸟飞的时候它的影子并未移动；疾飞的箭头也有不走不停的时候；狗不是犬；黄马加骊牛是三个东西；白狗是黑的；孤驹从来没有母亲；一尺长的木棍，每天截掉一半，永远也截不完……辩士们以这些话题与惠施相讨论应和，一辈子也谈不完。

这里头当然有矫情诡辩与强词夺理，但也确实有发人深省、饶有趣味之处。蛋里孵出的小动物是长毛的，说明蛋中有毛的成分。鸡有两只脚,加上人们对于鸡足的感应、映象、认识、判断,就不止是两足了。当然,这一类的说法还有变通的余地:鸡的畸形,可以是三足;鸡的足影,可以是三个。对于二与三的理解,如果某处的语言是二与三颠倒的,将 two 读为理解为三,将 three 读为理解为二,那么鸡也是三足了。还有,梦见了一只三足鸡,或者在一部小说、电影、童话中描写了三足之鸡,当然更是完全可能的。鸡三足之类的命题,不完全是逻辑论辩,毋宁说是带有脑筋急转弯性质的言语或智力游戏。

郢城包括天下云云,说明了部分与全体的不可分。没有全体就没有部分,没有部分也就没有全体。我们不能设想没有天下,没有中国,没有楚国而有一个郢城,同样也不能设想没有郢城,没有楚国,没有中国而有天下。你中有我,我中有你,一个城市中包括了全体,全体中包含了一个又一个城市。更不要说二○一○年的世博会了,可不是一个沪城包容了全世界?

犬变羊也是脑筋急转弯,你可以以犬换羊,也可以挂羊头卖狗肉,还可以培养牧羊犬,以犬护羊。青蛙有尾巴,是因为青蛙是由蝌蚪长成的,而蝌蚪是长尾巴的。这与卵有毛的说法的性质一样,打乱了时间先后,摒弃了时间的具体性与规定性,自有奇谈怪论。同样你可以说,人一出生就会生孩子,可以说一粒麦子可以供养全世界的人吃饱肚皮,说一片雪花可以冻死几千万人,等等。

火不热大致如石不坚白,热是温度的概念,火是物象的概念,二者并不能混为一谈。山有口,既有山口一说,自然证明山是有口的。山不但有口,而且有头有寨有居有色有鸟。某种意义上说,山有口恰恰是火不热的对立面,火既然不热,山也就不高,前面已经说了,山与泽平。

车轮旋转时不着地,这话很妙,这与世界上某些有名的数学导论非常接近。一个车轮是由无穷个点所组成的,每个点接触地面的时间是用无穷大来除那个车轮运行一圈的时间,每个点接触地面的大小也就是点本身的大小,而点是没有长度宽度高度与面积体积的,它们的数字只能是近于零的无穷小,如果你把近于零干脆理解成零,它们就与地面没有接触。旋转如飞、奔跑如飞、四体腾飞……这确实说明了物体运动极快时给人以轮不沾地、脚不沾地的感觉。

眼睛看不见的可能含义非常丰富。第一,眼睛并不是看见的主体,而只是看见的路径或者工具。说眼睛看不见,与说汽车不会开走、发电机并不发电是一样的,当然不是汽车自己前进,也不是电机自行发电。是人的心智要看,能够接受与分析视神经获得的信号,有看视的经验与综合判断,有看见的感觉。一个婴儿也在时时观察着四周,但是我们很难断言他或她是看见了还是没有看见什么。等到他或她看到妈妈的时候,他或她已经形成了对于妈妈的初步感受。第二,我们有有眼无珠、视而不见、好大眼眶子(却没看见)的说法,就是说同样的看仍然会有不同。

"目不见；指不至，至不绝。"这三句话从逻辑上与句法上看，像是一句话，可以解释为：看了不等于见着了关键、要害、本质；指出了，不等于到位了、切中了、准确了；到位了不等于充分了、全面了、透彻了。这都是说明人主观的局限性与无效性。这样的说法很像我们参加的一些会议，很多人发言讲话提意见作总结通过决议，但是同样很多人是"目不见；指不至，至不绝"。更多的前贤解释指是指事，是说人的语言字词不可能正中与穷尽客观对象，当亦有理。

"龟长于蛇"等说法，讲的是在绝对化的情况下许多日常的看法都靠不住。蛇总是长的吗？肯定有比蛇更长的东西。龟总是短的吗？肯定有比龟更短的东西。不同的情况下，人们对于长短的感知不同。人们对于长短的感觉也不同。例如蛇虽长而可以卷曲，龟虽短但是只能那么大。以矩为方，以规为圆，它们都做不到绝对没有毫厘误差地画出方和圆。凿出来的孔洞与榫子也有误差，不可能是恰恰与榫头形状大小完全一致。

说飞鸟的影像是静止不动的，这像是讲影片胶片，每一个影像都是静止的，连续放映却是运动的。同理，讲飞箭也是有不动不止之时。狗是犬也不就是犬，如果狗就是犬，就不需要两个词了。我们用不着考证古代狗只是犬之一种，就是现今，你问一个人的属相，他回答属狗，你很明白，他回答属犬，你会略感别扭，这也证明了狗非犬。如果我们假设狗与犬含义完全相同，但两者说法上至少有文白、方言、习惯上的区别，那也是区别，而不是完全绝对的同一。

一匹黄马，一头骊牛，加到一起是三只大畜，这与鸡三足的说法大同小异。白狗与更加纯白的狗相较，它就显得黑些了。同样的道理，我们也可以说智者蠢，强者弱，富者贫。

还可以从另外的角度探讨白狗黑的命题。你是白狗，人们要求你更白，越是白狗越容易受到黑的评语。你是智者，人们要求你百战百胜，有一次出了昏招，便受到天下人的唾骂。你是强者，你的敌手遍天下，你更容易遇险蒙难。而富人的花销太多，富人穷起来比谁都快。新疆维吾尔族谚语"茶水越多馕吃完得越快，金钱越多花光吃光得越快"，也是这个意思。

"孤驹无母"，这里是讲忽视时间条件的判断。无母的说法我们可能不那么熟悉，但红粉骷髅的说法也是一样的逻辑。红粉最终会变成骷髅，这本来不足为奇，不仅红粉，大侠、圣哲、伟人、恺撒、拿破仑、大盗，都有变骷髅的那一天，也都有无母的那一天，除非他死在自己的母亲前边，搞成了白发人哭黑发人。

撅木头棍的说法直奔微分。江泽民在美国哈佛大学讲学时便引用了这个说法，为的是展示中国古代的灿烂文化。

| 桓团、公孙龙辩者之徒，饰人之心，易 | 桓团、公孙龙这些好辩的名嘴，迷惑人心，改换人意，能够胜过他人的口 |

人之意,能胜人之口,不能服人之心,辩者之囿也。惠施日以其知与之辩,特与天下之辩者为怪,此其柢也。

舌言辞,却不能让人心服。这可以说是辩者的局限了。惠施每天靠他的才智与人们辩论,专门和天下的辩士一起兴风作浪,这就是他们的大略的情形。

就是说,惠施是专业辩士,这也是一种社会分工,这也是一种活法,这也有对人群的贡献。当然也都有其不足。谁没有不足呢?如果梅兰芳是大师,华罗庚是数学的天才,那么惠施为什么不可以做辩论与思维哪怕是空谈的大师呢?

然惠施之口谈,自以为最贤,曰:"天地其壮乎,施存雄而无术。"南方有倚人焉,曰黄缭(liáo),问天地所以不坠不陷,风雨雷霆之故。惠施不辞而应,不虑而对,遍为万物说。说而不休,多而无已,犹以为

惠施好辩,自认为最棒,他甚至质疑天地果真伟大与否。惠施虽然雄辩却没有真正的学问。南方有个名叫黄缭的怪人,提出天地为什么不坠不陷、风雨雷霆是怎么回事等疑问。惠施毫不犹豫地予以响应,不假思索地给以答复,解说万物万象,喋喋不休,没完没了,还嫌说得不过瘾,再添加一些奇谈怪论。他一心巧言胜人,把违反人之常情常识的东西说得像真的一样,

寡，益之以怪，以反人为实，而欲以胜人为名，是以与众不适也。弱于德，强于物，其涂隩矣。由天地之道观惠施之能，其犹一蚊一虻之劳者也。其于物也何庸！夫充一尚可，曰愈贵道，几矣！惠施不能以此自宁，散于万物而不厌，卒以善辩为名。惜乎！惠施之才，骀荡而不得，逐万物而不反，是穷响以声，形与影竞走也，悲夫！

所以他与众不合，脱离群众。他缺少道德修养，着重表面文章，走的是崎岖小道。从天地大道的观点来看惠施的才能，他不过是一只蚊虫在那里辛辛苦苦地哼哼，对于万物有什么作用！有这么一家之言倒也无妨，如果再吹上天，那就离谱了！（或谓，如果能进一步追求大道，就好了。）惠施不能安于大道，分散心思于万物杂说，乐此不疲，终于以善辩出名。可惜啊！惠施的才能，放荡散漫而没有什么正经的心得，追逐万物万象而不知回头，这就像用声音去制止回响、用形体和影子竞走一样，真是可悲啊！

　　这里介绍惠施的各种说法十分有趣，我们也用了相对多的篇幅来予以讨论。趣味性是惠施的可爱处，也是可悲处。他有那么高级的形而上的思维能力、纯粹的思维能力，他已经接触到那么多微积分、无穷大、无穷小、绝对相对、辩证法的问题，但他居然以这样的天才而只停留在雄辩家巧舌如簧者的地步。他没有进行有系统地发展自己的思维的努力,他没有,他的后人也没有从中汲取精华形成一个思维体系,而没有系统,没有理论化,又没有实践的响应与校正,他的天才命题也只不过是闪闪发光的名嘴巧辩的碎片罢了。

以声音制止回响,说的是空对空。是的,如果只知以辩对辩,能有什么真正的学问与发明创造呢? 以形体与影子竞走,这话说得也很好,用语言、言语去跟踪与分析语言、言语,脱离了实际,脱离了万物,脱离了天下,你的成就会大受限制。

但是,我们的长期问题是注重实用理性,注重治国平天下,不注重纯粹思维,不重视为学术而学术的思考质疑与讨论,包括这里对于惠施的批评中也已经有了这样一个老病根。学术上是不能过分急功近利的,对此我们是应该反思了。

老王说:相隔两千数百年,再看看此处对当年道术思想概况的描绘,是不堪回首,还是竟然自吹自擂起来呢?

当然,这里说的只是一个概述的十分简要的版本,与今天存留下来的更权威的记载(史书)并不相同。寥寥几笔,粗粗看去,似乎进取的、开拓的、务实的"道术"还是嫌少了,多的是克制,是随和,是收缩,是后退与忍耐。为什么自古就是这样一条路线呢?

幸亏我们还有自强不息,有苟日新、又日新、日日新,有业精于勤之类的说法。

我们需要重新整理和发现,我们也需要猛省。

我们感叹历史的沧桑,感叹古人的见解,感叹百家争鸣的时代的不再,我们也不能不硬起一颗心反躬自问:我们能够提出点,哪怕只是更新鲜有趣的见解来吗? 我们应该给历史留下点什么有意思有光彩的道术文章呢? 我们能无愧于两千数百年前的祖先们吗?

众妙之门

道可道，非常道。
名可名，非常名。

大道是不好讲述的，讲解出来的都不是那个最根本、最本质、最至上、最主导、最永恒、最深刻却也是最抽象的道，而是现象的、一时的、表面的与廉价的一般见识。

同样，那种至上的本质，也是不好称谓、不好命名即找不到最适宜的概括的。真正最高的本质概念，难以言说。我们一般可以述说、命名的东西，都是现象的、一时的、表面的与廉价的一般概念。

无名，天地之始。
有名，万物之母。

无或者无名——无概念、无称谓、未命名，是世界的始初状态。有或有概念、有称谓，是世界的发生状态。

故常无，欲以观

所以我们要常常从无、从无概念与无称谓的角度，来观察思考世界的其妙。常有，欲以观其徼。

深远、广大、神秘与奥妙。同时可以从有、从有概念与有称谓的角度，来观察思考世界的生生不已、丰富多彩、变化万千。

此两者同出而异名，同谓之玄。玄之又玄，众妙之门。

无与有都来自同一个世界、同一个过程与变化，来自对于世界与过程的同样的观察与同样的思考。它们都是极抽象的终极概念，它们最接近那个最深远广大的本质概括——道，深而又深，远而又远，大而又大，变化多端，千姿百态，令人赞叹！

首先，开宗明义，老子讲的是大道。我们中国的先哲，不是致力于创造一个人格神（例如上帝耶和华）或神格人（耶稣、圣母玛丽亚、释迦牟尼），不是膜拜一个物象的图腾，而是思考万物、人生、世界的根本（本质、本原、规律、道理、法则、格局、过程、道路、同一性）。

汉语与汉字的特点是重概括，重联系，重寻找同一性。既然人与人之间有共同的本质，人与天（世界）有共同的本质，如淮南子认定，天圆地方，所以头圆足方；天有日月，所以人有二目……那么，你应该想到，你应该相信，万物万象众生众灭，就总会有一个包罗万物万象众生众灭万代万世万有的同一的本质、规律、道理、法则、过程、道路、同一性。这个本质就是道。为了与一般的各种具体的道相区分，我们有时称之为大道。

道是看不见摸不着的，却又是规定一切主导一切决定一切的。它是本源也是归宿，它是物质也是精神，它是变化多端又是恒久如一的。它具有超越经验乃至超越一般哲学思维的、无法证明也无法证伪却又极合情理的哲思——神学品格。这样的概括令人叹服感动，虽然不无混沌模糊之处。

这样的道，是模糊推理的产物，是抽象思辨的产物，更是想象力的产物，也有信仰的果实的成分。它是中国式的概念崇拜、概念精神、概念神祇。它是神性的哲学，是哲性的神学，是神奇的概念，是概念之神。

中国人有一种聪明，他不致力于创造或者寻找人格神或神格人，因为这样的人—神，具有二律悖反的麻烦。《达·芬奇密码》中提出了耶稣的妻子抹大拉的问题。《生命中不可承受之轻》提出了圣徒是否大便的问题。中国神学不把精力放在这样未免可笑的烦琐问题上，而是对于人—神采取存而不论、敬神如神在的态度。老子等致力的是寻找世界的本质、起源与归宿。这些无法用科学实验的方法统计学的方法见习实习解剖切片的方法获得的本质属性，是通过天才的思辨得到的。尤其是老子，他断定说，这个本质与起源归宿就是大道。

更正确地说，道就是本质与起源、归宿。你只要有本质的观念、起源与归宿的观念，你就已经有了道的观念。你怎样称呼它，称之为道或德或罗各斯（理念、理性或基督教所认定的与神同一的道）都没有关系。

　　而寻找本质、起源与归宿的冲动是非常平常与自然的。一个人想知道自己究竟是怎么回事、从哪里来的、到哪里去，一块石头、一粒种子、一颗天上的星星或者陨落的流星，都会引起人们追问本质、起源与归宿的兴趣。最后呢？就出现了终极关怀或者终极追寻了。

　　而按照老子的思路，只要有终极追寻就有道。如果你是拜火教，火就是你心目中的道；如果你是生殖器崇拜，生殖器就是你的道。

　　大道的魅力不在于传播它的人即老子的神灵奇迹，而在于它的无所不包无所不在无所不载的性质。它导致的不是对于人格神或神格人（圣徒、上帝的儿子或者佛陀等）或神格物（如上面所说的火、生殖器等）的崇拜，而是对于神性概念大道的崇拜与探求。这样，道这一概念的神性，就与完全的宗教区别开来了。而它的至上性、终极性、主导性、本源性与归结性，又在无限的远方趋向于宗教。它与宗教是两条通向无限的平行线，而根据微积分的原理，两条平行线趋向于相交在无限远处。

　　在老子提出道的问题的同时，又用同样的句式、同样的说法提出了名的问题，一个是道可道，非常道；一个是名可名，非常名,这不是偶然的。因为老子的寻道是遵循着名的系统、概念的系统、命名的系统与方式来最后体悟到、找到了大道的。他没有在异人或者圣人中寻找神祇,没有在传教者、苦行者、善行者、劝善者、灵异者或自行宣布自身已经成神成佛或至少已经与上帝通了话的人中寻找神祇,寻找世界的本源与主宰。他也没有在奇迹或者奇物中寻找神祇。他是顺名——概念、概括之藤,摸道即本源与主宰之瓜。他硬是摸出道——命名出道来了。

可以理解这样的思路,这样的思路对于国人来说,顺理成章:请看,人的命名是人。人与牛马羊猴等合起来命名为动物,再与树木花草等一起命名为生物。生物与金木水火土等无生物合起来命名为万物。与怪力乱神梦幻,与人的心、意、爱、怨,与种种人文存在等合起来命名为万有或众有。再概括一步便是有,而有的反面与有的发展结局或有的产生以前是无,是死亡、寂灭、消失、空虚……然后万物万象的有与无的相悖相通相生相克,综合起来就是大道。大道是至上的概念,是顺名摸终极的果实。这是一个思索推理概括体悟的过程,是一个智慧与想象相结合的过程,是一个相当合理的与有说服力的过程,是一个基本上防止了牵强附会与群体起哄的过程。这个过程的缺憾是比较模糊抽象,不像找到一个能成为佛的王子,或者一个本是上帝的儿子背起十字架的献身者、牺牲者那样生动直观感人。

而与这个概念道最靠近的、最最能体现这个本质概念的是另外两个同出而异名的概念：无与有。一切的有都来自无。一切的有都会变成无。一切的无都可能产生有，一切的无都会接纳有。一个人生了，他从无的王国进入了有的王国。一个人死了，他从有的王国进入了无的王国。无就是天国，无就是永恒，无就是万物的归宿。无又是有的摇篮，无是有的前期作业。一个人年岁渐老了，他从幼小与年轻的过程进入了无幼小与无青春的过程了，也就是进入了有成熟、有老迈的过程了。

无是有的无。有是无的有。绝对的无的情况下，什么都没有了吗？什么都没有了，谁来判定这个无呢？既无主体也无客体的情况下，还有什么无的观感与解说乃至想象呢？

所以我始终不赞成对于高鹗续作《红楼梦》的批评，说他没有写出白茫茫大地真干净。如果干净到所有贾府的人、有关的人死光灭绝的程度，还有什么悲剧感呢？

无可以是有，至少有一种对于空无的感受与慨叹、思考与判断。如说一个生命个体的疾病已经无药可医，无法挽救，那就说明此人的病已经有了重要的结论、根本的判断，已经有了料理后事的必要性与紧迫性。

这是抽象的思辨。这也是智慧的享受。这需要思辨力、想象力，也需要感悟、感觉、神性的追求与信仰。

在《老子》的开头，老子还提出了一个极其超前的大问题：

关于语言表达的局限性，关于语言的力不从心，关于语言的大众化、适用化、通俗化与浅薄化。用语言小打小闹可以，用语言描述深刻与超出常人理解范畴的大道、大名、玄想、众妙，就不行了。说出来的都一般。不说就更难被人理解。只能够是意在言外，只能够是尽在不言中，只能够是心照不宣，只能是得意忘言，只能依靠你的悟性、你的灵气、你的智慧、你的澄明通透的心胸、你的默默的微笑、你的缓缓摇着头的喟叹。啊，你已经靠拢于大道了。

为道日损

为学日益，为道日损。损之又损，以至于无为。

无为而无不为。取天下常以无事，及其有事，不足以取天下。

学习讲的是增益，是用加法积累知识。而学习掌握与身体力行大道，则是要用减法，减了再减，更减，一直减到并能以做到无为的程度。

无为的结果是无不为，无为的结果是一切自然运作成长成熟成功。夺取与治理天下，靠的是不生事，不多事，不没事找事。及至事务事宜事端到堆得化不开的程度了，你也就治不好天下乃至得不到天下了。

对于我来说，这一章的精华是讲这个减法。人生常常喜欢加法，追求加法，然而，有些时候减法比加法更加英明更加智慧，更加必要，更加有益。理想却更难做到。人的一生，是创造和获取、累积和发展知识、能力、经验、财富、地位、成绩、事功、威信和影响的过程，是做加法的过程，但也同样是做减法的过程：减少幼稚，减少贪欲，减少妄想，减少斤斤计较，减少不切实际，减少吹牛冒泡，减少大话弥天。

人随着自己的成熟与长进，需要做减法的越来越多：要减少偏见，减少思维定式，减少夜郎自大，减少自我中心，减少吹吹拍拍的朋友，减少山头宗派意识，减少好勇斗狠，减少显摆风头，减少跑关系走后门，减少本本主义、教条主义，减少装腔作势、借以吓人，减少一切浮华、虚夸、浮躁、盛气凌人、哗众取宠、夸夸其谈、低级趣味……

该减少的东西还多着呢。减少意气用事，减少咋咋呼呼，减少玩物丧志，减少好高骛远，减少嘀嘀咕咕，减少牢骚焦虑，减少不必要的斗心眼、耍计谋。总之是戒贪、戒气、戒一切不良的低下的思虑。

想想人要做这么多减法，你不能不叹息人性的险恶。想想你减掉了许多歪门邪道愚蠢蛮横自讨苦吃以后，一个简简单单的你反而更接近大道，你又不得不赞美人性的本初。

没有减法就没有大道。做人、做事、做文、施政，都要减了又减：小政府大社会，以一当十，市场配置要素，求真务实，不说空话，言简意赅，少说多干。减成无为了，再也不做任何无聊的、不智的、不良的、不好看的与无效的事情了，你当然高于一般人一大截子。你至少会高雅一些、从容一些、沉稳一些，于是，各种有意义的事情、合乎大道的事情也就做好了。这是何等理想的境界啊。

而那种整天无事生非的人呢？整天告急的人呢？整天搜集别人骂了自己什么的人呢？整天要求别人承认自己正确的人呢？他的是非事务事端已经浓得化不开了，已经结了石了，已经堵死一切通道了，他还能取天下？一个弼马温或避（辟）马瘟已经把他搅昏了头，休矣，及其有事，不足以取任何了，他只能一事无成，一无可取。

人性是有各种弱点的，其中之一就是喜加厌减，嫌减爱加。小到一个家、一处住宅，添置的东西远远超过了实际的需要，却就是不肯做减法，弄得自家混乱肮脏，这种生活中的例子太常见了。

有一些俚语也是讲滥用加法、不会减法的可笑，如画蛇添足、越描越黑、弄巧成拙、越帮越忙、废话连篇、自找苦吃，等等。

让我们从时间与效率的角度，再来想一想为道日损的命题吧。生也有涯，知也无涯，事也无涯。如果只知道为学日益，你最多变成一个书橱，仍然赶不上一张刻有大百科全书的光盘。你又常常被各种无聊的、纯消耗性的、无趣的滥事所纠缠干扰。你的一生，究竟能拿出百分之几十的精力智力来从事你的视为主要的正经事呢？不放弃一些无聊琐事，你的人生还有希望吗？为什么有些老人显得更平和也更雍容、更沉着也更智慧，这与他们的为道日损、以至于无为是分不开的，与他们有所放弃、有所不理睬是分不开的。

为道日损,是一个警句,是一个亮点,是一个智者的微笑,是一个高峰。

信言不美

信言不美，美言不信。善者不辩，辩者不善。知者不博，博者不知。

圣人不积，既以为人己愈有，既以与人己愈多。

天之道利而不害，圣人之道为而不争。

真实可信的话语不见得美丽动人。美丽动人的话语，不见得真实可信。精通擅长或者善良忠厚的人不会去雄辩滔滔，雄辩滔滔的人不大可能是精通擅长或者善良忠厚的人。真正有知识的人或者智商高的人，不会事事行家里手。事事行家里手的人，不会有真才实学或高智商。

圣人不会去积攒求富求获得求发达。他事事为别人，而自己却更加富有。他什么都赠送他人，而自己反而更多。

天道就是这样的。有利万物的自然运转而不损害妨碍万物的自然发展。圣人之道，也是这样，虽然有为，但是不争夺。

　　老子知道他的见解是不容易被人接受的，他知道他讲述的话语与常人凡人的见解是相背离的，他也知道他的话与常人凡人的期待是不一致的。所以他要说，好听的话不一定真实可信，真实可信的话不一定好听。他坚持他的与众不同的见解。他警告读者，不要只听自己想听的话。

　　在他快要结束他的微言大义的论述的时候，他叹息于非可道、非美言、非可辩、非博、不争的大道的表述之困难。在最后一章，他似乎在说，我还能说些什么呢？

　　当然，也有可能目前用的以王弼本为基础的《老子》是后人编纂的，因此不能说老子是在此书说什么不要说什么。那么，让我们考虑一下编者——是不是王弼呢——的编辑意图吧，为什么止于斯呢？

　　反正我说的是利而不害，为而不争，为人而己越有，与人而己越多。还要怎么样呢？

　　老子也同样有一个不争论的主张，他知道滔滔雄辩、词锋锐利、合纵连横，其实于事无补，于道无补，谁在口水战中占上风其实远不重要。他的《道德经》五千言，已经足够，无须再发挥再驳难再辩论。真正有成就有作为的人未必需要说那么多话，也未必需要在与旁人的争辩中占上风。

　　知者不博云云，讲的是学风、作风。没有比全知全能再不可能再可笑的了。越是有真知灼见，越是知道事物千差万别，知之甚难。多数人自以为知道懂得，其实最多是略知一二，或者是只知其一,不知其二。名将不谈兵,名医不谈药,原因是名将名医知道兵事医术都太复杂,太容易说错。越是内行越慎重,越是内行越不轻易指手画脚。

圣人并不去有意识地积攒积累什么,物质、财富、知识、名声,圣人之所以是圣人就是因为他们无私助人、给予人、为别人。圣人从不考虑所得,而只考虑奉献。就像天道从不想损害妨碍万物的自然运转,而是有利于万物的自然发展。

这里所说的圣人不积,与前面讲过的啬、俭、蓄有语义学上的悖论。啬了节约了俭了尤其是蓄了,不就是积了吗? 我们可以这样理解,这里的积主要是指一种获得的愿望、占有的欲望,积中有贪意存焉。圣人想着的永远是奉献而不是获得。

圣人之"为",在某种意义上也可以说是老子所提倡的无为,不争是他的特色。老子写下了《道德经》五千言,这是他的为。这个为的目的是无为,是为争灭火,是不争。其实想开了所有的为,都只能是为而不争。思想家有了天才的著作,能不能被接受,会不会被歪曲,这不是你能争得出来的。政治家建功立业,能不能被承认,会不会被野心家所篡夺扭曲,会不会功未成而身先死,空使千古为之泪沾襟? 会不会被后世所否定? 你上哪儿去争去? 艺术家的天才创造,被攻击、被剽窃、被误解、被冷落,黄钟毁弃,瓦釜雷鸣,你跟谁说理去? 最好最好,你也只能是尽人事听天命,只能微微一笑,最好低下头来。

但行创造建设,莫问前程。你的前程就是你的创造和建设,就是体悟大道的欢欣喜悦、明朗纯净,而不是创造和建设之外的、大道之外的污浊腐烂。

反过来说,如果你争得太厉害了,你整天辩论批判斗争拼命,你还有时间与精力去进行建设性的劳动吗? 你还能有所建树吗? 你还能有智慧吗? 用智慧去创新篇,是美好的,也是艰难的。用智慧去捣糨糊,是不得已而偶一为之。用智慧去蹚浑水,去抢腐鼠,那就不是智慧而是失智的同流合污了。

李商隐有诗云:"……永忆江湖归白发,欲回天地入扁舟。不知腐鼠成滋味,猜意鹓雏竟未休。"争来争去,会不会腐鼠也成了滋味了呢?

圣人为而不争,那么非圣人非贤人呢,甚至也非正派人呢? 蠢人小人糊涂人坏人呢? 他们的特点是争而不为,除了疯狂争斗以外,他们不种粮食,不造物品,不卖油盐,不写小说,不吟诗不作曲,这样的疯狂争斗者可真是天下的祸害呀。

为什么争而不为,因为在某些条件下,他们认为争的效益大大超过了为。既然抓辫子打棍子扣帽子的效益大大地超过了建设性的劳动,小人坏人们能够去耐心地为去吗?

在这种情况下,圣人也只能无为了。这是无为的另一解,也许是歪解。

把利而不害与为而不争并列,是此章文字的一个看点。为而不争,已经讲了不知多少次了。利而不害呢? 我想这里讲的并不是具体的利益,不是讲圣人的行善与助人为乐,而是讲天道的包容与对万物自化的尊重与信任。天道不干扰、不破坏、不违背万物的发展规律，不做与大道对着干的事情，这已经是利而不害了。

在这一章圣人与天道是统一的，圣人即掌握了至少是靠拢了天道之人。

那么圣人的对立面呢，他们的害至少有两个意思：第一，他们与人为恶，与物为恶，他们有一种破坏欲，他们可以并无目的与仇恨动机地去造谣生事、挑拨是非、残害生灵、损毁万物。与君子有成人之美相反，他们有一种天生的损害性、阴暗性、为害性、为敌性、唯恐天下不乱唯恐别人不倒霉性。他们的阴暗使他们视光明为不共戴天同时永远够也够不着之敌；他们的浑噩使之视智慧为不共戴天与永远够也够不着之压迫；他们的浅薄使之视深思为不共戴天与永远够也够不着之威胁；他们的偏执与狭隘使他们视开阔包容全面为不共戴天与永远够也够不着之陷阱。第二，这里的害是妨害妨碍。他们也很辛苦，他们的特点是害而不利，他们总是逆历史规律、逆大道而努力。甚至他们也时而自以为得计，时而自觉冤屈……最终却是害人害己害事业。

请允许我为《老子》加上这么一句话：圣人为而不争，小人争而不为。天道利而不害，霸道害而不利。信者忠言逆耳，伪者佞言中意。言者无所不知，知者有所不知、有所不能、有所不为。

圣人对人众有悲悯心、有责任感、有尊重也有适当的距离。圣人的对立面对于圣人有嫉恨也有完全的不理解，有隔膜与不平，有绝望与晦背感。

不可争。不可争。不可说。

天网恢恢。天道彰彰。一曰大，二曰逝，三曰远，四曰反。夫复何求？

到了《老子》结尾之处了，到了我为《老子》提供的意译与证词结束之处了，我愿意作证：老子能够从思辨与心理上、从理论（动词）与悟性上、从境界与远见上乃至从自信与信仰上帮助我们。读《老子》如饮仙泉，如沐山水，如振羽而飞，如登高眺望，镇定从容，睥睨万有，亲近众生，如入无物之境。

同时老子也留下了太多的困难，太多的无奈。他察之深，言之简，论之模糊，处之则只有泰然。也只能泰然，还能怎么样呢？

他说了许多的"无"，他无了许多的"说"。他欲说的话比已说的话多，他请你自己定夺的话比已经告诉你的多。他说得不太充分、不太明白的话比已经说透说明的话多。

有许多前贤对于《老子》作出了极其有益的解读，但是解读完了仍然是不得其旨的甚多。这是解读者的事儿呢，还是原著者的事儿呢？也许老子的在天之灵正为了解读的大有空间而满意得意称意？

他留下的《道德经》五千言至今仍然值得阅读体味翻过来调过去……还要怎么样呢?

老子是爱你们的,要明白啊,读者!